Knaur

Über den Autor:

Andrew Mark, aufgewachsen in Europa und Asien, hat Anthropologie studiert, in der Verlagsbranche gearbeitet und in zahlreichen amerikanischen Zeitschriften veröffentlicht. Er lebt mit seiner Frau in Maine. Dies ist sein erster Roman.

Andrew Mark

Die Schwerkraft der Liebe

Roman

Aus dem Amerikanischen
von Sibylle Schmidt

Knaur

Die amerikanische Originalausgabe
erschien unter dem Titel »Falling Bodies«
bei Putnam, New York

Besuchen Sie uns im Internet:
www.knaur.de

Vollständige Taschenbuchausgabe 2002
Droemersche Verlagsanstalt Th. Knaur Nachf., München

Umschlaggestaltung: ZERO Werbeagentur, München
Umschlagabbildung: Getty Images Germany
Druck und Bindung: Clausen & Bosse, Leck
Printed in Germany
ISBN 3-426-62142-8

2 4 5 3 1

Für Kelly,

die glaubte.

Die Quantenmechanik ist sehr
achtunggebietend.
Aber eine innere Stimme sagt mir,
daß das doch nicht der wahre Jakob ist.
Die Theorie liefert viel,
aber dem Geheimnis des Alten
bringt sie uns kaum näher.
Jedenfalls bin ich überzeugt,
daß der nicht würfelt.

ALBERT EINSTEIN

PROLOG

Es war ihre Handschrift. Er hatte sie sofort erkannt, als er den Briefkasten öffnete, doch er wollte die Postkarte erst lesen, wenn er sich gesetzt hatte. Wie immer entschied er sich für einen Tisch an einem der hinteren Fenster, durch die man auf die schmale gepflasterte Straße mit den Lagerhäusern und Konservenfabriken hinuntersah. Jeden Mittwochabend kam er in dieses Restaurant, wenn es dort stiller wurde. Er mochte dieses Viertel der Stadt, in dem stählerne Lorenschienen den Asphalt zerschnitten und manchen Abend bläulich im Regen schimmerten. Kein Schild wies auf das Restaurant hin, er war nicht einmal sicher, ob es überhaupt einen Namen hatte, doch es war hell und freundlich. Hier fühlte er sich weniger wie ein einsames Wesen der Nacht.

Vielleicht hieß das Restaurant »Plant 609«, doch er wußte es nicht genau. In den Betonboden war eine Bronzetafel mit der Inschrift EUREKA BATTERY PLANT 609 eingelassen, und er sah Bottiche mit grünlicher Säure, Stahlrollen und Kessel voll schimmerndem Quecksilber vor seinem geistigen Auge. Doch von alldem waren nur massive Eisenketten und Schienen zur Förderung schwerer Lasten an der Decke geblieben. Es war ihm einerlei, daß hier einst Ladegeräte gesurrt

und die Luft nach Ozon gerochen hatte. Seiner Ansicht nach hatte sich am Zweck des Orts nichts geändert – Essen und das Laden von Batterien waren jeweils Prozesse, die eine chemische Reaktion auslösten.
Edelstahltische und Gitter an den Strahlern des Restaurants erinnerten an die industrielle Umgebung. Die Decken waren gewölbt, die roten Backsteinwände hatte man unverputzt gelassen, und durch die großen Bleiglasfenster drang das bleiche Licht der Straßenlaternen herein. Eine Kellnerin brachte sein Bier und nahm seine Bestellung auf: gegrillten Lachs und Kartoffelkroketten.
Es kam ihm vor, als wäre alle Zeit der Welt vergangen und doch nicht eine Minute. Er hatte sich so eingekapselt in seinem täglichen Einerlei, daß er sich vor der Flut der Erinnerung fürchtete, die ihre Worte womöglich auslösten. Er fürchtete sich vor der Sehnsucht nach ihr und vor dem, was die Sehnsucht bewirken mochte. Schließlich las er die Karte. Er las sie dreimal. Und er erinnerte sich.

KAPITEL EINS

Übt man auf ein im
Gleichgewicht befindliches System
durch Änderung einer
Zustandsvariablen einen Zwang aus,
so ändern sich die anderen Zustandsparameter
von selbst in dem Sinne,
daß sich dieser Zwang vermindert.

LE-CHATELIER-BRAUNSCHES PRINZIP

Als er sie zum erstenmal sah, donnerten die Wellen auf den breiten Strand, Vorboten eines Frühlingsunwetters, laut und unbarmherzig wie die Gedanken, die ihn dazu getrieben hatten, Tausende von Meilen zurückzulegen. Mit dem kühlen Wind wehten warme Luftkissen heran, als näherte sich der Golfstrom von der Halbinsel Florida und wollte der Kaltfront aus dem Nordosten trotzen. Der Sturm war gewissermaßen mit ihm gereist, hatte seine Fahrt überschattet, war ihm bis zur rauhen Küste von Maine gefolgt. Er war an dieser Küste gestrandet wie ein Schiff. Der Motor seines Wagens hörte endlich auf nachzudieseln, und er ging zu Fuß den ein oder zwei Meilen langen Strand am Ende der Straße entlang.

Das graue Meer spie Schaum in die Luft. Er sank in den feuchten Sand ein, der seine Füße zu umschließen schien wie Beton. Wie sehr wünschte er sich, daß er ihn doch gänzlich verschlingen möge. Seine Leiche würde nie gefunden werden, und die Polizei würde irgendwann das alte Wohnmobil abschleppen, von dem keiner ahnte, daß es den Spitznamen »das Quark« trug. Jemand würde die alten zerfledderten Fotoalben hinten im Wagen wegwerfen, die nur für ihn von Wert waren. Er war jetzt ganz alleine, ein Name, den keiner kannte, ein

Gesicht, das keinem vertraut war. Nur sein Führerschein verriet, wer er einstmals gewesen war: Jackson Tate.

Hummerkutter tuckerten emsig durch den breiten Kanal, der in den Hafen von Rockpoint führte. Die Luft roch nach Salz und Fisch. Eines der kleinen Boote tutete, als es unter der Zugbrücke hindurchfuhr. Die Ausflugsdampfer, Mietmotorboote und Segler dämmerten noch im Winterschlaf unter blauen Plastikplanen und harrten des Sommers. Doch die Hummerfischer mußten das ganze Jahr hindurch ihre Rechnungen bezahlen. Sie arbeiteten auch, wenn ihnen die Wellen des Atlantiks ins Gesicht schlugen. Sie trug eine dunkelrote Fleece-Jacke, und ihr kupferfarbenes Haar tanzte im Wind. Sie war der einzige Farbfleck an dem grauen Strand, und später dachte er, daß er in diesem Moment wie ein Säugling gewesen war, dessen Augen erstmals etwas anderes als Schwarz und Weiß wahrnahmen, der zum erstenmal Farben sah. Er fühlte sich zu ihr hingezogen wie ein Kind, das die erste gelbe Blume seines Lebens entdeckt und nach ihr greift. Und er war überrascht über die Regung, überrascht, als sähe er zum erstenmal die Farbe Gelb.

Auch sie schien ganz in sich versunken. »Verzeihung«, sagte sie, als sie aufblickte und bemerkte, daß sie ihm versehentlich so nahe gekommen war. Sie suchte keine Nähe in dieser endlosen Weite. Ihre Augen waren grün, grün wie tiefes Wasser. Und als er sie ansah, stieg ihr langsam die Röte ins Gesicht. Sie faßte sich in den Nacken, wie um sie zu bremsen. »Ich habe gar nicht mitbekommen, wo ich bin.«

Jackson folgte mit den Augen der Linie des Horizonts und dachte, daß ihre Stimme ihm gefiel. Sie war melodisch und warm wie der Klang des Irischen. »Hier geht man leicht verloren«, sagte er.

»Wenn es nur so wäre«, erwiderte sie und lachte, dabei mit

dem Wind ringend, der an ihrem Haar zerrte. Es war durchwoben von kupferroten Strähnen, wie er jetzt bemerkte. Nur dort schien das Licht noch zu verweilen in der Abenddämmerung. »Wenn es nur so wäre.«

Er nickte. Wenn es nur so wäre.

Dann trennten sich ihre Wege.

Jackson wanderte zu der langgestreckten Felsenmole am Hafeneingang. Er kletterte auf den riesigen schwarzen Felsen umher und arbeitete sich zur Spitze der Mole voran, bis ihn nichts mehr vom Ozean trennte. Die Steine waren übersät mit Krebsen und kleinen roten Schneckenhäusern. Unter Wasser schwankten hohe grüne Algen im Rhythmus der Wellen wie Bäume im Wind, Möwen schossen mit mörderischem Geschrei herab und pickten die Überreste verendeter Krabben aus Felsspalten.

Mord. Da war es wieder, das Wort, schlich sich heimtückisch in seine Gedanken. Er atmete tief ein. Die Luft schmeckte nach Tränen. Salz – Natriumchlorid, das unser Blut hydratisiert und das Gewebe nährt, wir brauchen es zum Leben, und doch spüren wir diese bittere Flüssigkeit nur, wenn sie aus unserem Körper austritt. Jackson hatte nicht geweint, seit es geschehen war, und er war so angespannt, daß er kaum mehr zu schlucken vermochte. Die Tränen waren versiegt, nur eine tönende Leere war geblieben, wie im Inneren eines Kernreaktors.

Als er zum Quark zurückging, wandelte sich das buttermilchfarbene Weiß des Himmels in Aschgrau. Früher hätte er den Wunsch verspürt zu malen, wie der Himmel mit dem Horizont und dem langen Strand verschmolz. Mit einem kleinen roten Farbtupfer hätte er vielleicht die Jacke der Frau hinzugefügt, den kupfrigen Ton ihres Haars. Doch er hatte schon lange keinen Pinsel oder Kohlestift mehr angerührt.

Am Straßenrand stand sein Wohnmobil, ein betagtes umgebautes rotbraunes Gefährt, das bedenklich aus der Spur geriet, wenn er über sechzig fuhr. Jackson machte das nichts aus. Er hatte kein Ziel und keine Eile. Den Wagen hatte er bei einem Händler in einem Ort zweihundert Meilen südlich von Wendell, Illinois, gekauft, zweihundert Meilen südlich von zu Hause. Der Händler kannte Jackson aus der Zeitung und hatte ihm einen günstigen Preis gemacht.
Das Quark war eine ideale Unterkunft. Jackson war es jederzeit möglich, auf einen Rastplatz zu fahren, die grünen Vorhänge an den hinteren Fenstern zuzuziehen, das Bett auszuklappen und ein paar Stunden zu schlafen. Auf dem Gaskocher konnte er sich eine Suppe machen oder seinen morgendlichen Instant-Haferbrei. Es gab auch einen Tisch zum Ausziehen, auf dem er den Kopf in die Hände stützen und nur an Atome denken konnte, die durch den Raum trieben. Doch es dauerte nie lange, dann waren die Erinnerungen wieder da, und er mußte weiterfahren, auf den kleinen Landstraßen, die er sich suchte, um der einschläfernden Einförmigkeit der Autobahnen zu entgehen. Auf den Landstraßen war er gezwungen, sich aufs Fahren zu konzentrieren, und er bekam malerische kleine Orte zu sehen, die eine Illusion von ruhigem, sorgenlosem Leben vermittelten. Es störte ihn auch nicht, wenn er hinter einem Traktor oder dem Pferdekarren einer Amisch-Familie herzockeln mußte. Die alten Straßen durchzogen das Land wie die Adern den Körper. Sie waren zu einer Zeit entstanden, als noch kein Ingenieur es wagte, sechsspurige Asphaltbahnen über die Erde zu walzen, und sie luden dazu ein, spontan einem Abzweig zu folgen oder sich auf eine holprige Bergstrecke zu wagen. Auf diese zweispurigen Straßen war jeder angewiesen; sie waren lebenswichtig für entlegene Dörfer, waren die Verbindung zwischen ganzen

Regionen. Er stellte sich immer gerne vor, wie vertraut jemandem eine bestimmte Kurve im Schatten alter Eichen war oder eine Fanta-Werbung, an der die Farbe abblätterte, oder eine Philipps-66-Tankstelle mit einer einzigen klapprigen Zapfsäule, die noch immer rostige Pick-ups mit Sprit versorgte. Er war ein Fremder in jenen Ortschaften, in denen die Bedienungen in den Cafés jeden mit Namen ansprachen, Männer, die so vertraut waren mit der Gegend wie mit jeder Furche ihres Feldes. Er fand die Vorstellung tröstlich, daß die Einheimischen in ihrem Land verwurzelt waren, doch er selbst schätzte die Straßen wegen ihrer Fremdheit – den Ampeln an unerwarteter Stelle, den Haarnadelkurven und schlecht angekündigten Kreuzungen. Derlei Dinge weckten die Aufmerksamkeit eines Autofahrers, und darauf war Jackson angewiesen.

Als er vom Strand zur Straße kam, bemerkte er vor dem Quark eine grün schillernde Pfütze; aus dem Motorraum trat Kühlflüssigkeit aus. Er klappte die Haube auf und stellte fest, daß ein Kühlerschlauch geplatzt war. Ein anderer Mann hätte vielleicht einen Fluch ausgestoßen und dem Wagen einen Tritt versetzt, doch Jackson war zu vertraut mit jenem Zustand, in dem man den Himmel verflucht für das, was er einem angetan hat, und er schüttelte bloß den Kopf. Er hatte eine so große Strecke mir dem Quark zurückgelegt und nur regelmäßig das Öl wechseln und einmal in einer Werkstatt in einer Vorortsiedlung in New Jersey die Bremsen reparieren lassen müssen. Er klappte die Motorhaube zu und stapfte auf einem Streifen Grün herum, um das Öl von seinen Turnschuhen zu entfernen.

Kaum war er eingestiegen, prasselten erste schwere Tropfen aufs Dach des Quark. Er würde bis zum nächsten Morgen warten müssen, um in der Stadt nach einem Ersatzschlauch

und Kühlflüssigkeit Ausschau zu halten. Es wurde dunkel, und er beschloß, hier zu übernachten.
Er nahm eine Dose Tomatensuppe mit Reis aus seinem Regal, auf dem, mit einem Gummiband gesichert, ein großes Sortiment roter und weißer Campbell-Dosen stand, von Minestrone bis Muscheleintopf. Er schüttete die Suppe in einen blau gesprenkelten Emailletopf auf dem Gaskocher und gab Wasser aus einem Plastikkanister hinzu. In dem Schränkchen, das ihm als Speisekammer diente, fand er noch einen Laib Vollkornbrot, den er in einer Bäckerei in einer kleinen Stadt in New Hampshire gekauft hatte. Das Brot war mit so vielen Körnern gespickt, daß sie als Aussaat für ein ganzes Feld gereicht hätten. Auf einem Bord am Boden lagen drei dicke Fotoalben, die er nicht mehr aufgeschlagen hatte, seit er von zu Hause aufgebrochen war. Daneben stand ein Kasten mit Farben, Kohlestiften und mehreren Malblöcken. Auf dem Boden lag ein aufgeklapptes Taschenbuch, zerlesen wie eine Familienbibel: *Mein Weltbild* von Albert Einstein. Er beschloß, darin zu lesen, während seine Suppe warm wurde, doch ein Hämmern, das sich deutlich vom Klacken der Regentropfen unterschied, lenkte ihn ab.
Jackson wandte sich um, aber im Dunkeln konnte er nur sein eigenes Spiegelbild in der Fensterscheibe erkennen. Er sah hager und kantig aus, und die Meeresluft schien die Linien in seinem Gesicht zu verschärfen. Er hatte ungewöhnlich große braune Augen, die früher viel zu vertrauensvoll in die Welt geblickt hatten. Auf seinem kräftigen Kinn zeichnete sich eine kleine Narbe ab. Sein Haar war dicht und lockig.
Als er das Geräusch wieder hörte, sah er genauer hin, und sein Herz schien einen Moment stillzustehen, als er den Polizisten bemerkte, der mit dem gummierten Ende seiner Taschenlampe ans Fenster klopfte. Jackson stockte der Atem, und er

mußte sich zwingen, tief Luft zu holen. Das war das Ende. Kalte Handschellen an den Armen und schwarze Kameralinsen vor den Augen; dann mußte es wohl so kommen. Er mußte den Willen des Schicksals nicht zum erstenmal hinnehmen. In dem kurzen Moment, in dem er sich erhob und das Fenster herunterkurbelte, beschloß er, nicht mehr davonzulaufen.

»Sir«, sagte der Polizist. Er hatte ein jungenhaftes Gesicht und blickte ihn mit einer Mischung aus gezwungener Freundlichkeit und Verachtung an. Auf seiner Wange glühte ein Pickel. »Camping ist hier nicht gestattet. Ich muß Sie bitten weiterzufahren.«

Jackson nickte und wartete darauf, daß der Polizist ihn erkannte. Ihm war flau im Magen, und er wandte langsam den Kopf, damit der Mann sein Profil sehen konnte. Gab es denn keine Fahndungsplakate mit einem unscharfen Schwarzweißfoto von ihm und dem Vermerk »kleine Narbe am Kinn« als unveränderliches Kennzeichen? Er war natürlich nicht von der Polizei fotografiert worden, doch in jenen Tagen, in denen seine Welt zusammenbrach, war er mehr als einmal in der Zeitung abgebildet gewesen. Oder sie hatten sich eine Aufnahme des Lokalsenders verschafft, der sich an einem ereignislosen Sommertag auf die Story gestürzt hatte. Bestimmt lagen allen Sheriffs im Lande präzise Informationen über ihn vor. Oder das FBI hatte seine Personalien an alle Regionalbüros gefaxt. Die Angst war ihm auf den Fersen, seit er aufgebrochen war. Er hatte sich an jede Geschwindigkeitsbegrenzung gehalten, um nicht aufzufallen. Vielleicht mußte es jetzt so kommen.

Der Adamsapfel des Polizisten hüpfte, und er sagte: »An der Route 18 vor der Stadt befindet sich ein Campingplatz.«

»Den werd ich schon finden«, erwiderte Jackson. Er begriff

allmählich, daß man ihn nicht aus dem Wagen zerren und auf der Motorhaube filzen würde. Dann fiel es ihm wieder ein. »Aber ich kann nicht weg. Der Kühlerschlauch ist kaputt.«

»Hier dürfen Sie jedenfalls nicht bleiben. Soll ich Ihnen über Funk einen Abschleppwagen rufen?«

»Nicht nötig, ich kümmere mich selbst darum.«

»Wie Sie wollen, Sir«, sagte der Polizist und nickte knapp, wobei ihm die Mütze über die Augen rutschte. Ungerührt schob er sie zurück, wünschte Jackson eine gute Nacht und ging zu seinem Wagen. Jackson kurbelte das Fenster hoch. Er sah sich um. Wenn der Polizist seinen Burger und seimen Schoko-Milchshake zum Abendessen zu sich genommen hatte, würde er garantiert wiederkommen. Rockpoint war ein gepflegter Ferienort der High-Society, in dem Leute wie Jackson ohne festen Wohnsitz nicht gern gesehen waren. Er hätte sich denken können, daß er zwischen den adretten Sommerhäuschen auffallen würde.

Seine Suppe köchelte, und er ging zum Gaskocher und stellte ihn ab. Er rührte die Suppe mit einem Metall-Löffel um und nahm den Topf vom Feuer. Jackson haßte Abwaschen, und da er alleine war, aß er direkt aus dem Topf. Es war kühl im Wagen, und die Suppe wärmte ihn. Sein Weg hatte ihn zuerst durch die Staaten am Golfstrom geführt, in denen ein gemäßigtes Klima vorherrschte. In den kältesten Wintermonaten hatte er Florida durchquert und war dann die Ostküste bis nach Maine hochgefahren. Auch wenn er sich Umwege aussuchte, kam er schnell voran. Doch sein Timing war nicht optimal, da er nun ziemlich weit nördlich in einen kühlen Frühling geraten war. In Washington waren die letzten Kirschblüten einem Kälteeinbruch zum Opfer gefallen, und hier erwartete ihn nicht der sonnige warme Frühling, den er sich erhofft hatte.

Er holte die kleine Reisetasche aus dem Kasten unter seinem Bett und tat seine wichtigsten Habseligkeiten hinein. Sollte die Polizei doch seinen Wagen abschleppen oder ihm Strafzettel unter die Scheibenwischer klemmen. Das Quark würde nur er reparieren. Und wenn der Polizist anhand der Autonummer herausfand, wer er war, konnte er ohnehin nichts daran ändern. Er schloß den Wagen ab und machte sich im strömenden Regen auf den Weg zu einem kleinen Hotel, dessen Fenster er in der Nähe leuchten sah. Hinter ihm schlugen die Wellen an den Strand. Er mied die Pfützen und eilte auf das Haus zu. Es hatte eine ausladende geschwungene Veranda und stand etwas erhöht auf einer felsigen Landzunge. Unter den Dachvorsprüngen war schnörkeliges viktorianisches Schnitzwerk zu erkennen, und die von der Sonne ausgebleichten Zedernbalken wirkten hellgrau im Licht der Verandalampen. Der Regen wurde stärker, und Jackson stieg rasch die Treppe hinauf. An der Tür klingelte er einmal, um sich bemerkbar zu machen, und betrat dann den behaglich warmen Empfangsraum.

In dem großen gemauerten Kamin glühte ein Feuer. Auf den glänzenden Dielen lagen dicke Perserteppiche. Durch eine Reihe Fenster blickte man auf das dunkle Meer. Bequeme Sessel luden zum Lesen oder Backgammon-Spielen an einem regnerischen Sommertag ein. Eine Flügeltür führte zur Bar und in einen kleinen Speisesaal. Hinter der Empfangstheke aus Eichenholz lagen die Zimmerschlüssel in kleinen Fächern. Jackson wollte gerade auf die Messingglocke auf der Theke schlagen, als er eine Frau die breite geschwungene Treppe herunterkommen sah.

»Tut mir leid, wir haben außerhalb der Saison nicht geöffnet«, sagte sie, bevor sie ihn erkannte. Es war die Frau vom Strand. »Oh, hallo. Wir sind uns heute schon mal begegnet.«

»Mein Wagen ist kaputt«, erklärte Jackson, »Ich war auf der Durchreise, doch jetzt brauche ich eine Unterkunft.«

»Wir sind eigentlich nicht vorbereitet«, erwiderte sie, schien dann aber zu zögern. »Doch ich denke, ich kann eine Ausnahme machen. Ein paar Zimmer sind immer hergerichtet.« Sie trat hinter die Theke und schlug das Gästebuch auf. Seinem Blick wich sie aus. »Sie müßten hier Ihren Namen und Ihre Adresse eintragen.«

»Danke.« Er nahm den Stift, den sie ihm hinhielt. »Tut mir leid, ich wollte nicht so hereinplatzen.« Er strich sich durchs Haar und schrieb sich in ihr Buch ein. Er hatte Hotels auf seiner Reise gemieden und in Trucker-Absteigen geduscht oder sich für ein paar Dollar zum Übernachten einen Standplatz auf einem Campingplatz gemietet. In den dunklen Räumen den Motels fühlte er sich einsam. Er hatte zwar Geld, wußte aber nicht, wie lange er damit auskommen mußte.

Während sie seine Kreditkarte prüfen ließ, schrieb er seine Adresse in Illinois auf, und dabei sah er wieder das alte Farmhaus in der Universitätsstadt im Mittelwesten vor sich, in dem er mit seiner Familie gelebt hatte, am östlichen Rand des Maisgürtels, der sich quer durch Missouri und Kansas bis zur Grenze von Colorado erstreckte. Im Stadtmuseum von Wendell stieß man auf Fotografien von Männern in staubigen Anzügen, die mit ihren Familien im Sonntagsstaat aus dem Sears-Katalog auf der Veranda standen, die später Jackson gehörte. Inzwischen hatte man die Maisfelder längst in Rasenflächen umgewandelt, und das Anwesen bestand nur noch aus einem knappen Morgen Land, umgeben von modernen Ranch-Bungalows, auf deren Grundstücken frisch gepflanzte Eichen vom Wind klein gehalten wurden. Jacksons Haus schien höher gelegen, weil die alten schattenspendenden Bäume alles andere überragten. Hinter dem Haus gab es einen

Teich und einen Sauerkirschbaum, der jedes Frühjahr genug Kirschen für einige Kuchen hergab.

Er verbot sich diese Gedanken.

»Willkommen, Mr. Tate«, sagte die Frau, als Jackson ihr das Buch hinschob. Sie blickte zu ihm auf, schaute dann aber beiseite, als sie erklärte: »Ich heiße Olivia Faraday. Meine Freunde nennen mich Livvy.«

»Schön, Sie kennenzulernen, Livvy. Sagen Sie ruhig Jackson zu mir. Nur meine Studenten sprechen mich mit Nachnamen an.«

»Gerne.« Sie lächelte scheu und warf einen Blick auf seine Adresse. »Wendell, Illinois. Ich habe eine Zeitlang in Chicago gelebt.«

»Ach ja?« meinte Jackson. Er gestattete es sich, ihre Schönheit wahrzunehmen. Ihr Haar schimmerte. Sie hatte es zu einem Pferdeschwanz zusammengefaßt, der den Kragen ihres Pullovers streifte. Im Licht der Lampen wirkten ihre Augen dunkler, traurig. Dieser Ausdruck machte sie älter, als man sie geschätzt hätte, wenn man ihre zierliche Nase und die vereinzelten Sommersprossen auf ihren Wangen ansah. Sie mußte in seinem Alter sein, noch keine vierzig.

»Lehren Sie dort an der Uni?«

»Ich bin da geblieben, nachdem ich promoviert hatte.«

»Also haben wir heute nacht einen Doktor im Haus«, sagte sie mit einem raschen Lachen und errötete dann plötzlich, wie in jenem Moment am Strand, als sie verlegen bemerkt hatte, daß sie dicht vor ihm stand. Jetzt schien ihr eigenes Lachen sie irritiert zu haben. Ihre Verlegenheit, die sich auch nicht legte, als sie ein Zimmer für ihn aussuchte, rührte ihn.

»Sie werden ein Zimmer mit Meeresblick haben wollen, wie jeder. Ich gebe Ihnen die Drei, die ist hergerichtet, soweit ich weiß. Und es ist das schönste Zimmer.« Sie nahm einen

Schlüssel aus einem der Kästchen. Ihr Ton war förmlich geworden.

»Es muß sehr ruhig hier sein um diese Jahreszeit«, bemerkte Jackson, als er ihr nach oben folgte. Er mochte ihre Stimme, den sanften Singsang, die Melodie. Er wollte, daß sie immer weitersprach.

»Regelrecht ausgestorben, aber bald wird wieder mehr los sein.«

»Haben Sie sich jemals überlegt, im Winter zu schließen und nach Florida zu fahren?«

»Mein Mann und ich sind früher jedes Jahr verreist«, antwortete sie. »Nach Europa oder in die Karibik, ganz nach Laune. Aber jetzt bleiben wir hier.«

»Ich war noch nie in Europa, habe nur einmal drei spannende Monate mit Forschungen auf einer Insel im Südpazifik zugebracht, die von Ratten heimgesucht war.«

»Europa würde Ihnen gefallen«, sagte sie schwärmerisch, dann nahm sie sich zurück und fügte hinzu: »Ich meine, ich kann mir nicht vorstellen, daß jemand Europa nicht mag. Das Essen, die Kunst. Es fehlt mir sehr.« Sie hielt inne und stieß wieder ein kurzes, verlegenes Lachen aus. »Nun ja, man kann schließlich nicht alles haben, oder?«

»Das klingt nach dem Kluft-Prinzip«, entgegnete Jackson.

»Das Kluft-Prinzip?«

»Nur eine meiner Theorien.«

»À la Einstein?« sagte sie schelmisch, warf ihm einen raschen Blick zu und sah wieder weg.

Er fühlte sich fast in die Enge getrieben, lachte laut und empfand die Reaktion sofort als unpassend angesichts ihrer kleinen Spitze. Er hatte einfach so lange nicht mehr gelacht. Er beherrschte sich und erklärte: »Keine so gewaltige Theorie, nicht einmal annähernd. Nur so ein Gedanke von mir, der sich mit der riesigen Kluft zwischen dem Leben beschäftigt, das man sich wünscht, und dem Leben, das man zu führen imstande ist. Aus irgendeinem Grunde steht diese Kluft, dieser Abgrund oder Grand Canyon, in direktem proportionalem Verhältnis zum Ausmaß der Wünsche.«

»Je größer die Sehnsucht, desto breiter die Kluft.« Sie nickte. »So kommt es mir auch immer vor. Und Sie sind Professor der ...?«

»Physik«, sagte Jackson. »Träger des Alfred-W.-Blauman-Titels.« Es war ihm plötzlich unangenehm, daß er seinen Titel so zur Schau stellte, und er machte einen Rückzieher. »Es gab keine anderen Bewerber in dem Jahr, als ich zur Auswahl stand.«

»Das Kluft-Prinzip«, wiederholte sie. »Das gefällt mir.«

Sie ging voraus durch einen breiten Flur mit dickem Teppichboden, öffnete die Tür zu seinem Zimmer und knipste die Lampe auf dem Nachttisch an. Sie strich die Bettdecke glatt und wirkte plötzlich wieder nervös, als hätte sie zuvor nicht mit ihm gescherzt und gelacht. »Kann ich Ihnen noch etwas bringen?« fragte sie. Sie klang distanziert, zog sich auf die Rolle der professionellen Gastgeberin zurück. »Etwas zu trinken oder ein Sandwich vielleicht?«

»Danke, ich brauche nichts«, antwortete er. Er hatte zwar Hunger, doch er wollte sie nicht länger durch seine Nähe quälen. Die Röte an Gesicht und Hals sah schlimm aus, beinahe wie ein Ausschlag. Am besten, er blieb auf Abstand. Vielleicht fürchtete sie sich vor ihm. Wo war ihr Mann? Irgendwo im Haus, oder beunruhigte es sie, einen männlichen Gast zu haben, weil sie alleine war? Aber warum hatte sie ihm dann nicht deutlicher zu verstehen gegeben, daß das Hotel geschlossen hatte? Brauchte sie das Geld dringend? Oder vielleicht war sie einfach nur schüchtern, vielleicht strengte sie der Kontakt mit den Gästen über die Maßen an. Übernahm ihr Mann sonst die Rolle des Gastgebers? Jackson wollte ihr jedenfalls keine weitere Mühe bereiten. Er hatte ein paar Cracker in der Tasche.

»Gut. Frühstück gibt es um acht.«

»Vielen Dank, daß ich hierbleiben darf.« Sie nickte, dann ging sie zur Tür. Ihre Hand ruhte einen Augenblick auf dem Knauf. »Gute Nacht«, sagte sie. Sie versuchte ihn dabei anzusehen, doch es gelang ihr nicht. Sie zog die Tür hinter sich zu.

Und er war wieder allein.

KAPITEL ZWEI

Jeder Körper verharrt im Zustand
der Ruhe oder der gleichförmigen
geradlinigen Bewegung, solange
keine Kraft auf ihn einwirkt.

1. NEWTONSCHES AXIOM

Als Jackson am nächsten Morgen auf dem breiten Bett erwachte, reckte er sich und tastete mit den Fingern über das Muster der Patchwork-Decke, unter der er lag. Die bunten Streifen erinnerten ihn an die Ringe des Saturn. Er fuhr über die Nähte und sah zu, wie die Sonne sich aus dem schwarzen Meer erhob. Das Licht fiel durch die welligen Bleiglasfenster, erfüllte den Raum und zauberte einen tiefblauen Glanz auf das Wasser. Zum erstenmal, seit er ohne sie schlafen mußte, war er in der Nacht nicht aufgewacht. Das Rasen in seinem Kopf war verstummt, das ihn sonst in Träume gerissen hatte, die nicht minder grauenvoll waren wie die endlosen Tage. Seine Gedanken der letzten Monate hatten einem Möbiusschen Band geglichen; er hatte keinen Ausweg mehr gefunden aus den Erinnerungen an jenen letzten Tag und die trostlosen Wochen danach.

Kein Morgen würde mehr so sein wie früher. Jackson kämpfte sich durch die leeren Stunden vor der Dämmerung, im denen jegliche Hoffnung, die ihn tagsüber noch am Leben hielt, von der Dunkelheit erdrückt wurde. Wenn es hell wurde, kehrte die Hoffnung wieder, ermattet und kraftlos, ermöglichte es ihm, ein bißchen freier zu atmen und sich wenigstens für einen kurzen Augenblick einzubilden, daß alles so sei wie früher – sein Sohn und seine Tochter, die sich den Schlaf aus den Augen rieben, Nancys Atem, der ihn am Ohr kitzelte, wenn sie sich an ihn schmiegte. Am Wochenende hatten sie immer lange im Bett gelegen und den Geräuschen der Kinder gelauscht. Vom Fernseher stiegen Pech und Schwefel auf, wenn Nathan aus unerfindlichen Gründen wieder einem Fernsehprediger lauschte, der Hölle, Tod und Teufel heraufbeschwor, statt sich Zeichentrickfilme anzusehen. Dabei hielt er seine kleine Schwester Franny zur Ruhe an, die dabei war, den fünfzehnten Vers von »I'm a Little Teapot« zu erfinden. Erst wenn Jackson ganz erwachte, zerstoben die Töne und Bilder in seinem Kopf wie der Billionen Jahre alte Staub, der durch das Sonnensystem trieb. Und er fühlte sich wieder wie gelähmt.

Als sie nicht mehr bei ihm waren, zerstörte er Dinge. Seine eigenen. Er ließ seine Wut an dem Radiowecker neben seinem Bett, an seiner Sonnenbrille und sogar an seiner geliebten Angelrute zum Fliegenfischen aus. Verzweifelt und erbittert trat er eines Abends nach dem Teleskop auf der Veranda, mit dem sie einige Wochen zuvor den rötlichen Mars beobachtet hatten, als sich seine elliptische Umlaufbahn der Erde annäherte. Als das Teleskop umstürzte, zersprangen die gläsernen Linsen im Inneren mit einem leisen Knallen, und als Jackson das Rohr aufhob, rieselten die Splitter heraus wie Regentropfen. Sie war ihm fremd, diese Gewalttätigkeit, die aus ihm herausbrach und ihn an die glühenden Ausbrüche auf der Oberfläche der Sonne erinnerte.

Im Laufe der Zeit entzog ihm der Schmerz jegliche Kraft, bis seine Persönlichkeit sich aufzulösen schien wie ein Salzklumpen auf einer nassen Straße. Es kam ihm vor, als lebte er außerhalb seiner selbst, als ginge er in ein anderes System von

Zeit und Raum ein. Er fühlte sich zweidimensional, hatte sich in einen flachen Streifen Fleisch verwandelt. Der Schmerz packte ihn auch an Orten, an denen er ihn nicht erwartete. Im Supermarkt entdeckte er plötzlich die Frühstücksflocken seiner Kinder, das Kräutershampoo seiner Frau. Der Schmerz wütete in ihm wie ein Tornado. Wenn er seinen Einkaufswagen an die Kasse schob und sich die Qual in seinen Zügen abzeichnete, hörte er die Leute flüstern, und manche boten ihm Trost. Sie kannten ihn aus der Zeitung und aus nächster Nähe aus dem Fernsehen; die Kameras hatten direkt auf sein Gesicht gehalten, in Erwartung ergreifender Emotionen. Er schien nicht mehr die Kraft zu haben, sich zu beherrschen. Und irgendwann brach er zusammen.

Es war in den Sommersemesterferien geschehen, als Jacksons Kollegen Kurse abhielten, um sich etwas dazuzuverdienen, oder in Kellerlabors hockten und experimentierten. Jackson selbst hatte sich im Juni drei Wochen in einem Institut in Kalifornien aufgehalten, um eine Studie in Hochenergiephysik durchzuführen. Vierzehn Stunden am Tag hatte er Protonen in einem langen Tunnel beschleunigt, in dem Magnetfelder wirkten. Es handelte sich um einen Versuch über den Zusammenprall von Materie mit Antimaterie. Antimaterie verhält sich wie Materie, doch wenn sie aufeinandertreffen, findet eine heftige Reaktion statt. Der Zusammenprall wird am Freiwerden einer Gammastrahlung erkannt. Von früh bis spät beschoß Jackson Quarks mit Antiquarks und zeichnete die Ergebnisse mittels einer speziell beschichteten Fotoplatte auf. Ein Punkt auf dem Leuchtschirm wies auf die tragische Begegnung geladener Teilchen hin. Die Energie, die dabei frei wird, entspricht mc^2 (wobei m für Masse und c für Lichtgeschwindigkeit steht), wie es Einstein in seiner schlichten Gleichung $E=mc^2$ formuliert bat. Mit zunehmender Geschwindigkeit eines Teilchens, so Einsteins Theorie, nimmt auch seine Masse entsprechend zu. Folglich wird eine immer größere Energiemenge benötigt, um es zu bewegen. Das erinnerte Jackson an einen Traum, der immer wiedergekehrt war, bevor seine Träume allesamt verstummt waren; er schwamm träge in einem blauen tropischen Meer und entdeckte plötzlich Haiflossen. Er versuchte wegzuschwimmen, kam jedoch nicht voran.

Von seinem Aufenthalt in Kalifornien war er mit neuen Forschungsergebnissen für einen wissenschaftlichen Beitrag zurückgekehrt, den er schreiben wollte, aber er war nicht in Arbeitslaune. Die Kinder hatten Ferien, und seine Frau hatte sich auch Urlaub genommen. Er liebte es, den Sommer mit seiner Familie zu verbringen, mit ihnen im Pool auf dem Unigelände schwimmen zu gehen oder den Gemüsegarten zu jäten. Die Zeit war knapper, als er gedacht hatte, obwohl dieser Sommer der längste seines Lebens war.

Im September hatte sich schon alles verändert. Das Leben war aus dem Farmhaus gewichen, das sie so liebevoll mit alten ländlichen Möbeln ausgestattet hatten. Jackson war wie gelähmt, wenn er unrasiert an dem langen Kiefernholztisch in der Küche hockte und in eine leere Kaffeetasse starrte. Er ließ Tag und Nacht das Licht brennen, bis die Stehlampe im Arbeitszimmer, wo er Franny vorm Zubettgehen noch ein letztes Mal *Dr. De Soto* vorgelesen hatte, erbost knisterte und zischte.

Es gab keinen Grund, so schien es ihm, nur einen blinden Willen, der sich unbeirrt voranbewegte. Der Pfeil der Zeit durchbohrte sein Herz. Erinnerungen sieht man vor sich wie einen Film; man kann mit der Vergangenheit spielen, sie vor- und zurückspulen, ein Bild stehenlassen, näher heranzoomen oder sich seine Geschichte in Zeitlupe ansehen wie Filmregisseure. Sobald der Gedanke an die Vergangenheit rührt, erlischt die Gegenwart, und die Augenblicke flirren vorbei in der golden leuchtenden Erinnerung. Die Zukunft dagegen schießt auf uns zu wie die Haie in Jacksons Träumen, schnell, unberechenbar, zum Angriff bereit.

Danach dachte er häufig an das 3. Newtonsche Axiom: Die von zwei Körpern aufeinander ausgeübten Kräfte sind gleich groß und einander entgegengerichtet. Nach diesem Axiom funktionierte alles im Kosmos, von der Schwerkraft der Erde bis zu den Planeten, die wie Perlen die Sonne umgeben. Er war seine eigene Lektion in Teilchenbeschleunigung. Er mußte sich voranbewegen.

Er flüchtete mit den Dingen, die ihm am kostbarsten waren – den Familienfotos. Seine Frau Nancy war die Fotochronistin gewesen, hatte bei Geburtstagen, Picknicks und an trägen Sonntagnachmittagen fotografiert, wenn sie gegrillt und Obst für selbstgemachte Limonade ausgepreßt hatten. An solchen Tagen verhielt sich die Zeit sprunghaft. Eine Stunde war wie eine Ewigkeit, doch wenn das Ende des Tages näher rückte, schien es, als wäre die Zeit im Fluge vergangen. Nun fand er nur noch Ruhe, wenn er daran dachte, wie er und Nancy sich an der Hand hielten.

Als er schließlich vor seinem Heim und seinen beruflichen Verpflichtungen flüchtete, war er verzweifelt. Die Erinnerungen wohnten in ihm. Nicht nur das Sofa mit Gobelinbezug, Nathans Batman-Bettwäsche oder der Goldfisch im Teich hinter dem Haus erinnerten ihn an seine Familie. Er trug die Essenz ihres gemeinsamen Lebens und ihrer Liebe füreinander in sich. Jackson wußte, daß die Menschen, die er kannte, ihn falsch einschätzten. Er konnte nicht leben inmitten von Echos. Und nach dem, was er getan hatte, mußte er fliehen. Er tat es aus reinem Selbsterhaltungstrieb, um wenigstens einen Rest seines zerstörten Herzens zu retten.

Schließlich konnte doch keiner von ihm erwarten, daß er in diesem Haus blieb, wo er in den schlimmen Nächten von Zimmer zu Zimmer wanderte und sich ihr gemeinsames Leben ins Gedächtnis rief. An den stillen Abenden stocherte er in einem aufgewärmten Stew, das irgendeiner der eifrig bemühten fürsorglichen Freunde in den Gefrierschrank getan hatte. Für Jackson war ihr Mitgefühl nur weißes Rauschen. Er dankte den Nachbarn, den Müttern von Frannys Vorschulfreundinnen und seinen Unikollegen, doch sie hatten keinen Zugang zu seinen Gefühlen. Er konnte sie nicht daran teilhaben lassen, er war gefangen in seiner Einsamkeit.
Für ihn schien die Zeit stillzustehen. In den Tagen, nachdem er sie verloren hatte, konnte er kein weiteres Jahr planen, in dem er Quantenmechanik oder die Newtonsche Physik lehrte. Er konnte sich nicht weiter über die unveränderlichen Gesetze des Universums auslassen, da sein eigenes Leben so beliebig zerstört worden war. Mit der Physik ließ sich die Mechanik der Tragödie erklären, doch nicht das Geschehen als solches, das entsetzliche Ergebnis. Jackson war sich sicher, daß er nicht in einem Vorlesungssaal stehen und Hunderten von Studenten die Newtonschen Axiome der Mechanik erklären konnte, weil ihm zu bewußt war, wie diese Gesetze sich auf seine Familie ausgewirkt hatten. Er hatte erlebt, was geschieht, wenn die Beschleunigung in Richtung der angreifenden Kraft erfolgt. Und daß im leeren Raum alle Körper gleich schnell fallen. Er wußte genau, wie diese Körper nach dem Aufprall aussahen. Er kannte ihre Gesichter und ihre Namen und wußte, wie alt sie waren. Er wußte, daß seine Frau Nancy leidenschaftlich gerne mit Nathan und Franny Kleider einkaufte. Wenn sie dann nach Hause kamen, hielten sie eine »Modenschau« ab. Die Kinder zogen ihre neuen Sachen an und stolzierten damit durch die Schlafzimmer. Sie ergaben

sich in diesem Moment hemmungslos der Eitelkeit, doch sie konnten der Versuchung nicht widerstehen, sich ihrem Vater zu präsentieren, der den ganzen Tag in seinem Labor gehockt hatte. Die leuchtenden Farben der neuen Jeans und das strahlende Weiß von Frannys Blusen blendeten ihn geradezu. Die Kinder hopsten, drehten sich und jauchzten mit einer Energie, die ihn zugleich entzückte und erschöpfte, und er sann kurzzeitig darüber nach, ob seine Frau ihm vielleicht zwei schillernde Quarks geboren hatte.

Einmal kam er nach Hause und fand die drei mit einem Buch in der Hängematte hinten im Garten vor. Franny saß auf Nancys Schoß und beugte sich vor, um an den goldenen Locken ihres Bruders zu zupfen. Wahrscheinlich kam es ihr vor, als wäre er von einem Strahlenkranz umgeben. Jackson stand auf dem kühlen Rasen und blickte zu ihnen hinüber. Sie bemerkten ihn nicht. Nancy hörte zu, wie Nathan vorlas; er bemühte sich, die Worte richtig zu betonen, verbesserte sich, wenn er sich versprochen hatte, und Nancy strich Franny übers Haar, wenn sie unruhig wurde. Als er da stand und dieses Bild in sich aufnahm, wußte Jackson, daß er sich sein Leben lang daran erinnern würde. So war es auch, und nun war der Schmerz so intensiv, daß er ihn würgte und seine Augen versengte.

Als Jackson sich in seinem Zimmer im Rockpoint Inn erhob, ächzten seine Glieder. Sein Körper hatte sich so an das harte Klappbett im Quark gewöhnt, daß er sich auf einer guten Matratze nicht mehr entspannte. Doch das konnte man wohl wieder lernen. Er wusch sich, holte saubere Kleidung aus seiner Tasche und zog sich rasch an. Im Aufspüren von Waschsalons und dem Umgang mit Wäsche war er in den letzten Monaten recht geschickt geworden. Wenn er die

Münzen in die Maschinen steckte, erinnerte er sich seiner Studentenzeit, als er immer erst dann waschen ging, wenn der Geruch seiner Kleidung ihm zuwider war. Doch das war vor seiner Zeit mit Nancy gewesen.

Jackson merkte, daß er an Livvy dachte, als er sein Zimmer verließ; an ihre Sanftheit und Energie, an ihr Erröten, das ihm zeigte, daß sie ihn wahrnahm, an ihr spontanes Lachen. Das hatte er im letzten Jahr schmerzhaft vermißt; sich selbst in der Reaktion eines anderen wahrzunehmen, Interaktion. Auf seiner Reise war ihm aufgefallen, wie viele Menschen unfähig waren, Güte auszustrahlen, als wäre alle Freundlichkeit aus ihnen gewichen. Wenn eine Kellnerin oder ein Tankwart lächelte und sich ein paar Minuten mit Jackson unterhielt, bedeutete ihm das etwas. Es durchbrach seine Isolation. Doch es kam selten genug vor. Und die Autofahrer benahmen sich häufig am widerwärtigsten. Sie schnitten ihn und drohten ihm aus heiterem Himmel mit der Faust. Jackson in seinem Quark, das einen Schwerpunkt von der Höhe des Everest hatte, war natürlich ein geeignetes Haßobjekt. Die kurvigen Landstraßen reizten manchen Raser, und häufig fuhren irgendwelche Idioten in neuen Sportwagen dicht auf, bis Jackson anhielt und sie vorbeiließ.

Schon von oben roch er Kaffee und Muffins, und der köstliche Duft lockte ihn durch den sonnigen Empfangsraum in den kleinen Speisesaal. Nur einer der sechs Tische war gedeckt, mit Steinguttellern und einem schweren Becher. In der Mitte stand eine schlanke Kristallvase mit einer Narzisse. Jackson ließ sich nieder und griff nach dem Briefbogen, der auf seiner Serviette lag. Er betrachtete das edle geprägte Papier mit dem Blumenmuster, mit dem Finger über ein zartes Veilchen und eine Ringelblume streichend. Die Nachricht war mit Füller geschrieben, in einer geraden, feinen Handschrift.

Lieber Jackson, tut mir leid, daß ich Sie heute morgen nicht begrüßen kann, ich mußte überraschend weg. Lassen Sie sich die Blaubeermuffins schmecken (meine Spezialität). Es ist reichlich Kaffee da (italienische Röstung). Nehmen Sie sich, soviel Sie möchten.

Livvy Faraday

Er gestand sich ein, daß er enttäuscht war. Er hatte sie knapp verpaßt. Für alle anderen bewegte sich die Zeit voran, doch für Jackson würde sie in seinen schlimmsten Momenten verharren. Er steckte Livvys Nachricht in seine Hemdtasche und nahm die Serviette vom Brotkorb. Zwei softballgroße Muffins kamen zum Vorschein. Er schenkte sich aus dem Glasbehälter Kaffee ein und stellte ihn auf die Warmhalteplatte zurück. Beeren quollen aus dem Muffin, als er einen aufbrach, und er schmeckte intensiv nach Zitrone und Sauerrahm. Es war der beste Muffin, den er je gegessen hatte.

Nancy hatte für Frühstück nie viel übrig gehabt, doch Jackson schätzte es mehr als alle anderen Mahlzeiten. Mit Nathan hatte er frühmorgens das Haus verlassen und in einem Diner gefrühstückt, in dem die Resopaltische zerschrammt waren und man keinen frischgepreßten Orangensaft bekam, nur Konzentrat. Doch sie gingen wegen der Pancakes dorthin. Es gab da über zwölf Arten, und Jackson wollte sie alle durchprobieren. Er hielt sich meist an die Vollkornvariante, ermunterte Nathan jedoch, sich auszusuchen, worauf er Lust hatte. Wenn Nathan sich dann für eine Sorte mit Schokostückchen entschied, konnte Jackson sich ein paar Happen von seinem Teller stibitzen. Das reichte ihm. Nancy war der Überzeugung, daß zuviel Zucker zum Frühstück ungesund sei, doch er merkte, welchen Spaß der Junge daran hatte.

Auch mit seinem eigenen Vater war er sonntags immer zum

Frühstücken gegangen. Jackson erinnerte sich, wie sie frühmorgens zu Joe's gefahren waren, einem Lokal in einem Vorortviertel von New York mit Eßtheke und Sitzecken mit braunen Vinylpolstern. Sie aßen Spiegeleier und tupften das zerfließende Eigelb mit Toast auf. Jacksons Vater trank schwarzen Kaffee und blätterte die Zeitung durch, die er an der Kasse neben dem Eingang erstanden hatte. Wenn sie zu Hause ein kaltes Frühstück zu sich genommen hatten, fuhren sie nachmittags mit dem weißen Chrysler zu Joe's, um die Zeitung zu holen, und Jackson durfte am Tresen sitzen und mit einem dicken Wachspapierstrohhalm eine Schokoladenmilch schlürfen. Manchmal kaufte ihm sein Vater sogar für einen Quarter ein Superman-Heft. Jackson waren diese Rituale zwischen Vater und Sohn sehr wichtig. Vielleicht entsprangen sie einem urtümlichen Jägerinstinkt. Statt gemeinsam eine Antilope zu erjagen, brachte der Vater dem Sohn bei, wie man einer zwei Kilo schweren *New York Times* auflauerte, sie erlegte und die Beute seiner Familie brachte. Feuilleton, Sport und Wirtschaftsteil brauchte der Mann für sein Fortkommen in der Welt.

In seinen einsamsten Stunden in der letzten Zeit hatte Jackson sich manchmal gefragt, was sein Vater wohl von seinem Handeln gehalten hätte. Er war Steuerberater gewesen und hatte so strikt nach den Regeln gelebt, daß er sogar fast auf den Tag genau zu dem Zeitpunkt starb, den seine Versicherung für einen Zigarrenraucher mit hohem Blutdruck und Herzgeräuschen errechnet hatte. Er war bei einer Ölfirma tätig gewesen und nie offiziell in den Ruhestand gegangen. Die Firma gehörte einem Texaner, der seine neuen Schlangenlederstiefel einzulaufen pflegte, indem er vor der Firma in der Lexington Avenue auf und ab spazierte und seiner Sekretärin Briefe diktierte. Jacksons Vater war bei der Marine gewesen. Er besaß einen Schrank voll weißer Hemden, fein säuberlich gebügelt von der chinesischen Wäscherei im Viertel. Bevor er zu Bett ging, machte er dreißig Liegestütze, wie er es während seiner drei Jahre bei der Marine getan hatte. Jackson sah ihm dabei zu und empfand diese starre Ordnung als seltsam tröstlich. Sein Vater hatte einen Schuhputzkasten aus Holz, in dem Creme und Bürsten verstaut waren, und sonntags abends tat er seine Budapester auf die Halterung und putzte und polierte sie. Als er nicht mehr da war, behielten die Leute ihn als scheuen Mann in Erinnerung. Doch Jacksons Mutter meinte immer wehmütig, er sei durch und durch ein Mann der Marine gewesen.

»Du mußt für dich selbst kämpfen«, hatte er einmal gesagt, als er düsterer Stimmung war und Jackson plötzlich eine Ahnung von seiner Bitterkeit bekam. »Das nimmt dir keiner ab.«

David war sein Name gewesen, und er hatte die Welt zwischen jenen blauen Linien in den Hauptbüchern geordnet, in denen er die Haushaltskosten aufführte. David Tate folgte einem Regelsystem, so streng wie die Gesetzessammlung Hammurabis, und es hatte sich unauslöschlich in Jacksons Gedächtnis geprägt. Addition und Subtraktion wurden mit gelben Faber-Bleistiften Nr. 2 und farbigen Füllern vorgenommen, die David ordentlich auf seinem Schreibtisch aufgereiht hatte wie Pfeile für einen Bogen. Einem Sanitäter gleich stand an der Seite ein Pink-Pearl-Radiergummi, um im unwahrscheinlichen Fall eines Fehlers zur Tat zu schreiten. In regelmäßigen Abständen, die in einem Finanzkalender vermerkt waren, den David selbst entwickelt hatte, nahm er sich die Stapel von Kassenzetteln vor, die Jacksons Mutter nach dem Einkaufen aus den Tiefen ihrer Handtasche zutage förderte. Sie bewahrte jeden noch so kleinen Fetzen Papier auf, damit er alles ausrechnen konnte. Sie wagte es nicht, das zu vergessen.

David gab die Zahlen in eine alte Addiermaschine ein, die von Zeit zu Zeit klemmte. Sie spuckte einen Streifen Papier mit der Summe aus, die David dann in sein Hauptbuch eintrug. Einnahmen wurden schwarz vermerkt, Ausgaben rot. Am Ende des Jahres war alles vorbereitet für die Steuererklärung. Am Nachmittag des 2. Januar füllte David alljährlich die Formulare aus. Und die Regel war simpel: Am Ende mußten schwarze Zahlen stehen. Rote Zahlen verhießen Unheil. Jackson lag auf dem Teppich neben dem Schreibtisch seines Vaters, rechnete an Aufgaben aus seinem Mathematikbuch und hörte dabei zu, wie sein Vater vor den Gefahren der Verschuldung, Pfändung und des Bankrotts warnte. Dies waren die grauenvollen Dinge, die einem widerfahren konnten, wenn man sich des Vergehens schuldig machte, in die roten Zahlen zu geraten.

Vielleicht hoffte Jackson, etwas beweisen zu können, indem er in der festgelegten Welt der Physik Berechnungen anstellte. Es fiel ihm leicht, knifflige Probleme zu lösen, und er hatte eine besondere Affinität zu Zahlen in der zehnten Potenz. Zahlen strahlten Sicherheit aus. Jacksons Weltsicht wurde gemildert durch die Ziffern auf dem Display seines Rechners. Sie hielten das Leben auf Abstand.

Nancy ließ ihn in Ruhe. Für sie war Jackson ihr genialischer Gelehrter, und während sie tagaus, tagein ihre Kinder in die Arme nehmen konnte, hielt er sich im Hintergrund. Etwas in ihm fürchtete, daß Familie und Liebe seine Seele entblößen könnten.

»So bist du, Jackson«, sagte Nancy einmal zu ihm, als sie sich gestritten hatten. »Mir ist schon seit Jahren klar, daß du einer dieser Menschen bist, die kein Licht ertragen können. So se-

hen deine Gefühle aus, Jackson. Du kannst die Helligkeit deiner eigenen Emotionen nicht ertragen. Ich weiß, daß du uns liebst, aber du filterst das durch deine Arbeit, damit du uns aus sicherer Distanz sehen kannst.« Sie hatte recht. Jackson fühlte sich getroffen. »Schau nicht so erschrocken«, meinte sie dann. »Eines Tages wird es mir gelingen, dich zu knacken.«
Und in gewisser Weise hatte sie recht behalten.

Nach seinem einsamen Frühstück räumte Jackson den Tisch ab und spülte das Geschirr in der Kochnische hinter der Schwingtür. In einer Schublade fand er eine Rolle Alufolie, und er wickelte den zweiten Muffin ein, den er später als Imbiß zu sich nehmen wollte. Er stellte die Kaffeemaschine aus und ging in den Empfangsraum, um nach einem Telefonbuch Ausschau zu halten. Solange der geplatzte Schlauch am Quark nicht repariert war, konnte er nicht weiterfahren. Es gab einen Ersatzteilladen in der Stadt, und Jackson rief dort an und ließ sich den Weg beschreiben.
Vor dem Haus waren in einem Rasenstück Blumenbeete angelegt, die man über kleine, mit rosa Granulat bestreute Pfade erreichen konnte. Die zarten durchscheinenden Blüten von Narzissen und Traubenhyazinthen, erste Frühlingsblumen, schimmerten im kühlen Licht des Morgens. Jackson ging den Hauptweg entlang, der sorgfältig mit Pflastersteinen gesäumt war. Zwischen zwei akkurat beschnittenen Wacholdersträuchern befand sich eine schlichte Bank aus verwittertem Holz. In die Sitzfläche hatte jemand ein kleines Herz geritzt.
Das Quark stand unbehelligt an der Stelle, an der Jackson den Wagen am Vorabend geparkt hatte, und Strafzettel waren nirgendwo zu sehen. Dreißig Minuten später kehrte Jackson mit den nötigen Ersatzteilen, die er sich in der Stadt besorgt

hatte, zu seinem Wagen zurück. Er klappte die Motorhaube auf und suchte in seinem Werkzeugkasten nach dem passenden Schraubenzieher. Dann krempelte er die Ärmel hoch, löste die Schellen an dem geplatzten Schlauch und zog ihn heraus. Ein Rest Kühlflüssigkeit tropfte raus, und er wickelte den Schlauch in eine Lage Zeitungspapier. Danach brachte er den Ersatzschlauch am Kühler an, befestigte ihn sorgfältig und füllte Kühlflüssigkeit ein. Als er sein Werkzeug verstaute und sich die Hände an einem weichen Lappen abwischte, sah er, daß auf dem Stoff Pu der Bär abgebildet war. Der Lappen stammte von einem von Nathans alten Schlafanzügen. Jackson knüllte ihn in der Faust zusammen. Er lag schon lange da in diesem Werkzeugkasten, ein banaler Gegenstand, der nun plötzlich bedeutungsvoll geworden war.

Jackson nahm ein Motorengeräusch wahr. Ein silberner Volvo-Kombi hielt neben ihm. Livvy saß am Steuer. Er faltete den Lappen ordentlich zusammen und legte ihn in den Werkzeugkasten zurück.

»Guten Morgen«, sagte sie durchs Fenster. »Wie geht's dem Auto?«

»Nichts Dramatisches«, antwortete er. »Nur ein kaputter Kühlerschlauch.«

»Waren Sie mit dem Frühstück zufrieden?« Die Sonne schien ihr ins Gesicht, und sie hielt die Hand über die Augen. Diese Geste schien sie auch vor ihm zu schützen; sie wirkte heute selbstsicherer, weniger verwirrt durch seine Anwesenheit.

»Das Rezept für Ihre Muffins hätte ich gerne«, sagte er.

Sie lachte. »Ich würde viele Gäste verlieren, wenn ich meine Rezepte verrate. Sie sollen doch einen Grund haben wiederzukommen.«

Nun lachte er. »Ah, verstehe, Sie sind eine gewiefte Geschäftsfrau.«

»Meistens ja. Tut mir leid, daß ich Sie heute morgen alleine lassen mußte. Normalerweise bin ich eine bessere Gastgeberin.« Sie schaltete auf Parkstellung und schien, ernster werdend, ihre Gedanken zu ordnen. »Es gibt einen sehr guten Automechaniker, falls Sie einen brauchen. Er hat den alten Fiat meines Mannes jahrelang in Schuß gehalten, obwohl er eigentlich schrottreif war.«

»Danke, schon erledigt.« Jackson schnippte ein Stückchen schwarzes Fett unter seinem Fingernagel hervor. Wieder der Mann.

»Fahren Sie zum Hotel zurück?«

»Ja. Ich muß ja noch meine Rechnung begleichen.«

Sie nickte und winkte ihm zu, dann kurbelte sie das Fenster hoch und fuhr langsam los. Er verriegelte den Werkzeugkasten mit dem Pu-der-Bär-Lappen und schob ihn unter den Vordersitz.

Anschließend stieg er ein und drehte den Zündschlüssel. Der Motor sprang an, das Quark war startbereit. Am Armaturenbrett klapperten die losen Lüftungsschlitze. Jackson trat ein paarmal im Leerlauf das Gaspedal durch, damit die neue Kühlflüssigkeit sich verteilen konnte. Als er danach den Motor inspizierte, vermochte er keine Schadstelle mehr zu entdecken. Er klappte die Haube zu, stieg ein und wendete. Zum erstenmal seit Monaten fuhr er eine Strecke zweimal.

KAPITEL DREI

Kraft ist ebenso wie Geschwindigkeit

eine relative Einheit.

Die Gravitation kann als Krümmung im Raum

verstanden werden,

die jegliche Masse im Kosmos umgibt.

EINSTEINS ALLGEMEINE RELATIVITÄTSTHEORIE

Livvy fuhr mit dem Wagen bis an die Küchentür, Jackson parkte an der Straße. Als er sah, daß sie Einkaufstüten auslud, ging er zu ihr. »Warten Sie, ich nehm sie Ihnen ab«, sagte er und griff nach einer Plastiktüte, die aufzuplatzen drohte.

»Danke.« Sie seufzte. »Ist nicht mein Tag heute.«

Er sah es ihren Augen an. Die Intensität vom Vortag war verschwunden. Sie wirkte zerstreut und abwesend.

»Nur Geduld«, sagte er. »Ein Freund von mir, ein Chemiker, hat eine Formel erarbeitet, mit der man die Zugfestigkeit dieser Plastiktüten um ein Zehnfaches erhöhen kann. Wenn er das Patent bekommt, können Sie künftig eine oder zwei Bowlingkugeln vom Supermarkt nach Hause schleppen.«

»Oder zumindest einen Liter Milch«, erwiderte sie. Er nahm etwas in ihrer Stimme wahr, das ihm bekannt vorkam; sie bemühte sich um einen alltäglichen Ton, und er spürte, wie schwer es ihr fiel.

Er nahm die Tüte und hielt ihr mit der anderen Hand die Tür auf. Sie schlüpfte unter seinem Arm hindurch.

»Hier?« Er wies auf den Holztisch. Sie nickte, und er stellte die Tute ab.

Sie strich sich eine Haarsträhne hinters Ohr und verstaute die Lebensmittel in der Vorratskammer. Jackson ging in die Toilette neben der Bar, um sich die Hände zu waschen. »Sie haben ja den Tisch abgeräumt«, sagte sie, als er zurückkam.
»Ich fand, das sollte ich tun, als einziger Gast. Außerdem ist es mir zuwider, schmutziges Geschirr stehenzulassen.«
»Wenn Sie das immer so sehen, könnten Sie den Laden hier übernehmen«, entgegnete sie. »Und, was führt Sie an die Küste von Maine?«
Er zuckte mit den Schultern. Was sollte er ihr antworten? Er versuchte sich an ihr Gespräch vom Vorabend zu erinnern, das er vor Hunger und Erschöpfung kaum wahrgenommen hatte. »Ich habe mir in diesem Jahr eine Weile frei genommen. Demnächst gehe ich wieder an die Uni zurück.«
»Vor den Physikern an der Uni hab ich mich immer gefürchtet«, sagte sie. »Diese Männer mit schweren schwarzen Brillengestellen.«
»Also bitte!« Er tat so, als wäre er beleidigt. »Meine Kollegen und ich sind seit Jahren bemüht, jeden einzelnen Physiker für Kontaktlinsen einzunehmen. Die subatomare Teilchenforschung ist das geringste; *darin* liegt die eigentliche Herausforderung.«
Sie lachte und spielte verlegen mit den Silberfädchen an ihrem Ohrring, die sich verheddert hatten. »Es war wohl kein faires Urteil. Aber diese Welt ist so schwer zugänglich für mich; wahrscheinlich, weil ich mich schon immer mit den Naturwissenschaften schwergetan habe.«
»Viele Lehrkräfte langweilen die jungen Leute mit Formeln und Zahlen«, sagte er. »Aber wenn man die Physik auf ihre Basiselemente reduziert, finden die meisten sie leicht verständlich, ja sogar logisch.« Jackson lehrte die alltägliche Physik, die sich mit Dingen wie dem Gleichgewicht zwischen

Geschwindigkeit und Zentrifugalkraft beschäftigte, das sein Auto davon abhielt, aus der Kurve zu fliegen.
»Es ist nicht leicht, das Gefühl aufzugeben, daß die Wissenschaft alles erklären kann«, erwiderte sie leise. »Das erwartet man wohl unwillkürlich.« Er hörte wieder die Anstrengung, die unterschwellige Anspannung in ihrer Stimme, die zu offenbaren drohte, was verborgen bleiben sollte. Sie sah aus dem Fenster und schien etwas eingehend zu betrachten.
»Die Wissenschaft als Prinz auf dem weißen Pferd«, bestätigte Jackson, wenngleich er nicht wußte, ob sie ihm zuhörte oder in jene Gefühle abgetaucht war, die ihre Augen, ihre Stimme, ihre Ohren beanspruchten, sie blind und taub machten für alles in ihrer Nähe, das sie vielleicht mit Händen hätte greifen und berühren kennen.
Dennoch redete Jackson weiter, für sie wie auch für sich selbst. Er wollte diese behutsame Nähe bewahren, die zwischen ihnen entstand, wenn sie sprachen. In den vergangenen neun Monaten hatte Jackson Menschen nicht länger ertragen, als ein Tankwart brauchte, um ihm auf einen Zwanziger herauszugeben. Nähe zu Menschen erschien ihm so bedrohlich wie ein Bleibehälter voll Plutonium. Doch nun spürte er zum erstenmal, seit er die Menschen verloren hatte, die sein Leben ausmachten, daß er Nähe brauchte, und wenn sie noch so flüchtig war. Livvy hatte etwas in ihm angerührt, das nach Menschen verlangte.
»Ich habe lange gebraucht«, sagte er, »um zu merken, daß vielen Menschen nicht bewußt ist, wo die Phantasie zu Ende ist und die Wissenschaft anfängt. Sie würden nicht glauben, wie viele Erstsemester ich jedes Jahr habe, die meinen, man könnte sich irgendeinen Science-fiction-Transportstrahl bauen und damit Moleküle durchs All schießen, um sie dann auf der anderen Seite wieder einzusammeln. Und wenn ich denen

klarmache, daß die einzigen Menschen, die so etwas können, in Hollywood sitzen, sind sie bitter enttäuscht. Deshalb verschone ich sie damit und versuche statt dessen, die Fiktionen mittels Wissenschaft zu beweisen.«

»Sie meinen, mit Experimenten?« fragte sie. Ihr Blick war zu ihm zurückgekehrt.

»Ja. Mit Experimenten, Theorien, Chemie, Biologie, allem, womit man sich der jeweiligen Fragestellung nähern kann.« Nun wandte er den Blick ab. Dieses Grün, diese Tiefen.

»Und was kommt dabei heraus?«

»Allerlei verrücktes Zeug«, antwortete Jackson. »Doch das ist die sinnvollste Art, Einsteins Theorien zu beweisen. Wiewohl ich dahintergekommen bin, daß viele Leute ihre Phantasie brauchen, um das Gesamtbild erfassen zu können. Es besteht eine intensive Verbindung zwischen Wissenschaft und den Vorstellungen, die ich als Kind aus Filmen und Comics bezogen habe. Es ist nicht leicht, sich von dieser verträumten Welt endloser Möglichkeiten zu verabschieden.«

Sie seufzte, und ihre Blicke begegneten sich erneut. Dann klingelte durchdringend das Telefon, und Livvy erstarrte.

»Entschuldigung«, sagte Jackson. »Ich rede zuviel.« Er deutete in Richtung Telefon, als benötigte sie seine Erlaubnis.

»Nein, nein, gar nicht. Ich gehe rasch ran.«

Er war so ausgehungert nach Gesprächen, als wären sie Nahrung für ihn. Nancy hatte ihm einmal gesagt, er sei ein passiver Gesprächspartner, brauche Menschen, die ihn perfekt ergänzten, um aus sich herauszukommen. Er selbst hatte immer gespürt, daß er eines Katalysators bedurfte, um sich zu entfalten, und er fand nur selten die richtige Person. Die wenigen Menschen, deren Nähe seine Gedanken anregte und zugleich ordnete, waren Nancy, seine Kinder und ein paar gute Freunde. Im Umgang mit anderen legte er oft ein fast kindisch verstocktes, mürrisches Verhalten an den Tag. Livvy jedenfalls hatte diese Katalysatorwirkung auf ihn, lockte ihn aus seiner Reserve heraus. Während sie telefonierte, blätterte er einen Stapel Prospekte für Wal-Touren und Fahrradverleih durch und hoffte, ihr Gespräch würde sich nicht so lange hinziehen, daß sein Interesse an den touristischen Attraktionen der Gegend vorgetäuscht wirkte, was es natürlich war.

»Ich habe dir doch gestern abend gesagt, daß alles in Ordnung ist, George.« Sie klang leicht gereizt, versuchte es aber zu verbergen. »Ich möchte nicht, daß du hier deine Gesundheit aufs Spiel setzt. Es hat wirklich Zeit, bis es dir bessergeht. Wenn es wieder regnen sollte, organisiere ich mir jemanden zum Abschöpfen. Nein, das hab ich nicht ernst gemeint. Entspann dich, und laß dich von Mary versorgen. Gut, George. Bis dann.«

»Schwierigkeiten?« fragte Jackson, als sie aufgelegt hatte, und empfand die Frage im selben Moment als aufdringlich. Was ging ihn das an?

Es schien sie nicht zu stören. »Nur ein überfürsorglicher Handwerker«, sagte sie. »Er ist letzte Woche von der Leiter gefallen und bat sich das Bein gebrochen. Er sollte mit seinen achtzig Jahren ohnehin nicht mehr auf Leitern klettern. Aber mein Dach ist kaputt, und er hat sich Sorgen gemacht, wie es den Regen letzte Nacht überstanden hat.«

»Und?«

»Schlecht. Ich war die ganze Nacht auf den Beinen und habe Eimer ausgeleert.«

»Ich hätte Ihnen helfen können«, sagte Jackson.

»Zahlende Gäste müssen hier nicht einspringen. Das ist eine meiner festen Regeln.« Sie lachte und berührte ihn leicht am Arm.

»War das ein Hinweis, daß ich meine Rechnung bezahlen soll?«

Sie errötete. »Nein.« Dann sah sie, daß er grinste, und wurde wieder sicherer. »Ich habe Ihre Kreditkartennummer, wissen Sie nicht mehr?«
»Ach ja, richtig.« Er lachte und sagte dann: »Lassen Sie mich doch mal einen Blick auf das Dach werfen. Vielleicht kann ich etwas tun.« Es war ein spontaner Einfall. Er wußte nicht, ob sie sich darauf einlassen würde, aber er wollte es ihr wenigstens anbieten. Er wollte dieser Frau helfen, die er kaum kannte. Sie hatte ihm schon geholfen; ganz vorsichtig regte sich wieder Leben in Bereichen seiner Seele, die seit Monaten stumpf und gefühllos gewesen waren, wie verkümmert, und das hatte er ihr zu verdanken. Sie kam ihm so zart vor, wenn ihr das Blut in die Wangen stieg, schien durchsichtig, beinahe gläsern, und ihre Gefühle traten unverhohlen zutage. Vielleicht umschloß diese empfindsame Haut jedoch ein stählernes Skelett, das konnte er nicht beurteilen. Nancy war auch so gewesen. Zäh. Sich an ihre Kraft zu erinnern hatte ihm in den letzten Monaten geholfen. Doch Livvys Kraft schien zu schwinden; sie lachte zu lange, und ihren Augen war die Wehmut anzusehen. Er konnte das kaputte Dach wenigstens einmal inspizieren. Wenn er schon den Ausdruck in ihren Augen nicht zu verändern, ihren Kummer nicht zu vertreiben vermochte, wollte er sich wenigstens dessen annehmen, was aus Holz, Teer und Ziegeln bestand. Er konnte ihr mit ihrem Haus zur Hand gehen.
Nancy hatte Jackson immer gesagt, er verstehe sich hervorragend darauf, anderen zu helfen, sei aber hilflos, wenn es um ihn ging. Er war imstande, die Kinder im Winter warm einzupacken und danach im T-Shirt aus dem Haus zu gehen. Wenn er kochte, tat er das stets für andere, denn er kam mit einem kalten Sandwich aus. In seiner Ehe mit Nancy hatte er ein paar bittere Lektionen über sich selbst gelernt.

Es war nicht allzu schwer, Livvy die Erlaubnis für eine Besichtigung des Dachs abzuringen. Obgleich es ihr wohl ein wenig peinlich war, wirkte sie erleichtert und willigte recht rasch ein. Sie gingen zusammen ins oberste Stockwerk, wo sich gelbe Wasserflecken an der Decke abzeichneten. Auf dem Teppichboden standen mehrere Eimer.

»Es sieht hier so schrecklich aus«, sagte sie. »Ich sollte Ihnen das nicht antun.«

»Macht mir nichts aus«, erwiderte Jackson. »In meinem Farmhaus gab es ständig was zu tun. Wasserleitungen waren eingefroren, oder Mäuse hatten sich in der Wand eingenistet. Haben Sie auch Mäuse?«

»O Gott, ich hoffe nicht.« Sie schüttelte sich.

»Keine Sorge, ich bin Spezialist für Mäuse.«

»Ich glaube, ich würde wegziehen, wenn hier wirklich welche wären ...«

»Wegen ein paar Mäusen?«

Livvy blickte angewidert drein. »Ich mag nicht mal dran denken. Diese Knopfaugen und diese zuckenden kleinen Schnauzen.«

»Und die kleinen Krallen, die an den Wänden scharren.«

»Bitte!« schrie sie und hielt sich die Ohren zu.

»Okay, okay«, sagte Jackson lachend. »Waren Sie schon auf dem Dachboden?«

»Nein, das wollte ich George überlassen«, antwortete sie. »Ich war lange nicht mehr da oben. Könnte ja sein, daß es dort ... na, Sie wissen schon. Aber Sie dürfen sich gerne umsehen.«

Jackson zog an einer Schnur, die von der Dachluke herabhing. Eine Treppe klappte quietschend herunter, und er justierte sie am Boden. Dann stieg er hinauf und schaltete das Licht an, indem er an einer Kette an der Decke zog. Livvy war dicht hinter ihm.

Vorsichtig folgte Jackson den Tropfen, die sich auf den Bodenbrettern abzeichneten, und inspizierte schließlich eingehend das Dach.

»Sieht schlimm aus, aber ein defektes Dach ist leicht zu reparieren«, sagte er. »Man muß nur ein paar Löcher dicht machen.«

»Ich weiß«, seufzte sie. »Aber meine Reparaturrücklage ist für dieses Jahr ziemlich ausgeschöpft. Ich dachte, George könnte irgendwas improvisieren. Sie wissen schon, Kaugummi oder so.« Sie grinste, um den Ernst der Lage zu überspielen.

»Ich weiß nicht, ob ein alter Mann mit Gipsbein hier viel ausrichten könnte.«

»Ja, ja, Sie haben recht.« Sie schüttelte den Kopf, als tadelte sie sich für ihre Unbedachtheit. »Mein Mann wüßte, was zu tun ist, aber George gehört hier beinahe zum Inventar.«

»Warum lassen Sie's mich nicht mal versuchen?«

»Ausgeschlossen. Das ist sehr nett von Ihnen, doch darum kann ich Sie wirklich nicht bitten.«

»Das müssen Sie auch nicht. Ich biete es Ihnen an. Ich kann die Zeit erübrigen, und ich habe früher im Sommer am Bau gearbeitet, um mir mein Studium zu finanzieren.«

»Aber ich bestehe darauf, Sie zu bezahlen«, sagte sie.

»Wenn Sie einen überhöhten Kostenvoranschlag mit Überstunden wollen – den können Sie haben. Ich weiß, wie man so was macht. Andernfalls nehmen Sie es doch als Freundschaftsdienst.«

Sie schüttelte den Kopf.

»Dann geben Sie mir dafür Kost und Logis.«

Das brachte sie zum Lächeln. »Wenn Sie wirklich wollen.« Sie sah ihm direkt in die Augen, was ihn ziemlich aus der Fassung brachte.

»Kann ich in dem jetzigen Zimmer bleiben?« fragte er.
»Natürlich«, antwortete sie. »Sie können auch jede Nacht in einem anderen Bett schlafen, wenn sie wollen. Zwölf stehen Ihnen zur Verfügung.«
»Abgemacht.«
Jackson streckte ihr die Hand hin. Livvys schlanke Finger fühlten sich kühl an, und ihre lackierten Nägel streiften die empfindsame Haut an der Innenseite seines Handgelenks. Zum erstenmal seit Monaten spürte er die Berührung einer Frau.
Auf dem Dachboden standen Bettgestelle, ausgediente Möbel und Matratzen herum, die in der Feuchtigkeit zu schimmeln begonnen hatten – typische Gegenstände für den Lagerraum eines Hotels. Doch auf einem Kleiderständer neben der Treppe hingen auf Holzbügeln diverse Nadelstreifenanzüge, und auf einer Kommode waren in einer Reihe gut gepflegte Budapester Schuhe angeordnet, in Form gehalten durch hölzerne Spanner. Sie waren mit einer dicken Staubschicht bedeckt. Jackson betrachtete die Anzüge in dem matten Sonnenlicht, das durch die Luken hereinfiel.
»Die gehören meinem Mann«, sagte sie, als sie seinen Blick bemerkte. Sie wischte sich den Staub von den Händen und strich über den Stoff. Ein Schatten war über ihr Gesicht gefallen.
»In Rockpoint kann er sich wohl legerer kleiden«, meinte Jackson.
»Ja, aber er war jederzeit bereit, wieder in den Gerichtssaal zurückzukehren.«
»Warum hat er aufgehört?«
»Ach, er wollte nicht, aber Sie wissen ja, wie chaotisch es in der Wirtschaft zugeht. Irgendeinen trifft es immer. Howard hat es eher durch Zufall erwischt, nehme ich an.«

»Das tut mir leid«, sagte Jackson. Er fragte sich, ob er sich zu weit vorwagte. Sie kannten sich noch nicht lange. Doch er ging davon aus, daß Livvy ihn in die Schranken weisen würde, wenn er ihr zu nahe trat.

»Howard ist älter als ich«, berichtete sie. »Er wird dieses Jahr sechzig. Er fand es immer sehr komisch, daß er in dem Jahr sein Examen machte, als ich auf die Welt kam.«

»Es ist sicher viel Arbeit für Sie beide, hier alles in Schuß zu halten«, sagte Jackson. »Allein der Garten ist doch ein Fulltime-Job.« Er wußte, daß er versuchte, sie aus der Reserve zu locken. Doch er wollte Bescheid wissen, und zwar nicht darüber, wer sich um den Garten und wer um den Hotelbetrieb kümmerte. Er merkte plötzlich, daß er wissen wollte, mit wem sie ihr Leben verbrachte, was für ein Mensch ihr Mann war. Es war ihm wichtig.

»Als wir das Haus vor fünf Jahren gekauft haben, hat Howard sich begeistert auf die Reparaturen gestürzt. Er hatte als Kind hier öfter Urlaub gemacht, und ich glaube, er wollte dahin zurückkehren, wo er am glücklichsten war. Wir waren erst ein paar Jahre verheiratet, aber ich war bereit, Chicago zu verlassen und etwas Neues anzufangen.« Sie stiegen die Treppe hinunter, und Jackson klappte sie wieder ein. Livvy blieb stumm. Ihr Mund war schmal geworden, und in ihren Augen lag diese Wehmut. Er vertiefte das Thema nicht weiter, sondern sagte nur: »Ich sollte am besten anfangen, solange das Wetter gut ist.« Er wollte wieder auf eine lockere Ebene zurückfinden, schämte sich, daß er sie in diese Richtung gedrängt hatte. Er wußte am besten, daß die einfachsten Fragen manchmal alles andere als einfach waren. Sie konnten in einem Menschen explodieren, vermeintliche Ruhe und Gelassenheit zerstören. Hatte er ihr das angetan? Hatte er ihr Schmerzen zugefügt?

Er warf ihr einen kurzen Blick zu, wollte nicht mehr Aufmerksamkeit auf sein Vergehen lenken als notwendig. Sie schien sich, die Arme um die Hüften geschlungen, an sich selbst festzuhalten. Er hatte sie nicht vernichtet, sie existierte noch.
»Die Vorstellung, daß Sie da auf dem Dach herumklettern, ist mir überhaupt nicht geheuer«, sagte sie. »Ich möchte Ihnen hiermit noch mal die Gelegenheit geben, davon Abstand zu nehmen. Soll ich jemanden beauftragen?«
»Auf gar keinen Fall«, antwortete Jackson. »Ich kann keine Referenzen bieten, aber ich habe eine ziemlich genaue Vorstellung davon, was zu tun ist ...«
»Gut, ich bin überredet.« Ihr Lachen war frisch und spontan, kraftvoll, und sie schien dabei wieder zu sich zu kommen. Er freute sich, daß ihm das gelungen war. Vor allem, weil er in ihr Privatleben eingedrungen war, an irgendein Leid gerührt hatte, das sie in sich verschließen wollte.
»Ich werde eine Materialliste machen.« Er begutachtete die Wasserflecken an der Decke des Flurs. »Und einige Werkzeuge werde ich auch brauchen.«
»Ich hole rasch einen Block«, sagte sie und eilte nach unten.
Jackson dachte an ihren Mann. Vielleicht war er auf einer Geschäftsreise. Dann würde er sicher am Wochenende nach Hause kommen. Wenn Jackson nachmittags mit dem Dach anfing, konnte er in zwei Tagen fertig sein. Mit etwas Glück würde er es schaffen, Freitag abend aufzubrechen. Er wünschte sich, die Arbeit vollenden und wegfahren zu können, um sich wieder von der tröstlichen Wärme einer Frau zu entfernen, die einem anderen Mann gehörte.

KAPITEL VIER

Die Gravitationskraft zwischen zwei Körpern
ist dem Produkt ihrer Massen
direkt und dem Quadrat ihres Abstandes
indirekt proportional.

NEWTONSCHES GRAVITATIONSGESETZ

Jackson hatte eine Hypothese erstellt, die er »Bumerang-Theorie« nannte. Man konnte nur eine ganz bestimmte Strecke zurücklegen, dann machte man zwangsläufig kehrt und begegnete sich selbst. Das Weltall expandiert, und man nimmt an, daß es sich eines Tages nicht weiter ausdehnen, sondern zurückschnellen wird wie ein gespanntes Gummiband. Die Schwerkraft wird alles wieder auf seine Ausgangsposition zurückbefördern. Die Physiker glauben, daß es zum großen Knall kommen wird, der alles zerstört, wenn sich das Weltall eines Tages nicht mehr ausdehnt, sondern zusammenzieht. Jacksons Bumerang-Theorie orientierte sich an dieser Vorstellung. Er hatte Nancy immer gesagt, das Leben könne nur bis zu einem bestimmten Punkt schlimmer werden, dann würde es die Grenzen des Raum-Zeit-Kontinuums erreichen, zurückfedern wie ein Ball an einer Schnur und dabei ständig besser werden. Allerdings hatte er nie erwartet, daß er selbst so bald an die scharfen Kanten seines persönlichen Universums stoßen würde, und in letzter Zeit hatte er an seiner Lieblingstheorie zu zweifeln begonnen.

Dennoch sann er darüber nach, als Livvy sich erbot, ihn zum Eisenwarenladen zu begleiten. Es gab kaum etwas Profaneres als einen Eisenwarenladen, aber er stellte erstaunt fest, wie sehr er sich über ihr Angebot freute. Nachdem er so lange alleine gewesen und sich mit seinen Gedanken im Kreise gedreht hatte, war er froh, jemanden bei sich zu haben. Nicht irgend jemanden – sondern sie. Und auch sie schien sich über Gesellschaft zu freuen, nachdem sie sich den ganzen Winter mit ihren Büchern am Kamin eingeigelt hatte. Er hätte sich gewiß in der Stadt zurechtgefunden, doch Livvy meinte, es sei ihr unangenehm, wenn er sich ihretwegen auch noch verfahre.

»Jackson«, sagte sie, als er die Liste fertiggestellt hatte und sich für die drohenden Ausgaben entschuldigte, »ich kümmere mich jetzt schon seit Jahren um dieses Haus. Es ist viel Arbeit, aber es macht mir auch Freude. Man muß ständig ein Auge auf alles haben, sonst kann man es nicht erhalten.«

Sie war der erste Beifahrer im Quark, und er führte ihr den Wagen vor, der seit letztem Sommer sein Zuhause war. Er stellte die Alarmanlage aus, schloß die Seitentür auf und bat sie einzutreten.

»Hier schlafen Sie?« fragte sie und deutete auf die schmale Pritsche mit der Schaumgummimatratze, auf der sein blauer Schlafsack ausgebreitet war.

»Es ist nicht so bequem wie das Bett bei Ihnen«, antwortete er, »aber wenn man nach einer langen Fahrt erschöpft ist, schläft man sogar auf dem Fußboden. Heizung und Gaskocher besitze ich auch.«

»Die Vorhänge haben etwas Gemütliches.«

»Eher etwas Spießiges«, wandte er ein. »Grasgrün war noch nie meine Farbe, aber man kann nicht alles haben.«

»Ich finde, das ist eine geniale Art zu reisen. Es ist so praktisch, wenn man alles bei sich hat. Als wir von Chicago herfuhren, waren wir auf Fast food und freie Zimmer in Motels angewiesen.«

»Bevor ich hierherkam, bin ich eine Weile durch den Süden gefahren.«
»Waren Sie in New Orleans? Ich liebe diese Stadt.«
Jackson stöhnte und nickte. »Im Winter, ausgerechnet am Mardi Gras. Die ganze Stadt war verstopft, und dem Quark drohte der Hitzekollaps.«
»New Orleans ist so romantisch. Die Straßenbahnen, die Magnolien und die Beignets.«
»O ja, die Beignets.« Jackson nickte. »Und die Po'Boy-Sandwiches mit gebratenen Austern. Die waren den Streß tatsächlich wert.«
»Eine Zeitlang war Reisen mein Lebensinhalt. Howard und ich waren an so vielen Orten – San Francisco, New York, London, Paris, Rom«, sagte sie wehmütig.
»Wo waren Sie noch nicht?« fragte Jackson. »Gibt es irgendeinen Ort, den Sie schon immer sehen wollten?« Fernweh war ihm fremd. Er war mit seiner Familie in Urlaub gefahren, doch er war stets froh gewesen, wenn sie wieder zu Hause waren. Und nun wußte er nicht einmal, ob er es jemals wieder ertragen könnte, nach Hause zu kommen.
Livvy schloß kurz die Augen und schüttelte den Kopf. »Nein, da fällt mir im Moment keiner ein. Ich kann mir das gar nicht mehr vorstellen.« Sie beugte sich vor und las die Titel seiner Bücher. »Einstein, Stephen Hawking, Carl Sagan – anspruchsvolle Lektüre.«
»Bringt der Beruf mit sich«, sagte er. Sie war seinen kostbaren Fotoalben auf dem untersten Bord gefährlich nahe gekommen.
»Dann sind Sie wohl einer dieser Menschen, die tatsächlich die schwarzen Löcher und all das verstehen.«
»Ab und zu«, räumte er ein. Doch es gab Tage, an denen er das Gefühl hatte, der *einzige* Mensch auf der Welt zu sein, der

das Phänomen wirklich verstand. Für Jackson existierten schwarze Löcher nicht nur in der Theorie, sondern er war der Überzeugung, daß seine Familie in einem verschwunden war. Er wußte, daß es schwarze Löcher nur im entferntesten Weltall gab, Lichtjahre entfernt. Sie waren Überreste gigantischer Sterne, die implodiert waren und nur die Geister ihrer Gravitationsfelder hinterlassen hatten. Man entdeckte sie aufgrund der Störungen, die sie in der Atmosphäre verursachten. Rein theoretisch konnte ein Raumschiff in einen dieser bösartigen Schwerkraftstrudel hineingesaugt werden und für immer verschwinden. Die Menschen an Bord würden durch die immensen Kräfte der Schwerkraft im Inneren des Lochs in kleinste Bestandteile zerlegt. Jackson hatte die Theorien zu diesem Thema, die von weitaus prominenteren Physikern entwickelt worden waren, selbst überprüft und die Beweise gesehen.

Vielleicht ließ sich ja irgendwann, wenn es seinem Verstand gelang, besser mit dem Schmerz zurechtzukommen, mittels der Physik erklären, was seiner Familie zugestoßen war. Er konnte die Gräber besuchen, Blumen anpflanzen und über die glatten Granitsteine streichen, doch was war aus dem Wesen seiner Frau und seiner Kinder geworden? Er sann müßig darüber nach, ob sie vielleicht in einer Art schwarzem Loch der Seele verschwunden waren. Vielleicht vollzog es sich so. Dazu mochte die Natur durchaus imstande sein. In einem Universum, das von unabänderlichen Gesetzen regiert wurde und in dem chaotische Perioden berechenbar waren, mußte er daran glauben, daß der Kern von Nancys, Nathans und Frannys Wesen in irgendeiner Form irgendwo weiterlebte.

»Sind das Fotoalben?« fragte Livvy und beugte sich vor.

»Ja«, sagte Jackson. Sein Magen krampfte sich zusammen. Er fühlte sich außerstande, ihre Neugier zu befriedigen und ihre

Fragen zu beantworten, eine nach der anderen – sein Herz würde zerspringen wie Glas.
Sie strich mit der Hand über die Rücken der Alben, doch sie fragte nicht weiter. Sie gab sich mit seinen Antwort zufrieden, respektierte seine Privatsphäre. Er wünschte sich im nachhinein, er hätte sich ihr gegenüber auf dem Dachboden ebenso rücksichtsvoll verhalten.
»Wollen wir losfahren?« fragte sie, merklich angetan von ihrer Besichtigung des Quark.
»Gerne«, antwortete er. »Klettern Sie nach vorne durch.«
»Hier entlang?«
»Ja.« Er wies auf den Spalt zwischen den Sitzen. Sie hangelte sich über die Kupplung nach vorne und ließ sich auf dem Beifahrersitz nieder.
Jackson schloß die Tür, lief um den Wagen herum und stieg auf seiner Seite ein. Der Motor des Quark sprang an, keuchend und quietschend, wie es seine Art war. Die Luftschlitze klapperten, und Jackson spürte, wie die Füllungen in seinen Zähnen vibrierten. Er legte den Gang ein und fuhr los.
»Darf ich vorstellen: das Quark«, sagte er. »Bringt Sie überallhin – irgendwie.«
»Warum nennen Sie es ›das Quark‹?«
»Ein Quark ist ein geladenes Elementarteilchen, das in unterschiedlichen Formen in Erscheinung tritt – charmed, strange, up, down, top und bottom. Manchmal führt sich diese alte Karre auf, als besäße sie all diese Eigenschaften. Außerdem kann ich mit diesem Radio nur langweilige Mittelwellensender empfangen, und ich mußte mich irgendwie beschäftigen.«
»Erinnert mich an meine High-School-Zeit in den Siebzigern, der Wagen«, sagte sie und kicherte.
»Seien Sie nicht so häßlich zu ihm«, entgegnete er und tat, als wäre er beleidigt. »Es hat mich schon weit gebracht.«

»Gut, wenn Sie nichts dagegen haben, spiele ich jetzt den Reiseführer.«

»Bitte.«

»Nun, jeder kann sich vermutlich denken, daß es sich hierbei um den öffentlichen Strand handelt.«

»An dem man wunderbare Spaziergänge machen kann, die den Kopf klären«, fügte Jackson hinzu.

»Letzten Sommer ist ein Wal hier gestrandet, vorne an der Mole.«

»Kann sein, daß ich das in den Nachrichten gesehen habe.« Eine vage Erinnerung kehrte zurück aus jenen Tagen, die er stumpf vor dem Bildschirm verbracht hatte, auf die Elektronen starrend, die dort Bewegung erzeugten. Als er so schlagartig alleine war, hatte er nur vor dem Fernseher eine gewisse Ruhe gefunden. Er hatte starr dagesessen und sich die Berichterstattung über den Mann angesehen, der seine Familie zerstört hatte: seine Verhaftung, seine widerwärtige Unschuldserklärung. Manchmal meinte Jackson, er höre die ungeheuerlichen Worte, mit denen der Mann sich für unschuldig erklärte, in seinem eigenen Kopf widerhallen. Er sah die Augen des Mannes, leblos wie Steine, sah das schmutzige weiße Hemd über dem Schmerbauch. Das war die Bestie, die Jackson Leid zugefügt hatte. Und die Kamera hofierte ihn.

»Sie haben im ganzen Land darüber berichtet. Die Story war offenbar von allgemeinem Interesse.«

»Ah ja?« sagte er abwesend.

»So ein riesiges Tier hatte ich noch nie gesehen. Es hatte wunderschöne kluge dunkle Augen. Wir übergossen den Wal mit Meerwasser. Zuerst fühlte sich die Haut rauh an, aber sobald sie feucht war, wurde sie ganz glatt. Nicht glitschig wie ein toter Fisch, einfach reibungslos. Man konnte sich gut vorstellen, wie er durchs Meer gleitet.«

»Hat er es überlebt?«
»O ja. Wir mußten zwar einen Schlepper aus Portland kommen lassen, aber dann war er frei. Es war ein sehr aufwühlendes Erlebnis.«
Sie bogen von der Beach Road ab und fuhren an einer Landzunge zwischen den Salzmarschen und dem Hafen entlang. Ein Fußweg mit einer schmalen Brücke führte über einen kleinen Bach, der Richtung Meer floß.
»Dort drüben ist das Blue Gull Inn, das wir beinahe gekauft hätten«, erzählte sie und wies auf ein kleines Hotel mit Tennisplätzen gegenüber den Salzmarschen. »Aber Howard fand, ein Haus am Strand sei eine bessere Investition.«
»Haben Sie sich viele Hotels angesehen?«
»Unzählige«, antwortete sie. »Wir haben überall an der Küste gesucht. Rockpoint liebten wir beide, es fiel uns leicht, uns dafür zu entscheiden. Wir wollten einen Ort, an dem wir glücklich sein würden, wenn wir schon unsere ganzen Ersparnisse opferten.«
»Mit dem Haus haben Sie eine gute Wahl getroffen«, sagte er. »Allein das viktorianische Schnitzwerk ist eine Pracht.«
»Können Sie sich vorstellen, daß das alles überstrichen war, als wir das Haus gekauft haben? Howard und ich haben alles abgebeizt und imprägniert. Hätten wir die Farbe nicht entfernt, hätten wir nie erfahren, wie schön das Haus wirklich ist.«
»Man fragt sich, was jemanden dazu veranlaßt, so etwas zu überdecken.«
Auf Livvys Anweisung hin bogen sie in Richtung Stadt ab und fuhren üben eine schmale Zugbrücke zum Hafen. Am Ende der Brücke öffnete gerade eine bunte Bude, die Bratfisch anbot. Gegenüber gab es eine Ladenzeile, wo man T-Shirts, Leuchttürme aus Porzellan und geschnitzte Walknochen aus Plastik erstehen konnte.

»Wie wär's mit Mittagessen?« fragte Livvy vorsichtig.

»Ich dachte auch gerade daran.«

»Ich hätte uns ein paar Sandwiches machen sollen«, sagte sie.

»Nein, ich würde Sie gerne in ein nettes Restaurant einladen.« Er war selbst überrascht über seine Reaktion. Einen Moment lang bereute er seine Äußerung und hätte sie am liebsten zurückgenommen, doch nun war es zu spät. Er hatte zugelassen, daß er sich entspannt und offen mit ihr fühlte, als wären sie alte Freunde, und das beunruhigte ihn.

Dominick's bot eine schöne Aussicht auf den Hafen mit seinen geschäftigen Hummerbooten und Fischkuttern. Die Tische waren aus Holzklötzen zurechtgehauen und mit einer dicken Lackschicht überzogen. In einem großen Wasserbecken lagen Hummer aufeinandergeschichtet. Die Wände waren mit geflochtenen Tauen geschmückt, und von der Decke hing ein löchriges Fischernetz. Ein grauhaariger Mann mit zerfurchtem wettergegerbtem Gesicht und einer griechischen Fischermütze auf dem Kopf empfing sie am Eingang.

»Zu zweit zum Mittagessen, Mrs. Faraday?« erkundigte er sich mit rauher Stimme.

»Ja, Dominick«, antwortete Livvy. »Machen Sie die Terrasse bald auf?«

»Ich steh schon in den Startlöchern, Mrs. Faraday«, sagte er, als er sie zu einem Tisch am Fenster führte. »Sobald das Wetter es zuläßt.«

»Ich schätze, wir müssen noch ein bißchen warten, bis die Temperaturen sich nach dem Kalender richten.«

»Ist ja immer so. Und wie geht's Ihrem Mann?«

»Er kommt zurecht«, erklärte sie. »Wie wir alle, denke ich.«

»Das ist gut«, entgegnete er herzlich.

»Das ist ein Freund von mir«, sagte sie rasch, um das Thema

zu wechseln. »Jackson Tate.« Dominick nickte und verschwand im hinteren Teil des Restaurants.
Jackson bestellte gegrillten Schellfisch auf geröstetem Melasse-Mais-Brot, Livvy geräucherte Meeresfrüchte auf Blattsalat. Die Boote im Hafen schaukelten an ihren Anlegeplätzen, und die Sonne glitzerte auf dem Tisch. Ihre Unterhaltung plätscherte so locker und heiter dahin, daß es Jackson tatsächlich vorkam, als wären sie schon lange befreundet.
Ohne daß er sich darum bemühen mußte, wandte sich das Gespräch den Themen zu, die ihn interessierten. Livvy erzählte ihm, daß sie von der Journalistenschule abgegangen war, um eine Stelle bei den Zeitschrift *Chicago* anzunehmen. In diesen Zeit lernte sie auch ihren Mann kennen. »Ich arbeitete an einer Reportage über die besten Anwälte der Stadt, und in diesem Rahmen habe ich Howard interviewt. Wir machten immer diese Sonderausgaben, weil sie sich so gut verkauften, Sie wissen schon, die besten Ärzte, die besten Restaurants, die besten Kosmetikstudios.«
»Verbraucherfreundlich«, sagte Jackson.
»Total verlogen, aber das steht auf einem anderen Blatt«, erwiderte sie. »Jedenfalls traf ich eines Nachmittags den berühmten Wirtschaftsanwalt Howard Faraday in seinem Büro. Ich fand ihn charmant und sehr beeindruckend mit seinem silbergrauen Haar und seinem dunklen Anzug. Er arbeitete damals exklusiv für ein Unternehmen und hatte mehrere große Fälle gewonnen. Man hatte ihn gerade gefragt, ob er die Leitung der Rechtsabteilung eines riesigen Konzerns übernehmen wolle, und alle bewunderten ihn. Das Interview sollte eine Stunde in Anspruch nehmen, aber wir aßen noch zusammen zu Abend, und er erzählte immer weiter, bis ich zu müde war, um mir noch Notizen zu machen. Ich ging in mein Büro, besorgte mir ein paar Hintergrund-

informationen, und ein paar Wochen später erschien der Bericht.«

»Der ihm sicher gefallen hat.«

»Er fand ihn gräßlich«, entgegnete sie. »Absolut gräßlich.«

»Wahrscheinlich gibt es Leute, die nichts über sich selbst lesen wollen.«

»Ja, Howard ist einer von der Sorte«, sagte sie und verdrehte die Augen. »Er meinte, auf dem Foto sehe er aus wie ein lieber alter Onkel.«

»Gab es denn gar nichts, was ihm daran gefiel?«

»Höchstens ich, denke ich. Damals sagte er mir mit dieser volltönenden, sonoren Stimme, mit der er auch die Richter einschüchterte: ›Olivia, ich bitte Sie um Verzeihung, aber Sie haben meine Karriere um fünfundzwanzig Jahre zurückgeworfen.‹«

»Wieso das?« fragte Jackson.

»Ich habe ihn so beschrieben, wie ich ihn wahrnahm – als besonnenen, faszinierenden Mann, der Fliegenfischen und französische Weine mag.«

»Ah, jetzt verstehe ich.« Jackson nickte. »Kein Anwalt möchte als freundlich und sympathisch dargestellt werden.«

»Genau«, sagte sie. »Ich habe diese großspurige Anwaltsattitüde durchschaut und ihn so beschrieben, wie ich ihn sah. Und das war offenbar geschäftsschädigend. Er wollte als skrupellos und hart gelten.«

»Und wann haben Sie geheiratet?«

»Etwa ein Jahr später. Er meinte, dies sei die einzige Möglichkeit, mich davon abzuhalten, übeн ihn zu schreiben. Sonst müsse er mich zum *Sibirischen Tageblatt* oder so versetzen lassen.«

»Er hat Ihnen wenigstens eine Chance gegeben.«

»Ha! Die Winter in Chicago sind schon schlimm genug. Sibirien.« Sie schüttelte sich. »Bloß nicht dran denken.«

»Aye, aye.«
»Seit wann sind Sie verheiratet, Jackson?« Sie blickte auf den Ehering, den er noch immer an der linken Hand trug. Die Stimmung schlug zurück, rächte sich an ihm. Er merkte, wie er schluckte. »Ich war verheiratet«, erklärte er und spürte, wie ihm das Blut aus dem Gesicht wich.
»Geschieden?« fragte Livvy und versuchte ein widerspenstiges Salatblatt aufzuspießen. Sie sah ihn nicht an.
Jackson holte tief Luft. »Sie kam ums Leben«, antwortete er so behutsam es ging. Es gab keine andere Möglichkeit, es ihr zu sagen, doch er wußte, daß eine solche Mitteilung jede Unterhaltung ersticken konnte.
Livvy blickte in sein bleiches Gesicht. »Das tut mir leid«, entgegnete sie, sichtlich entsetzt darüber, daß sie so beiläufig an seinen Schmerz gerührt hatte. »Das tut mir sehr leid.«
Er beachtete Livvys Entschuldigungen nicht, sondern erzählte ihr, daß er Nancy kennengelernt habe, als sie beide gerade ihr Studium abgeschlossen hatten. Sie seien eine Familie mit zwei Titeln gewesen, erklärte er ihr – sein Doktortitel in Physik und ihr Magister in Tanz. Er schilderte nur Fakten, und dennoch sah er Nancy vor seinem geistigen Auge tanzen, mit fließenden, schnellen Bewegungen, wie Wasser, das einer Quelle entspringt. In einem Studententheater hatte er sie zum erstenmal im bunten Licht der Scheinwerfer tanzen sehen. Er hatte sie nicht mehr aus den Augen gelassen. Als er sie später bei der kleinen Premierenfeier ansprach, bei der es Käse und Wein gab, war er schon verloren. Doch nun war sie fort, war ihm verlorengegangen, tanzte vielleicht irgendwo im Sternenlicht. Das konnte er Livvy natürlich nicht alles sagen, doch daraus bestand nun sein Leben – aus seinem Schmerz und den Bildern, die er nicht vergessen konnte.

Livvy schüttelte den Kopf und biß sich auf die Unterlippe.
»Wie ist das passiert?«
»Ein betrunkener Autofahrer«, antwortete er, als wäre damit alles erklärt.
»Das ist ja schrecklich.« Ihre Hand bewegte sich unwillkürlich auf ihn zu, und sie strich sachte mit den Fingerspitzen über seine Knöchel, dann zog sie die Hand zurück.
»Was soll ich sagen?« erwiderte er. »In jeder Sekunde reagiert Materie mit Antimaterie, in Aberbillionen atomarer Zusammenstöße.«
»Doch Materie ist nicht einfach Materie, oder? Manchmal hat sie mehr Bedeutung.«
Er zuckte mit den Schultern und nickte dann. Natürlich.
»Fahren Sie deshalb durchs Land?«
»Ja«, antwortete er leise. »Zu Hause hatte ich das Gefühl, in Erinnerungen zu ertrinken. Und das Gefühl habe ich immer noch.«
»Schmerz«, sagte sie mit Nachdruck, »kann stärker sein als man selbst.«
Er habe, entgegnete Jackson, immer versucht, logische Erklärungen und einwandfreie Lösungen zu finden. Ein Wissenschaftler müsse Ursache und Wirkung erkennen und Ordnung in die vermeintliche Beliebigkeit der Welt bringen können.
»Aber manchmal gibt es keine Antworten«, sagte sie. »Glaube ich zumindest ...«
Er erzählte ihr, wie sein Sohn ihm einmal eine dieser typischen Kinderfragen gestellt habe – warum ist der Himmel blau? Er hatte Nathan erklärt, wie das Sonnenlicht gestreut und von Staubteilchen absorbiert wird, so daß wir nur das Blau des Spektrums wahrnehmen. Nathan sah ihn verwirrt an, und Jackson begriff, daß sein Sohn keine wissenschaftliche,

sondern eine poetische Erklärung hören wollte. Jackson nahm durch die Brille der Wissenschaft wahr, doch sein Sohn wollte den poetischen Aspekt der Wirklichkeit verstehen.
»Und«, fügte er hinzu, »darüber denke ich immer wieder nach. Ich weiß, daß ich es lernen sollte, die Dinge so zu sehen und nicht nur als Variablen in einer Gleichung.«
»Ihr Sohn scheint ein schlauer Junge zu sein.«
Jackson wurde unruhig. Er hätte ihr alles auf einmal sagen müssen. Doch es gelang ihm noch nicht, sich dem gesamten Ausmaß zu stellen, er mußte es für sich aufteilen, in einzelne Verluste. Nicht einmal jetzt fühlte er sich imstande, es Livvy einzugestehen. Die Worte schienen ihm im Hals steckenzubleiben, weil er sie noch nie ausgesprochen hatte, weil sie seit Monaten in seinem Kopf widerhallten wie die Folgen einer Atomexplosion. Doch Livvy war gut zu ihm gewesen, und er wollte aufrichtig sein.
»Mein Sohn ...«, begann er und versuchte den Knoten in seinem Hals nicht zu beachten, »Mein Sohn wurde auch getötet. Er saß mit in dem Wagen. Und meine Tochter. Sie war zwei Jahre alt.«
»Oh«, sagte Livvy. Es war mehr ein Hauchen als ein Wort. »Das tut mir leid. Wie schrecklich für Sie, Jackson. Es tut mir so leid.« Sie schlug sich mit der Hand aufs Herz, als säße die wirkliche Bedeutung dieser Worte dort fest und wollte sich nicht lösen. Die Wahrheit hatte sie zum Verstummen gebracht.
Er schaffte es nicht, sie anzusehen. Mitleid stellte eine große Gefahr für ihn dar. »Die Polizei bezeichnete es als Unfall. Sie waren alle sofort tot.«
»Es tut mir so leid, Jackson. Wieso haben Sie mich nur so lange von Howard erzählen lassen?«
»Ich höre mir zur Zeit lieber Geschichten von anderen an.«

Er versuchte zu lachen, doch es gelang ihm nicht. »Ich meine, ich fahre schon so lange herum und denke darüber nach ...«

»Wie alt war Ihr Sohn?«

»Nathan war sechs.«

»Sie waren noch so jung.«

»Nancy, meine Frau, war erst dagegen, ihn Nathan zu nennen«, erzählte er und sah Nancys Gesichtsausdruck von damals vor sich. »Sie sagte, er solle nicht als armes Würstchen enden.«

Livvy blickte ihn verständnislos an.

»Wegen Nathan's Hot dogs, wissen Sie.«

Livvy versuchte zu lachen, doch auch ihr wollte es nicht gelingen. Aus gutem Grund. Der Ausspruch war nicht mehr witzig.

Jackson zuckte mit den Schultern. »Nancy konnte alles von der komischen Seite betrachten. Ich weiß, daß es ihr auch noch gelingen würde, daran etwas Witziges zu finden. Keine Ahnung, wie sie das schaffte, aber sie war so. Es war eine Gabe des Himmels.« Er seufzte. »Ein Zusammentreffen von Ereignissen. Das Gesetz der Wahrscheinlichkeit. Die Ausrichtung von Vektoren ... Ich weiß nicht, wie ich es mir erklären soll.«

»Sie meinen, Sie sind todtraurig?« sagte Livvy.

»Ja.« Jackson nickte langsam. »Ja.«

KAPITEL FÜNF

Bei jeder Umwandlung von Energie
wird ein Teil in Wärme umgesetzt,
der für weitere Umwandlungen
nicht mehr zur Verfügung steht.

AUS DER THERMODYNAMIK

Als sie das Restaurant verließen und in die Frühlingssonne hinaustraten, war Jackson erleichtert. Etwas war von ihm abgefallen. Er wunderte sich, daß Worte, läppische Worte, es ihm ermöglichten, etwas von dem Gewicht, das auf ihm lastete, an sie abzugeben – nur für einen Moment, doch in diesem kurzen Zeitraum konnte er Atem schöpfen.

Aber die Erleichterung war von Schuldgefühlen durchsetzt, von den gleichen, die ein flaues, wattiges Gefühl in seinem Magen hinterlassen hatten, als sein Vater schließlich seinem Herzleiden erlegen war. Seine Mutter, sonst eher verhalten in ihren Empfindungen, trauerte lange und schwer um ihren Mann. Sie waren zusammen nicht glücklich gewesen, und doch schien sie ihn zu vermissen in ihrer kleinen pastellfarbenen Wohnung an der Golfküste von Florida. Jackson war eine Weile bei ihr geblieben, als er auf seiner Reise in den Süden kam. Er war überrascht, wie plötzlich ihr Gesicht zerfallen war, wie sich Furchen und Linien in ihre Züge gegraben hatten. Ihr braunes Haar war fast grau und wirkte matt. Sie betäubte sich mit ihrem Alltag – Friseur, Einkaufen, Gymnastikkurs. Wie in einer Spirale verging die Zeit, und unmerklich war die nächste Woche da, die der vorangegangenen

glich wie ein Ei dem anderen. Eine Stunde, die nicht verplant war, forderte zu außerplanmäßigen Gedanken heraus, und dann setzte der Sog des Kummers wieder ein.
Sie waren ein sonderbares Paar, Jackson und seine Mutter, wie sie so durch ihr Wohnviertel Paradise Cove zogen, das Echo ihrer beider Seufzer im Ohr. Jackson holte Essen vom Chinesen, und sie nahmen es auf der Couch zu sich und sahen sich dabei alte Folgen von *Columbo* und *Kojak* an. An manchen Abenden kochte sie für ihn, wie immer Gerichte, an denen etwas nicht stimmte – Pasta, an denen roher Knoblauch klebte, Huhn, das zu scharf geraten war, oder ein Steak, obgleich er doch schon seit Jahren, nach dem ersten Herzinfarkt seines Vaters, aufgehört hatte, rotes Fleisch zu essen. Sie hielten sich an oberflächliche Themen, als hüpften sie von Stein zu Stein, versuchten nicht abzurutschen in Verfängliches.
Aus seiner eigenen Düsternis heraus machte er sich Sorgen um seine Mutter. Diese neue Trauer, der Verlust ihrer Enkel und ihrer Schwiegertochter, mochte zuviel für sie sein. Sie bewegte sich so zögerlich, wie er es nicht von ihr gewohnt war. Eines Abends betrat er den Waschkeller, wo sie darauf wartete, daß der Schleudergang zu Ende ging. Sie lehnte mit dem Rücken an der Maschine, und als er ihre Schultern zucken sah, dachte er einen Augenblick, es sei die Bewegung des Geräts. Aber sie weinte. Er wollte zu ihr gehen oder ihr etwas Tröstliches sagen, doch er tat es nicht. Sie lebte mit ihrem Schmerz, und er mischte sich nicht ein; er wollte sie trösten, doch dann hätte er gestehen müssen, was er getan hatte. Er hätte zugeben müssen, daß sie die Tragödie noch nicht vollständig kannte, daß ihr Sohn, den sie für untadelig hielt, auch Schuld auf sich geladen hatte, Schuld, die ihn innerlich erstarren ließ.

Manche Familien benehmen sich wie in einer italienischen Oper, stellen ihre Probleme unentwegt zur Schau. Doch die Tates hatten immer darauf geachtet, der Wucht von Konflikten auszuweichen. Jacksons Eltern hatten nie über David Tates Herzprobleme gesprochen, und als er das letztemal ins Krankenhaus eingeliefert wurde, wußte Jackson, daß er nicht mehr nach Hause kommen würde. Doch seine Mutter hätte das nie zugegeben. Sogar bei seinem Begräbnis, nach dreißigjähriger Ehe, nahm sie sich mit eisernem Willen zusammen. Sie weinte niemals vor anderen. Manche Leute glaubten, sie empfinde wenig, doch das stimmte nicht. Den Tates waren nur heftige Gefühle stets peinlich gewesen, ob es nun eine ergreifende Szene im Film war oder die Nachrichten im Fernsehen, bei denen die Kameras den Betroffenen auf den Leib rückten. Gefühlsäußerungen waren eine fremde Sprache für sie, und sie hatten sich gewissenhaft darum bemüht, sie nie zu lernen.

Jackson erinnerte sich, wie er einmal als Siebenjähriger mit seinem Vater in Manhattan unterwegs gewesen war und sie plötzlich vor der Leiche einer Frau standen, die von hoch oben auf die Straße gesprungen war. Sie lag auf dem Gehsteig, Blut sickerte aus ihrem Kopf, sie starrte mit einem geöffneten Auge ins Leere, und Jackson kam es vor, als sähe sie überrascht aus. Sein Vater keuchte, doch er versuchte nicht, seinem Jungen den grauenhaften Anblick zu ersparen. Sie mußte gerade erst gesprungen sein, denn Jackson meinte, den dumpfen Aufprall gehört zu haben, bevor sie um die Ecke bogen.

»O mein Gott! O mein Gott!« schrie ein Pförtner, der schwerfällig aus dem Gebäude gelaufen kam. Er blieb vor der größer werdenden Blutlache stehen und sah Jackson und seinen Vater an. »O mein Gott!« stieß er wieder hervor.

Schaulustige fanden sich ein, der Verkehr geriet ins Stocken, und die Taxifahrer beugten sich aus ihren Autos. Jemand rief einen Krankenwagen, und nach einer Weile hörte man Sirenen. Jacksons Vater rührte sich nicht, als hätte eine seltsame Lähmung ihn erfaßt. Auf seiner Oberlippe sammelte sich Schweiß. Man legte die Frau auf eine Trage und schob sie in den Krankenwagen. Ein Polizist mit einem gewaltigen Bauch nahm die Aussage des Pförtners auf. Als ein Straßenarbeiter schließlich mit dem Wasserschlauch kam, um Blut und Hirnmasse vom Gehsteig zu spritzen, zupfte Jackson seinen Vater am Arm. Nichts geschah, und er zupfte noch einmal.

»Was?« fauchte sein Vater und starrte so wütend auf Jackson herunter, daß er sich vorkam wie ein in den Staub getretener Löwenzahn. Es gab nichts mehr zu sehen, die Menge zerstreute sich, doch David Tate stand noch immer da wie angewurzelt. Er schnaubte, dann preßte er die Lippen so fest zusammen, daß sie nicht mehr zu sehen waren. Ein kurzer Ausblick auf Angst, Trauer oder etwas Erschreckendes genügte schon, um die Synapsen der Tates zu verschließen. Die Heftigkeit des Lebens traf sie überraschend, und sie konnten darauf nur mit verblüffter Starre reagieren, sich isolieren. Diese extreme Reaktion auf die Wucht von Gefühlen war allen Tates gemeinsam – bis Jackson Nancy kennenlernte.

»Ich weiß nicht, ob sie intensiver empfinden oder gar nicht«, hatte sie gesagt, nachdem sie seinen sterbenden Vater im Krankenhaus besucht hatten. »Aber wenn meine Eltern sich voneinander verabschieden müßten, würden sie sich keine Sekunde mehr trennen.«

»Sie können ihre Gefühle nur nicht zum Ausdruck bringen«, entgegnete Jackson, um irgendeine Erklärung zu liefern.

»Aber wie hast du es geschafft, so zu werden, wie du bist?« fragte Nancy. »Du sagst mir doch auch immer, daß du mich liebst.«

»Vielleicht ein mutiertes Gen«, antwortete er. »Ich bin der erste Tate, der sich öffnen kann.« Er lachte angestrengt. »Ich verstehe eben, was in ihnen vorgeht, und kann mich in beiden Welten bewegen.«

»Also, ich könnte nicht damit leben, wenn wir uns nicht beide hundertprozentig aufeinander einließen.« Sie saßen im Auto, und sie streckte die Hand nach ihm aus. Sie waren ein knappes Jahr verheiratet und hatten in den Wintersemesterferien die weite Fahrt gemacht, um bei Jacksons Mutter zu sein, nachdem sein Vater zusammengebrochen war. Nancy hatte immer wieder versucht, den emotionalen Knoten der Tates zu lösen, doch sie hatte nicht viel bewirken können. Nach dem Tod von Jacksons Vater kochte seine Mutter weiter riesige Mengen Schmorbraten und Backkartoffeln, als käme ihr Mann mit dem Zug um 5.52 Uhr nach Hause. Doch der Schmerz, den sie verdrängte, äußerte sich auf infame Weise. Sie begann zu stürzen, fiel auf dem Gehweg hin und schlug sich das Knie auf oder stolperte auf der Granittreppe am Postamt. Sie schürfte, verstauchte und verrenkte sich ständig etwas, und schließlich brach sie sich das Handgelenk bei dem Versuch, einen wegrollenden Einkaufswagen auf dem Parkplatz am Supermarkt aufzuhalten. Danach gelang es ihnen, sie von der Notwendigkeit eines Neubeginns zu überzeugen. Sie entschied sich für Florida, weil ihr die Wärme dort zusagte.

Jackson gelang es nicht, um Nancy, Nathan und Franny in solcher Stille zu trauern. Der Teil in ihm, den Nancy erspürt und über alles geliebt hatte, gestattete es ihm nicht. Sein Zorn über ihren Tod loderte in ihm wie ein Feuer. Er bemühte sich nach Kräften, sich dem Lebensrhythmus seiner Mutter anzupassen, während er bei ihr war, doch er fürchtete zu ersticken. Er mußte wieder alleine sein.

»Manchmal begreife ich nicht, wie du es geschafft hast, da

lebend rauszukommen«, sagte Nancy einmal zu ihm, als sie seine Mutter besucht hatten. »Das ist doch, als lebte man in einem Vakuum.«
Jackson widersprach ihr nicht. Es war naheliegend, daß er sich aufgrund seiner Geschichte zu der sicheren Welt geneigter Ebenen und berechenbarer Van-der-Waals-Kräfte hingezogen fühlte. Wenn Nancy nicht in sein Leben getreten wäre, hätte sich daran auch niemals etwas geändert. Er wußte, daß er nur durch sie erfahren hatte, was es bedeutet, jemanden zu halten und gehalten zu werden. Ihre Liebe fluktuierte zwischen ihnen wie eine Flüssigkeit, und sie wurden von ihr getragen, konnten auf ihr gleiten wie Insekten auf der Oberfläche eines Teichs.
Nancy hatte einmal zu ihm gesagt: »Jeder braucht einen Ort des Trostes.«
Und Jackson hatte erwidert: »Du bist mein Ort des Trostes.«
Doch nun gab es sie nicht mehr.

Vor dem Restaurant stiegen sie in das Quark, und Livvy beschrieb Jackson den Weg zu dem Baumarkt an der Route I. Sie fuhren langsam durch die stille Stadt, und Livvy erzählte, im Sommer sei hier so viel Verkehr, daß sie am liebsten mit dem Fahrrad unterwegs sei. An der Zugbrücke begann der Motor des Quark zu stottern, was er schon häufiger getan hatte. Jackson gab mehr Gas, damit er nicht abstarb, und plötzlich zischte es, als gösse man Spiritus auf glühende Holzkohle. Unter der Motorhaube quoll schwarzer Rauch heraus, und vor der Windschutzscheibe schlugen orangerote Flammen hoch. Jackson starrte wie gelähmt nach vorne, bis Livvy ihn rüttelte.
»Raus hier!« schrie sie laut, um das Knattern der Flammen zu übertönen. Sie sprang hinaus und wich zurück.

Jackson beachtete ihre Angst nicht, sondern hechtete in den Hinterraum. Er zerrte die Gummischnur vor dem Regal weg und packte die drei dicken Fotoalben. Dann riß er die Tür auf und sprang hinaus. Flammen und Rauchwolken waren schon höher als das Dach des Quark. Er legte die Alben auf den Gehweg und wollte zurücklaufen, um den Rest seiner Habe herauszuholen.

»Jackson!« schrie Livvy und packte ihn am Arm.

»Nur noch ein paar Sachen«, sagte er und hob den Arm, um sein Gesicht vor der Hitze zu schützen.

Sie hielt ihn fest. »Bitte, bleiben Sie hier. Das Wichtigste haben Sie doch.«

»Ich weiß, ich weiß«, sagte er, doch er brachte die Worte kaum hervor, als er sah, wie das Quark in Flammen aufging.

Die freiwillige Feuerwehr von Rockpoint erstickte das Feuer mit Schaum. Die öligen Flammen sollten nicht weiter um sich greifen, und der Einsatz von Wasser war zu riskant. Schaumklumpen fielen wie Schlagsahne durch die Gitter der Brücke und trafen unten aufs Wasser. Ein Vorderreifen platzte durch die extreme Hitze. Jackson drückte die Fotoalben an die Brust und blickte stumm zu seinem Auto hinüber. Livvy hielt seinen Arm umklammert. Sein Herz hämmerte, doch ihre Schulter zu spüren beruhigte ihn ein wenig. Ein freiwilliger Sanitäter, den Jackson zuvor als Kellner im Restaurant gesehen hatte, erkundigte sich, ob es ihnen gutgehe.

»Sie haben da ein paar kleinere Brandwunden«, sagte der Sanitäter.

Jackson blickte auf seine Hand und bemerkte erst jetzt die Rußflecken und die brennenden roten Stellen. Der Sanitäter brachte ihn zum Krankenwagen. Jackson ließ sich auf der Hecktreppe nieder, und der Mann säuberte die Wunden und verband seine Hand. Die Verletzung war nicht der Rede wert,

doch Jackson ließ den Sanitäter gewähren. Schließlich war das Feuer gelöscht, und die Feuerwehrleute holten die Schläuche ein. Der Hauptmann kam zu Jackson und erkundigte sich nach der Ursache des Brandes. »Keine Ahnung«, sagte Jackson. Seine Stimme klang fremd in seinen Ohren. »Das Ding ging einfach hoch. Wahrscheinlich Selbstentzündung.«
Der Hauptmann rief per Funk einen Abschleppwagen von der Werkstatt ein paar Häuser weiter. »Wir müssen die Straße wieder freimachen«, meinte er. Sein Helm war ihm in die Stirn gerutscht, und er hatte den Kragen seines Schutzmantels hochgeschlagen.
»Das war ein klassisches Beispiel für Thermodynamik«, sagte Jackson kopfschüttelnd zu Livvy. Der Abschleppwagen traf ein, und der Fahrer betätigte einige Hebel und hievte das Quark auf die Ladefläche. Dann stieg er wieder ein und fuhr los. Jackson und Livvy gingen die kurze Strecke zur Werkstatt zu Fuß. Die Demütigung machte Jackson mehr zu schaffen als seine Brandwunden. Sein Leben befand sich schon im freien Fall, und so war es für ihn nur folgerichtig, daß alles, womit er in Berührung kam, kurz darauf auch zerstört wurde.
Man stellte das Quark auf einen freien Platz hinter der Werkstatt. Jackson kletterte in das noch immer Hitze ausstrahlende Wrack seines Autos und suchte nach seinen Sachen. Er fand einige angesengte Bücher und seine Malausrüstung. Als er unter den Vordersitz griff, um den Werkzeugkasten herauszuziehen, verbrannte er sich erneut die Hand an dem heißen Metall. Der Kasten roch nach verbranntem Plastik, und der Lappen von einem der alten Flanellschlafanzüge seines Sohnes war schwarz vor Ruß.

Sammy, der Hauptmann, fuhr sie zum Hotel zurück. Er war ein stämmiger Kerl mit stumpfem Gesichtsausdruck, der nur lebendiger wirkte, wenn er ein heiseres Raucherlachen von sich gab. Jackson kam er vor wie eine massigere Ausgabe von Buster Keaton. Sie saßen zu dritt vorne in seinem Pick-up, und Jackson hielt seine restlichen Habseligkeiten auf dem Schoß.

In Hotel folgte Jackson Livyy in die Bar. Sie schenkte ihnen zwei Gläser Wein ein.

»Ich glaube, das können wir jetzt beide gebrauchen«, sagte sie und reichte ihm ein Glas.

»Ich weiß nicht, wie das passieren konnte«, sagte er. »Möglicherweise ist die Benzinleitung defekt gewesen. Ich hätte sie auswechseln sollen. Ich bin zwanzigtausend Meilen mit dem Quark gefahren, und sie war nicht mehr in bestem Zustand.«

»Nun, was es auch war, jedenfalls wollte das Quark offenbar in Rockpoint den Geist aufgeben«, erwiderte sie.

»Ich kann kaum glauben, wie schnell die Flammen waren. Wenn die Feuerwehr nicht so prompt gekommen wäre, hätte es schlimmer ausgehen können.«

»Ich muß daran denken, dieses Jahr an Weihnachten eine größere Summe zu spenden«, sagte sie trocken.

»Ich bin aber nicht sicher, ob ich mir von einem Kellner mehr als die Hand verbinden lassen sollte«, fügte Jackson hinzu.

»Das ist das Wunderbare an einer freiwilligen Feuerwehr. Die Person, die Ihnen morgens die Haare schneidet, kommt mittags mit der Rettungsschere und befreit Sie aus Ihrem Wagen.«

Jackson trank einen großen Schluck Wein. Als die Flammen hochschlugen, hatte er einen Augenblick lang geahnt, wie Nancy und die Kinder sich gefühlt hatten. Die Angst hatte ihn erstarren lassen. Wenn Livvy ihn nicht aufgerüttelt hätte, wäre er vielleicht sitzen geblieben. Er hätte es zugelassen, von den Flammen aufgefressen zu werden. Er dachte an das

Armaturenbrett, das vor seinen Augen schmolz und sich verformte. Die Windschutzscheibe splitterte und glich, von zig feinen Rissen durchzogen, einer durchsichtigen Landkarte.
Er hatte gespürt, wie seine Beinhaare sich in der Hitze kräuselten. Die Benzindämpfe stiegen ihm in die Nase und drangen in seine Kleider. Er stellte sich vor, wie die Fasern Feuer fingen. Er hätte sich ans Lenkrad geklammert, wenn die Schmerzen ihn schließlich erfaßten. Der Goldring an seiner linken Hand, den er nicht mehr abgelegt hatte, seit Nancy ihn vor sieben Jahren auf seinen Finger gesteckt hatte, hätte sich in eine sonnenfarbene Pfütze verwandelt. Wie jung sie waren, als sie heirateten, dachte er jetzt. Sie waren so in ihr Studium involviert, daß sie sich keine Flitterwochen erlauben konnten. Doch für sie waren immer Flitterwochen gewesen. Wenn sie in der Öffentlichkeit besonders zärtlich miteinander umgingen, wurden sie manchmal von Fremden gefragt, ob sie frisch verheiratet waren. Dabei hatten sie schon Kinder. Sie waren einfach so.
Bei Gott, er wäre in der verdammten Karre sitzen geblieben, bis das Feuer sein Fleisch gebrutzelt hätte. Wie jene Mönche in den gelben Kutten, die sich in Asien selbst in Brand steckten. Er stellte sich vor, wie die Flammen das Quark verzehrten, seine kostbaren Fotos fraßen und schließlich ihn. Auf dem unbequemen braunen Vinylsitz mit der Feder, die am Rücken drückte, würde seine fettige Asche zurückbleiben. Der Sitz würde sein Scheiterhaufen werden, und wenn seine Knochen verkohlten, würde der Qualm in die Luft hochschießen wie eine Kugel und über Dörfer und Städte hinwegrasen, immer schneller. Mit Überschallgeschwindigkeit würde dieser Dunst über die Landstraßen hinwegsausen, auf denen er gefahren war. Würde durch das Haus in Illinois wirbeln, mit

dem Gemüsegarten und den Fahrrädern auf der Zufahrt. Und irgendwie würde diese rauchförmige Essenz von Jackson Tate ins nachtschwarze Universum geblasen werden und sich dort wieder mit den Menschen vereinigen, die er so liebte.
Das Telefon klingelte, und er schrak aus seinen dunklen Gedanken auf. Livvy ging in den Empfangsraum und nahm ab. Sie sprach leise, doch ihr Ton war dringlich. Als sie zurückkam, sah sie verletzt aus.
»Ist alles in Ordnung?« fragte Jackson.
»Das ist vielleicht ein Tag.« Sie seufzte und sah auf ihre Uhr. »Ich muß eine Weile weg. Fühlen Sie sich wie zu Hause.«
Er hätte gerne mehr erfahren, doch er bedrängte sie nicht. Er hatte nicht die Kraft, diesen Geheimnissen auf den Grund zu gehen. Er war noch damit beschäftigt, seine eigenen zu entwirren. Aber er hatte sich bereits ein Konstrukt an Möglichkeiten zurechtgebastelt, ähnlich den Molekülmodellen, mit denen Chemiker an der Uni arbeiteten. Im Mittelpunkt, vermutete er, stand Livvys Mann Howard.
Doch das ging ihn nichts an, sagte er sich. Er war nur auf der Durchreise. Aber er fühlte mit ihr. Die Anrufe, die besorgte Nachfrage in der Stadt – all dies führte zu einem Ort des Kummers. Und er war nicht so verfangen in seinem eigenen Schmerz, daß er den ihren nicht bemerkt hätte. Es beunruhigte ihn, daß er sich um sie sorgte und ihr Verlangen nach Trost spürte. Dieses Mitgefühl störte seine Trauer um Nancy und die Kinder, und er wünschte, es einfach abschalten zu können. Denn es wies ihn darauf hin, daß er sich zu Livvy hingezogen fühlte, obwohl er doch geglaubt hatte, nie wieder etwas Derartiges empfinden zu können.
Jackson sah durch einen Spalt im Vorhang zu, wie sie davonfuhr, und er hob kurz seine verbundene Hand und winkte ihr nach.

KAPITEL SECHS

Es gibt nur diese beiden Möglichkeiten:
Entweder man ist überzeugt vom Determinismus
und hält den freien Willen für eine Illusion,
oder man wird zum Mystiker
und hält die Entdeckung der Naturgesetze
für eine bedeutungslose Gedankenspielerei.
Der gewöhnliche Mensch hat immer die
dualistische Natur der Welt anerkannt.

Nach MAX BORN (1882–1970)

Jackson war ruhelos an diesem Nachmittag, und er ging zum Strand, um seinen Kopf zu klären. Im Laufe der Zeit hatte er es gelernt, seine Rastlosigkeit zu ertragen; er machte lange Spaziergänge oder lenkte sich ab, so gut es ging. Doch in den schlimmsten Momenten, Momenten wie diesen, glaubte er, daß es ihm niemals gelingen werde, Nancy zu vergeben. Niemals würde er ihr vergeben können, daß sie ihn gelehrt hatte, seine Gefühle zu entdecken – und ihn dann mit ihnen alleine ließ. Am nötigsten hatte er Nancy gebraucht, als er sie für immer verlor. Und er brauchte sie auch jetzt noch.
Du bist unwichtig, sagte er sich. *Du bist winzig*. Er dachte an das Universum, das sich um ihn her ausdehnte wie ein gewaltiger Atem. Er stellte sich vor, wie es in Aberbillionen Jahren damit aufhören und sich ganz allmählich wieder zusammenziehen würde. Der Pfeil der Zeit, der uns in die Zukunft geschossen bat, wird eine Kehrtwendung machen und zurückfliegen, uns in die Vergangenheit versetzen. Das war eine Theorie über den völligen entropischen Zusammenbruch des Kosmos. Irgendwann, sinnierte Jackson, würde seine Familie wieder dasein und ihr Leben in umgekehrter Reihenfolge durchleben – sterben, bevor sie geboren wurde, jünger werden statt älter.

Er stellte sich vor, wie er seine Trauer erneut durchlebte, wie die Tränen seine Wangen hinaufrollten und in seine Augen zurückflossen. Dieser gewagten Theorie zufolge würde er seine Familie irgendwann zurückgewinnen.
Er setzte sich auf ein Stück Treibholz und ließ Sand über seine Schuhspitzen rieseln. Über ihm kreischten Möwen, und der Wind fegte den Strand entlang und zerzauste sein Haar. An der Küste wehte immer ein Wind, an jeder Küste. Sie waren mit den Kindern ans Meer gefahren, um die kleine Stadt an einem Meeresarm der Chesapeake Bay zu besichtigen, in der Nancy aufgewachsen war. Er wußte, daß Nancy den Rhythmus der Gezeiten vermißte. Manchmal dachte er, daß der Ozean vielleicht ihren Tanz inspiriert hatte. Die Tänzer in Nancys Choreographien bewegten sich wellengleich über die Bühne, wiegend und fließend wie der Ozean, wenn er zum Strand zurückkehrte.
Einmal fuhren sie im Urlaub nach Westen, über die weiten windigen Ebenen der Dakota-Staaten bis zu den hoch aufragenden Bergen von Montana. Auch dort wehte der Wind heftig, fegte über einen stillen See hinweg, in dem sich die schneebedeckten Rocky Mountains spiegelten, prachtvoll und gezackt wie eine Krone. Sie schwammen in einem glasklaren See im Glacier National Park. Das Wasser war so sauber, daß Jackson zusehen konnte, wie seine Frau, die tauchte, eine Handvoll glatte Kiesel vom Grund nahm. Nathan saß unterdessen am Ufer und baute einen Berg aus Steinchen, Franny gab es noch nicht, sie war nur ein Name in ihren Köpfen, den sie eines Tages verwenden wollten. Das Wasser war kalt wie geschmolzener Schnee, obwohl es an diesem Tag so heiß war, daß sich wohl nicht einmal die Bären aus ihren Höhlen hervorwagten.
Dann begann der Wind in den Wipfeln der Kiefern zu toben

und kräuselte die Oberfläche des Sees. Als sie ans Ufer schwammen, tanzten weiße Schaumkrönchen auf dem Wasser. Am Himmel zogen dunkle Wolken auf. Die Handtücher, die sie auf die Felsen gelegt hatten, flatterten wie Flaggen. Tropfend und zitternd setzten sie sich in den Wagen, packten ihre Sandwiches aus und aßen, während der Sturm am Auto rüttelte. Jackson hatte ganz deutlich empfunden, daß sie eine Familie waren, eine geschlossene Gemeinschaft, in der man nahe zusammenrückte, um den Elementen zu trotzen.

Jackson und Nancy hatten sich gemeinsam etwas aufgebaut, das für ihn ganz neu war. Er hatte geahnt, daß Familie zu sein nicht nur bedeutete, denselben Nachnamen zu tragen, doch es hatte lange gedauert, bis er es begreifen konnte. Es gelang ihm erst, als er bereit war, sich von Teilen seiner selbst zu trennen, die durch eigene schlechte Erinnerungen an Familienleben verdorben waren.

Seine Eltern waren in ihrem Vorort von New York zufrieden gewesen. Sie hatten alles, was sie brauchten, in der kleinen Stadt, die durch Bahn und Straßen mit Manhattan verbunden war. Sein Vater pendelte, und Jackson blieb zu Hause bei seiner Mutter. Sie begegneten sich nur zu den Mahlzeiten und lebten nach einem festen Zeitplan. Sonntags abends, wenn Jacksons Mutter nicht mehr kochen mochte, fuhr Jackson mit seinem Vater zu Mario's, um Pizza zu holen. Die Wände des Restaurants waren weiß verputzt, auf den Papiersets war eine Karte von Italien abgebildet, und in einem von bunten Lämpchen erleuchteten Aquarium schwammen träge fette graue Fische umher. Manchmal blieben sein Vater und er zum Essen dort und arbeiteten sich durch eine Schicht geschmolzenen Käse zu einer Lasagne oder Parmigiana vor. Oder sie fuhren gleich wieder nach Hause, und Jackson hielt den heißen Pizzakarton auf dem Schoß. Der Karton brannte auf seinen Oberschenkeln, und wenn Jackson es nicht mehr ertrug, hob er ihn ein wenig hoch. Im Auto roch es nach Hefeteig, Oregano und Basilikum, und die Fenster beschlugen. Als sie wieder einmal von einem dieser Ausflüge zurückfuhren und Jackson den heißen Pizzakarton auf dem Schoß hielt, stellte er seinem Vater eine beiläufige Frage.

»Dad? Was verdienst du eigentlich?«

Sein Vater wandte sich ihm langsam zu, und sein Blick schien auf Jacksons Haut zu brennen wie die heiße Pizza.

»Was?«

»Nichts«, sagte Jackson, als er merkte, daß er zu weit gegangen war.

»Es geht dich einen Dreck an, was ich verdiene«, fuhr sein Vater ihn an. Er lachte ungläubig. »Wie kommst du nur auf die Idee, mich danach zu fragen?«

»Nur so«, antwortete Jackson. »Ich hatte es mir nicht richtig überlegt.«

Seine Eltern machten ein Geheimnis aus ihrem Leben, und Jackson fand das bedrückend. Zweifellos hatte David Tate ein gutes Auskommen bei der renommierten Firma, für die er arbeitete, doch vielleicht war er im Laufe der Jahre so geheimniskrämerisch geworden, weil er immer darauf achten mußte, nicht ausgebootet zu werden. Seine Paranoia war ins Unermeßliche angewachsen, ganze Bereiche seines Lebens durften nicht erwähnt werden. Jackson wußte nie, ob eine unbedachte Bemerkung oder Frage seinen Vater zu einem Zornesausbruch veranlassen würde. David Tate war als Mann extremer Gefühle bekannt; manchmal war er sanft, manchmal tobte er. Er konnte sich maßlos über den Zaun der Nachbarn ereifern oder plötzlich an der Kasse im Supermarkt einen Wutanfall bekommen. Doch er war auch liebevoll und gütig, und diesen David Tate vermißte Jackson. Im Laufe der Zeit hatte auch Jacksons Mutter sich die Paranoia seines Vaters angeeignet. Sie bestand darauf, daß Jacksons Noten, seine Kleidergrößen und sein IQ Familiengeheimnisse blieben. Jackson kompensierte seine Frustration durch Lerneifer, aber selbst wenn er erstklassige Zensuren nach Hause brachte, hatte er das Gefühl, daß sich niemand dafür interessierte.

Als er sich in seinem zweiten Jahr auf der High-School eher zögerlich um ein Praktikum bewarb, fand er darin eine Fluchtmöglichkeit. Er wurde bei einem großen Forschungslabor in der Stadt angenommen. Mit den Feinheiten der Physik kannte er sich noch nicht aus, doch er war bereit, alles zu tun, was man ihm auftrug. Nach der Schule fuhr er jeden Tag eine halbe Stunde in die Innenstadt und ging noch ein Stück zu Fuß zu dem Universitätskrankenhaus. Er arbeitete dort mit einem Röntgenologen zusammen, der ein Langzeit-Forschungsprojekt betreute. Man bezahlte Jackson die Fahrtkosten, doch die Arbeit bestand hauptsächlich aus Zahlen und Diagrammen und langweilte ihn. Um sechs Uhr abends holte er seinen Vater im Büro ab, und sie gingen gemeinsam zum Grand Central Terminal gegenüber.

An einem Winterabend, an dem es heftig schneite, rief David Tate im Labor an, weil er länger arbeiten mußte. Doch Jackson war schon gegangen, und Dr. de Leon, sein Chef, war am Apparat. Dr. de Leon war Argentinier und sah mit seinem weichen hübschen Gesicht aus wie ein Filmstar. Er unterhielt sich lange mit David Tate, und als Jackson bei seinem Vater eintraf, war der bester Dinge.

»Ich habe eben noch mit deinem Chef telefoniert«, sagte sein Vater. Er strahlte und kam hinter seinem grauen Stahlschreibtisch hervor. In einem Bücherregal an der Wand standen die neuesten Firmenberichte und Fotos von Jackson und seiner Mutter. In einem schweren Glasaschenbecher auf dem

Tisch lag ein Zigarrenstummel. »Dr. de Leon hält große Stücke auf dich.«
»Ich wüßte nicht, warum«, sagte Jackson bescheiden. »Ich sammle nur Daten und stelle sie in Grafiken dar.«
»Das ist nicht alles.« David machte seinem Sohn ein Zeichen, sich auf einem der blauen Vinylstühle niederzulassen. »Erstens sagt er, daß du hervorragende Arbeit leistest. Zweitens – ich hoffe, du kannst Komplimente ertragen – meint er, daß du ein ziemlich schlauer Kerl bist. Doch das hätte ich ihm natürlich gleich sagen können.« Er grinste breit.
»Ich muß aber noch viel lernen.«
»Und er ist davon überzeugt, daß du das glänzend schaffst. Er möchte wissen, ob du bei den Naturwissenschaften bleiben willst. Er konnte sich kaum beruhigen vor Begeisterung, und ich hatte natürlich nichts dagegen, ihm zuzuhören.«
»Ich denke schon.« Jackson wußte noch nicht, auf welchen Bereich der Naturwissenschaften er sich spezialisieren wollte. Er wußte nur, daß das Verhalten seines Vaters ihn nervös machte.
»Nächstes Jahr solltest du ihn um eine Referenz für die Universität bitten«, sagte David Tate. »Eine Empfehlung von einem einflußreichen Mann wie ihm kann einiges bewirken.«
»Mach ich, Dad«, erwiderte Jackson.
Sein Vater war in Hochstimmung, als wäre er von seinem eigenen Chef gelobt worden. Jackson freute sich auch, aber nicht über de Leons Äußerungen, sondern über die Stimmung seines Vaters.
»Das ist sehr gut. Ich habe dir immer gesagt, daß du für dich selbst sorgen mußt. Weiter so.«
Jackson rief seine Mutter an und teilte ihr mit, daß sie in der Stadt essen würden. Dann ließ David Tate seine Arbeit liegen und lud seinen Sohn in einem behaglichen kleinen Restaurant

mit dunklen Holzwänden und rot karierten Tischdecken zu einem Steak ein. Sie saßen in einer Nische mit Lederbänken in der Ecke. Die Steaks waren so groß wie ihre Teller, die Kartoffeln wie kleine Bälle. Für Jackson war dieses Essen ein Fest – weil die neue Haltung seines Vaters ihm den Weg in die Freiheit eröffnete. Endlich konnte er sich von ihm lösen.

Jackson stand an der Küste von Maine und klopfte sich den Sand von seinen Kleidern. Dann wanderte er zum Hotel zurück. Die Sonne ging unter, und der Himmel schimmerte orange und rosa. Jackson nahm den Mullverband ab, den der Sanitäter ihm angelegt hatte, und stellte fest, daß die Verbrennung nicht schlimmer war als bei einem Sonnenbrand. Er knüllte den Verband zusammen und steckte ihn in die Tasche. Das Quark hatte Jackson seine Freiheit ermöglicht, aber nun war es zerstört. Er saß in der Falle. Doch seine Reisen hatten ihn ohnehin nicht getröstet. Er hatte versucht, den Ratschlag seines Vaters zu befolgen. Er sorgte für sich selbst. Aber es blieb ihm nicht verborgen, daß Fast-food-Restaurants und Raststätten nicht die richtigen Orte waren für jemanden, der trauerte.

Im Hotels begab er sich in Livvys Küche. Sie war kaum größer als in einem Flugzeug, doch mit Herd, einem Regal mit Töpfen und Pfannen und anderen notwendigen Utensilien ausgestattet. Livvy war noch nicht da, und er sah sich vorsichtig um, als könnte sie jeden Augenblick hereinkommen. In dem kleinen Kühlschrank fand er genügend Vorräte für ein kleineres Festmahl, und er ließ seiner Phantasie freien Lauf. Er hatte schon lange nichts mehr zubereitet, für das man mehr benötigte als einen Topf und einen Dosenöffner, doch Nancy und er hatten leidenschaftlich gerne zusammen gekocht. Sie hatten dabei ihre anstrengenden Arbeitstage ver-

gessen können. Es würde vielleicht beruhigend für ihn sein, in einer gut bestückten Küche ans Werk zu gehen.
Er nahm das Huhn aus dem Kühlschrank und säuberte es in der Keramikspüle. Dann zerlegte er es routiniert und gab die Teile in eine Bratpfanne. Den Gasherd stellte er so ein, daß die Flammen an den Seiten der Pfanne emporzüngelten. Er briet die Hühnerteile scharf an, stellte dann die Flamme kleiner und tat einen Deckel auf die Pfanne. Während das Huhn köchelte, ging er zur Bar, wählte aus dem Weinregal einen kalifornischen Weißwein und legte ihn auf Eis. Wieder in der Küche, holte er eine Tüte mit frischen Shrimps und eine Schale mit schwarzen griechischen Oliven aus dem Kühlschrank und suchte sich alle weiteren Zutaten, die er brauchte, in der Kammer. Als das Huhn gar war, nahm er die Teile aus der Pfanne und gab Zwiebeln, Wein, Hühnerbrühe, Kräuter und Tomatenmark für die Sauce hinein. Er rührte alles um und sog den würzigen Duft von Kräutern und Wein ein. Das Zusammenstellen der Zutaten machte ihm Freude und erinnerte ihn an früher. Er hatte fast vergessen, wie beruhigend es sein konnte, Zwiebeln und Kräuter zu schneiden, doch die warmen wohligen Gerüche hatten sein Gedächtnis angeregt. Das Kochen hatte ihm sehr gefehlt.
Nancy und er kannten sich noch nicht lange, als er zum erstenmal für sie gekocht hatte. Er hatte sich damals gerade selbst das Backen beigebracht, probierte Hefe und Sauerteige aus und formte kompakte kleine Laiber für Pumpernickel und Weizenbrot. In seiner Studentenbude unweit der Universität hatte er nur eine Kochnische, doch er glich die fehlende Ausstattung durch Geschicklichkeit aus. Er betrieb das Brotbacken wissenschaftlich. Wenn die Laibe zu fest wurden, ließ er den Teig doppelt so lange gehen und überprüfte die Temperatur des Herdes mit einem hitzebeständigen Ther-

mometer, das er sich vom Labor ausgeliehen hatte. Er betrachtete das Backen als wohltuendes Experiment, und so sah er nach einer Weile auch seine Beziehung zu Nancy.

Einen Monat lang hatten sie sich scheu umgarnt. Sie unternahmen ausgedehnte Spaziergänge und fuhren mit dem Fahrrad Landstraßen zwischen wogenden Maisfeldern entlang. Sie hörten sich Konzerte im Park an und aßen gemeinsam auf dem Rasen vor der Bibliothek zu Mittag. Doch körperlich blieben sie auf Distanz. Das war ihm fremd, eine Beziehung, bei der er nur darauf achtete, was die Frau ihm sagte, und nicht darüber nachsann, wie ihre Haut sich wohl anfühlte oder ihr Mund. Als Jackson sich dann dafür entschied, für Nancy zu kochen, wußte er nicht, was sie beide erwartete. Er spürte nur, daß er sich auf eine Liebe zubewegte, wie er sie noch nie erlebt hatte, eine Liebe, von der er nicht einmal geglaubt hatte, daß es sie geben könnte. Er lud sie zu sich zum Abendessen ein, weil sie bereits in allen Kinos im Umkreis von zwanzig Meilen gewesen waren und er sie am Freitagabend unbedingt sehen wollte und weil er schon wußte, daß sie ihm etwas bedeuten, daß sie einen Platz in seinem Leben einnehmen würde.

Er glaubte, daß sie Vegetarierin war – waren das nicht alle Tänzer? Doch er war nicht ganz sicher und scheute sich zu fragen, denn er hätte es eigentlich wissen müssen. Aber sie hatten immer Pizza gegessen oder sich nach dem Kino ein Sandwich mit gebackenem Käse geteilt. Also rührte er einen Weizenschrotteig mit Honig an und ließ ihn gehen, während er an der Uni ein zweistündiges Praktikum abhielt. Dann teilte er den Teig auf und rollte die einzelnen Stücke aus. Auf jede runde Fläche legte er geschnittene Tomaten, Paprikastücke, Zwiebeln, Brokkoli und Knoblauch. Das Gemüse hatte er zuvor in Olivenöl angedünstet und mit einem Löffel

Wein verfeinert. Er rieb frischen Parmesan und Mozzarella darüber, klappte die Teigstücke zusammen und drückte die Ränder an. Dann schob er die Calzone in den Ofen.

Nancy kam, als er gerade die Schokolade für das Dessert schmolz. Sie war zu Fuß gegangen und duftete nach dem Herbstwind, der ihr Haar zerzaust und ihre Wangen gerötet hatte. »Schokolade«, sagte sie und schnüffelte. Sie hatte den Geruch sofort bemerkt, obwohl er vom Aroma der Zwiebeln und des Brotteigs überdeckt wurde. »Woher wußtest du, daß das mein Lieblingsdessert ist?« (Er hatte es nicht gewußt.) Sie hatte eine Flasche billigen Rotwein aus Algerien oder irgendeinem anderen Land mitgebracht, dessen Geheimpolizei berühmter war als seine Weinberge, und sie lachten darüber und tranken ihn zum Essen. Sie lobte die Calzone, vor allem den Teig, fragte aber immer wieder nach dem Dessert. Der Duft der Schokolade zog durchs Zimmer und machte sie unruhig.

Als Jackson die runden Küchlein aus den gebutterten Auflaufformen löste, umarmte sie ihn plötzlich, überwältigt von ihrer Vorfreude. Sie war verrückt nach Schokolade. Er bestäubte die beiden Dessertkuchen mit Puderzucker, und sie probierte ein Stück. »Das schmeckt wie eine Schokoladenwolke. Was ist es?« fragte sie.

»Mousse-au-chocolat-Törtchen mit Himbeeren«, antwortete er.

»Du bist wunderbar«, sagte sie und seufzte vor Begeisterung.

»War mir ein Vergnügen.« Und das war es tatsächlich gewesen. Ein kleiner Klecks Schokolade war in ihrem Mundwinkel. Bevor er es sich anders überlegen konnte, beugte er sich vor und küßte sie auf diese Stelle. Sie wandte ihm überrascht das Gesicht zu und erwiderte seinen Kuß. Dann küßten sie sich noch einmal.

Später, als sie verheiratet waren, sagte sie immer scherzhaft, daß sich in diesem Moment alles geändert habe. Sie hatte sich gescheut, sich ihre Gefühle für ihn einzugestehen, doch als er für sie gekocht hatte, wurde alles anders. Den Kindern erzählte sie gerne, daß sie Jackson einfach heiraten mußte, weil er das Rezept für das Dessert nicht herausrücken wollte. Und bei ihrer Hochzeit schworen sie sich, daß es an jedem Hochzeitstag diese Törtchen geben sollte. So war es auch. Er buk die Mousse-au-chocolat-Törtchen mit Himbeeren, und sie sagte: »O toll, es gibt wieder Schokoladenwolken.«

Livvy kam durch die Hintertür in die Küche, als Jackson die Garnelen schälte. Sie sah erschöpft und bedrückt aus. Als sie bemerkte, womit Jackson beschäftigt war, hellte sich ihre Miene auf.
»Das gibt's doch nicht!« rief sie aus.
»Nachdem ich uns beinahe in die Luft gesprengt habe, war das nötig, fand ich«, sagte Jackson. »Außerdem habe ich nirgendwo ein Schild gesehen, daß die Benutzung der Küche Gästen untersagt ist.«
»Sie dürfen die Küche gerne jederzeit benutzen, wenn es dann so riecht wie jetzt«, entgegnete sie. »Was gibt es denn? Ich komme fast um vor Hunger.«
»Napoleons Koch nannte es Huhn Marengo. Ich nenne es eines der wenigen Gerichte, die ich aus dem Effeff beherrsche.«
»Huhn Marengo. Ich bin beeindruckt.«
»Ich werde natürlich alles ersetzen, was ich verbraucht habe.«
»Seien Sie bitte nicht albern.«
Er briet die Garnelen kurz an und stellte sie beiseite. »Ich gehe jetzt in die Zielgerade.«
»Kann ich Ihnen helfen?«
»Sie können sich aufs Essen vorbereiten.« Jackson schnitt

Baguettebrot und röstete vier Scheiben davon in dem Öl, in dem er die Garnelen angebraten hatte. In siedendem Wasser pochierte er vier Eier. Er gab die Hühnerteile in die Pfanne zur Sauce, ließ sie kurz durchziehen und legte sie dann auf eine Platte. Die vier großen Garnelen plazierte er in gleichen Abständen, dazwischen die Baguettescheiben, auf denen je ein pochiertes Ei arrangiert wurde. Das Ganze sah aus wie ein Sonnensystem, bei dem Eier und Garnelen um das sonnenfarbene Huhn kreisten.

»Voilà, Huhn Marengo«, sagte Jackson. Er trug die Platte in den Speiseraum, wo der Tisch schon mit Tischtuch, schimmerndem Silber und zwei Kerzen gedeckt war. Jackson legte ihnen beiden vor und setzte sich.

»Wie war Ihr Tag?« fragte er betont munter, um seine gedrückte Stimmung zu überspielen. »Wenn man mal vom feurigen Abgang meines Wagens absieht.«

»Ich muß sagen, das hier ist der beste Teil.« Sie lachte und begann zu essen. »Das schmeckt wunderbar. Kochen Sie unterwegs auch so?«

Er schüttelte den Kopf. »Um ehrlich zu sein, habe ich schon ziemlich lange nicht mehr gekocht«, antwortete er. »Ich habe mir unterwegs Mahlzeiten bereitet, aber Kochen würde ich das nicht nennen wollen.«

»Essen hat so etwas Tröstliches.«

Jackson nickte und hob zustimmend sein Glas. »Ein mit Feingefühl zubereitetes Essen ist enorm kräftigend.« Sie legte ihre Gabel hin. »Danke, Jackson. So etwas Schönes hat schon lange niemand mehr für mich gemacht.«

»Ich habe zu danken«, sagte er, »für die angenehme Gesellschaft und die gut bestückte Küche.«

»Es gehört zu den besten Dingen im Leben, wenn jemand für einen kocht«, entgegnete sie.

»Das finde ich auch.« Er hatte es für sich getan, doch er war froh, daß auch sie es genießen konnte.
»Howard hat mich mit den Feinheiten der Kochkunst bekannt gemacht«, erzählte sie. »Wenn wir auf Reisen waren, organisierte er häufig einen ganzen Tag um ein Essen herum. Wir besichtigten die Kathedrale in Chartres und fuhren dann schnell zurück nach Paris, um in einem Restaurant mit diversen Michelin-Sternen einen guten Platz zu bekommen.« Sie seufzte. Es klang bitter.
Doch es gelang ihm einfach nicht nachzufragen.
Sie aßen schweigend weiter. Sie trank, ihn dabei anlächelnd, einen Schluck Wein und sah ihm so tief in die Augen, daß es ihn schmerzte. Er schämte sich. Er hatte dieses Essen zubereitet, um innere Ruhe zu finden und sich Nancy näher zu fühlen, doch er fragte sich plötzlich beunruhigt, ob Livvy es wohl falsch verstand, ob er ihr vielleicht auch noch weh tun würde. Er wollte sie warnen, wollte ihr sagen, daß sie etwas in ihm angerührt hatte, das ihm seine verlorene Familie näherbrachte. Sie war nur ein Katalysator. »Livvy«, begann er, »das Schlimmste an diesem Tag war nicht das explodierende Auto.«
»Erzählen Sie«, forderte sie ihn auf. Ihr Blick war einfühlsam, offen.
»Ich habe versucht zu fliehen«, sagte er, überrascht über die Heftigkeit seiner Empfindung. »Aber es geht nicht mehr. Ich habe seit damals mit niemandem darüber gesprochen. Erst heute, mit dir.«
Sie blickte auf den Tisch und schüttelte kaum wahrnehmbar den Kopf.
»Irgendwie«, fuhr er fort, »sind sie wieder lebendig geworden in mir. Weil du der erste Mensch bist, dem ich mich geöffnet habe. Ich möchte dich nicht in Verlegenheit bringen ... aber

deine liebevolle Art hat das bewirkt. Ich spüre die drei so stark wie schon lange nicht mehr. Und ich weiß nicht, ob das, was ich empfinde, ein Segen ist oder ein Fluch … die Erinnerung.«

Nach einer Weile sah sie zu ihm auf. Ein entschlossener, fast harter Ausdruck lag auf ihrem Gesicht. »Es ist ein Segen«, sagte sie mit Nachdruck. »Mein Mann kann sich nicht mehr an unsere gemeinsamen Jahre erinnern. Er weiß nicht einmal mehr meinen Namen oder das Wort für meine Augenfarbe.«

In diesem Moment griff Jackson nach ihrer Hand. Oder sie nach seiner, er war nicht sicher. Es war wie ein Reflex. Zwei Menschen, die sich kaum kannten, deren Zukunft von Ungewißheit und deren Vergangenheit von Leid überschattet war, wandten sich einander zu, um Trost zu finden. Während sie stumm dasaßen, brannte eine der Kerzen herunter. Wachs rann an dem kristallenen Kerzenhalter hinab. Die Flamme loderte wild auf, dann versank der Docht zischend im heißen Wachs. Livvy drückte Jacksons Hand, und ihre Finger verflochten sich. Im Licht der verbliebenen Kerze schimmerten ihre Augen, als stünden Tränen in ihnen. Smaragdgrün, dachte er. Smaragdgrün ist das Wort für deine Augenfarbe.

KAPITEL SIEBEN

Die Beschleunigung, die ein Körper erfährt,
erfolgt in Richtung der angreifenden Kraft
und ist proportional zu ihr.
Der Verbindungsfaktor ist die
Masse des Körpers.

NEWTONSCHES GRUNDGESETZ DER DYNAMIK

Vom Dach aus konnte Jackson die gesamte Uferstraße überblicken. Er sah sogar die gedrungenen Stahlpfeiler der Zugbrücke, die man in einem altmodischen cremigen Weiß gestrichen hatte. Am Horizont war eine dunkle Erhebung zu sehen, der Rumpf eines Tankers vielleicht. Ein Boot kam in Sicht. Die Segel knatterten, als der Wind umschlug. Livvy hatte sich an diesem Morgen zurückhaltend und förmlich gegeben. Sie war hastig aufgebrochen, um Besorgungen zu machen, und hatte kaum mit Jackson gesprochen. Später würde sie sich um die Zimmer kümmern müssen, weil das Hotel am Memorial Day wieder eröffnete. Sie hatte alle Hände voll zu tun. Als Jackson erwachte, hoffte er, daß sich nichts zwischen ihnen ändern würde, nachdem sie sich am Abend zuvor so nahegekommen waren. Er wollte nicht, daß die Berührung und die behutsame Offenheit falsche Erwartungen weckten. Er hatte sich spontan verhalten, aus dem Moment heraus, und nun, am nächsten Morgen, bereute er es.

Doch als sie distanziert blieb und gleich nach dem Frühstück verschwand, zerstreuten sich seine Befürchtungen. Sicher, er wollte nicht, daß sie etwas von ihm erwartete. Doch er erwartete schon etwas von ihr – die Lockerheit, die er in ihrer Nähe empfand, ihre Wärme, die Entspannung, wenn sie ihm zuhörte. Er mochte das nicht missen, nicht, nachdem er so lange auf solche Gefühle verzichtet hatte.

Egoistisch, hielt er sich vor. Doch er hatte sich lange nichts mehr gegönnt. Er hatte auch lange nichts gefunden, das ihn dazu verlockt hätte. Etwas an ihr veranlaßte ihn, ihre Nähe zu suchen, nachdem er so viele Monate allen Menschen aus dem Weg gegangen war. Was war es?

Wenigstens konnte er nun seine Hände beschäftigen. Vielleicht würden seine Gedanken es ihnen gleichtun. Er stand auf einer Ausziehleiter, die er von der Garage herübergetragen hatte, und inspizierte das schadhafte Dach. Die grauen Schiefersteine waren hart und wasserundurchlässig und konnten Jahrzehnte überdauern, aber unter bestimmten Bedingungen waren sie brüchig wie Glas. Ein Ast von einem alten Ahorn war bei einem Sturm aufs Dach gestürzt, und die Schiefersteine waren an mehreren Stellen zerbrochen. Doch Jackson wußte, daß er den Schaden beheben konnte. Er verstand etwas von Reparaturen.

In seinem letzten Schuljahr, bevor er aufs College ging, hatte er zwei Monate für eine Baufirma gearbeitet. Der Job war gut bezahlt, und er brauchte das Geld für sein Studium. Er hatte sich gegen ein Praktikum im Labor entschieden. Das hätte er jederzeit bekommen, jedoch so wenig dabei verdient, daß er nicht einmal seine Grundkosten decken konnte. Außerdem wollte er sich im Freien aufhalten und nicht nur in gereinigter, durch Holzkohlefilter gepreßter Luft. Und vor allem war es ihm wichtig, einmal richtig Geld zu haben, bevor er mit seinem Studium begann.

In diesem Sommer schwitzte er nach Kräften, und am Feierabend trank er mit den anderen billiges Bier, um sich abzukühlen. Er arbeitete härter als je zuvor in seinem Leben, doch zum erstenmal verdiente er auch gut. Am ersten Tag konnte er abends kaum mehr die Arme heben. Doch nach einer Woche merkte er, wie seine Schultern breiter und seine Muskeln fester wurden und seine T-Shirts besser saßen. Er wollte körperlich arbeiten, weil er wußte, daß er im Herbst in die akademische Welt eintreten würde. Sein Vater hielt natürlich nichts von Jacksons Ausflug ins Arbeiterdasein.

»Wissenschaft bedeutet herauszufinden, wie Dinge funktionieren«, sagte Jackson zu ihm, als sie an einem Sonntagmorgen im Neptun, einem griechischen Diner mit einer sechsseitigen Karte, in dem sie nun immer frühstückten, einen Berg Pancakes verspeisten. Neptun hatte die Stelle von Joe's eingenommen, und man konnte dort zu jeder Tages- und Nachtzeit alles bestellen von Spiegeleiern bis Hummer à la Newburg.

»Dann tu das irgendwo, wo du die Möglichkeit hast, fachbezogene Erfahrungen zu sammeln«, entgegnete sein Vater. »Ich kann dich während des Studiums finanziell ein bißchen unterstützen.«

»Darum geht es nicht«, erwiderte Jackson. »Ich lerne nur durch Praxis. Nächsten Sommer arbeite ich vielleicht in einer Autowerkstatt. Das ist angewandte Wissenschaft.«

»Um Himmels willen, Jackson«, sagte sein Vater und knetete mit den Fingerspitzen seine Stirn.

»Ich habe nicht vor, das auf Dauer zu machen«, versprach er seinem Vater. »Aber ich will mich auch nicht nur auf eine einzige Sache verlassen.«

David Tate preßte die schmalen Lippen zusammen und griff mit finsterem Blick nach seinem Kaffeebecher. Jackson wußte, daß es nun in seinem Vater brodelte. Und er wußte, wie leicht er explodieren konnte; er selbst trug einiges von diesem Jähzorn in sich. Sie sprachen nicht weiter über seine Arbeit beim Bau.

Einen Sommer lang schleppte Jackson stapelweise Schiefersteine auf den Schultern, kletterte auf Leitern, nagelte Bretter fest oder strich Wände an. Jackson war der Junge von der Uni, dem man all die Knochenarbeit auflud, doch das störte ihn nicht. Er konnte dabei in Ruhe Beobachtungen machen. Er sah genau zu, wie der Elektriker die Kabel zu den Anschlüssen und zum Verteilerkasten verlegte, und half dem Klempner dabei, im Badezimmer Kupferrohre einzubauen und die einzelnen Stücke zu verlöten. Er erwies sich als aufmerksamer Schüler.

Chef der Firma war ein untersetzter ruppigen Mann mit zottigem braunem Haar. Er hatte einen dicken Schnurrbart, der ihm über den Mund hing, und einen fetten Bauch, für dessen Erhalt er sorgte, indem er sich ausschließlich von Cider-Doughnuts, Pizza und Budweiser ernährte. Er hatte jahrelang als Dachdecker gearbeitet, was auch seine Stärke war. Doch bei dem Herumkriechen auf dem Dach, wo er Schindeln und Sperrholzverschalungen festnagelte, hatte er seine Knie ruiniert. Deshalb übernahm er jetzt lieber Umbauarbeiten, die er im Stehen ausführen konnte. Aber auch das gelang ihm eher schlecht, denn seine Knie waren so kaputt, daß er sich kaum aufrecht halten konnte. Er schwankte hin und her, hielt sich an Pfosten fest und zeigte anderen seine rosa Operationsnarben, die sich links und rechts seiner Kniescheiben abzeichneten wie Klammern. Nach einer Weile fragte sich Jackson, ob sein Chef nicht vor allem deshalb so wacklig auf den Beinen war, weil er sich aus der Kühlbox in seinem Lkw bediente, sobald ihn den Durst packte.

Jackson lernte in diesem Sommer weit mehr, als nur eine Rechnung zu türken. Was er sich in diesen Monaten angeeignet hatte, war ihm später beim Umbau ihres Farmhauses in Illinois eine große Hilfe. Als er nun an Livvy Faradays Hotel in Maine auf die Leiter stieg, schienen seine Muskeln sich an ihre letzte Erfahrung dieser Art zu entsinnen, an die Modernisierung seines eigenen Hauses.

Seine Handfläche erinnerte sich an den Hammer, seine Füße an die runden Sprossen der Leiter, sein Rücken an die Anspannung. Er wußte noch genau, wie er damals mit Nancy zusammengearbeitet hatte.

Sie hatten die Holzwände außen hellgelb gestrichen und die Fenster himmelblau. Er besserte die Hartholzböden aus und versiegelte sie. Das Dach hatte zu Anfang geleckt, und er hatte wochenlang neue Schindeln über die alten genagelt und dabei ausgiebig geschwitzt und geschimpft. Er hatte ein Schwalbennest unter dem Dachvorsprung entfernt und die kaputten Rohre im Gästebad repariert, bevor Nancys Eltern zu Besuch kamen. Die Modernisierung des Farmhauses nahm fast ein Jahr in Anspruch, und sie plünderten ihr Sparbuch, bis es so leer war wie der alte Brunnen hinten der Scheune.

Solange Jackson diese Arbeit machen konnte, sparten sie natürlich auch Geld, obgleich es ihnen häufig schneller zu verschwinden schien, als sie es verdienten. Einen Profi zu beauftragen wäre einer Niederlage gleichgekommen. Den ganzen Sommer lang erledigte Jackson die Arbeiten draußen, im Winter nahm er innen Ausbesserungen vor, zog die Böden ab und strich die Wände. Als Nancy in diesem zweiten Sommer mit Nathan schwanger war, hatte sie Schuldgefühle, weil sie Jackson nicht mehr zur Hand gehen konnte. Abends im Bett sprach sie zu ihrem Bauch und sagte dem Baby, daß es seinem Dad, sobald es auf die Welt komme, bei der Arbeit helfen müsse.

Nun stand Jackson auf der Leiter, die er an den Dachvorsprung des Hotels gelehnt hatte, und lauschte den Geräuschen in den Baumwipfeln. Vom Meer wehte ein frischer

Wind, und er dachte an all die Energie, die sie damals in das Haus gesteckt hatten. Warum sah er einige Dinge so deutlich von sich? Er erinnerte sich, wie er an einem Sommertag vom Dach hinuntergeschaut und Nancy gesehen hatte, wie sie träge auf einer Decke im Garten lag. Die Luft flimmerte von Hitze. Die Sonne schien auf Nancys Gesicht, und ihr Haar schimmerte, doch ihr Körper blieb im Schatten. Er hatte sie lange angeschaut. Sie sah so seltsam klein aus dort unten, geteilt von Licht und Schatten, so verletzlich – ein Bild, das ihn rührte.

Dieses Haus, ihr Haus, stand nun leer, wenngleich er es noch immer spürte, in seinen Fingerspitzen, die den Schiefer auf dem Dach berührten, in seiner linken Wade, die sich auf der Leiter ein wenig verkrampfte. Und er wußte, daß er sich für den Rest seines Lebens daran erinnern würde, wie er so weit oben stand und mit einem Pinsel in der Hand geblendet auf die rote Erde hinunterblickte, und Nancy schlug die Augen auf, schirmte das grelle Licht der Sonne mit den Hand ab und rief etwas zu ihm hinauf.

»Na, und wie sieht's da oben aus?« fragte Livvy.

Er zuckte zusammen, denn er hatte weder den Wagen noch ihre Schritte auf dem Weg gehört. Instinktiv packte er die Leiter fester, um nicht zu stürzen. »Nicht schlecht«, antwortete er.

»Brauche ich ein neues Dach?«

Jackson rutschte die Leiter hinunter wie ein Kind. »Nein, aber es muß einiges gemacht werden.«

Sie lächelte ihn an und sah ihm dabei so direkt in die Augen wie am Abend zuvor, wich seinem Blick nicht mehr aus wie noch am Morgen. Sie hatte die Hände in die Hüften gestützt – eine Haltung, die man einnimmt, wenn man das Resultat der Arbeit begutachten will, dachte er. Sie hat bei allem, was sie tut, so etwas Ernsthaftes an sich. »Das muß dieser schlimme Eissturm im Januar gewesen sein«, sagte sie. »Damals ist die Spitze vom Ahorn abgebrochen.«

»Gut möglich.«

»George kam mit seiner Kettensäge und hat Feuerholz aus dem Ast gemacht. Schon dabei hat er sich fast das Bein gebrochen.«

Jackson lehnte sich an die Hauswand. Er wunderte sich, daß es dort oben so heiß gewesen war. Vor seinen Augen flimmerte es, und ihm war leicht schwindlig. Die Sonne stand jetzt hoch am Himmel, auf die warme Sonnenwende zuwandernd, sich von der Dunkelheit entfernend. Er neigte sich in den Schatten des Dachvorsprungs und stützte sich auf ein Fensterbrett. Die Farbe fühlte sich rissig an. »Das könnte einen Anstrich vertragen«, sagte Jackson.

»Das wollte George auch machen«, erwiderte sie und zuckte mit den Schultern. Sie stand ein paar Meter von ihm entfernt, außerhalb des Schattens, und blickte an ihrem Haus hoch. Heute trug sie eine weiße ärmellose Bluse.

Sie ist zart, dachte Jackson. Die Last, die sie wegen ihres Mannes mit sich herumtrug, war psychischer, nicht physischer Natur. Sie hatte etwas Zerbrechliches an sich wie Frauen auf alten Gemälden. An ihr fielen weder kräftige Knochen noch durchtrainierte Muskeln ins Auge. Sie wirkte nicht kompakt wie Nancy mit ihren sehnigen muskulösen Armen und festen Beinen. Livvys klare rosige Haut und ihre zarten Rundungen machten ihren Reiz aus, ihre fast altertümliche Schönheit. Sie bewegte sich, als stammte sie aus einer anderen Zeit. All ihre Gesten waren gelassen und anmutig und dabei dennoch bestimmt. Ihr Äußeres ließ ihr inneres Wesen erahnen.

Wer war jenes innere Wesen?

Sie bemerkte, wie er sie anstarrte. Er wandte den Blick ab.
»Du hast bestimmt Durst.«
Er nickte.
»Komm, wir gehen rein.« Er folgte ihr. Sie goß ihm ein Glas Eistee ein, und dann saßen sie gemeinsam auf der Veranda und lauschten stumm dem Raunen der Wellen.

Livvy bestand darauf, ihm zu helfen. Er ließ sie die Leiter halten (wenngleich er nicht glaubte, daß sie seinem Gewicht und dem der Leiter, der Schwerkraft als solcher, viel entgegenzusetzen hatte). Und sie reichte ihm Werkzeug nach oben. Sie trug Arbeitskleidung, eine ausgewaschene Latzhose und ein weißes Baumwoll-Top, das an den Armen weit ausgeschnitten war. Er sah den Ansatz ihrer Brust, eine perlmuttfarbene Rundung. Er wurde sich seiner Augen sehr bewußt bei dem Versuch, nicht hinzuschauen, den Anblick den sanften schimmernden Haut zu vergessen. Er dachte daran, wie ihre Finger sich am Abend zuvor angefühlt hatten, so warm und weich. Immer wieder mußte er daran denken.
Nun trug sie dicke Lederhandschuhe.
Jackson zwang sich zur Konzentration. Zuerst mußte er mit einem Metallsägeblatt unter den Schiefersteinen die Nägel durchschneiden. Dann entfernte er die alten Platten und legte sie in einen Eimer. Als er die Dachpappe wieder befestigt hatte, nahm er Maß für die neuen Platten. Rasch kletterte er die Leiter hinunter, den Eimer in der Hand. Vielleicht war er zu lässig oder sich ihrer Anwesenheit zu bewußt – ein paar Sprossen über dem Boden griff er jedenfalls in die Luft. Er fiel nicht sehr tief, höchstens anderthalb Meter, doch es kam völlig überraschend.
»Jackson!« rief Livvy, als sie ihn aufzufangen versuchte.
Er landete auf dem Rücken im Gras und schnappte verblüfft nach Luft. Sie stürzte mit ihm.

»Alles in Ordnung mit dir?« fragte er. Er hob den Kopf, um sich zu versichern, daß sie sich beide noch bewegen konnten. Sie erkundigte sich besorgt nach ihm. Doch als sie sah, daß er sich offenbar keine schlimmen Verletzungen zugezogen hatte, begann sie zu lachen. »Was war denn das? So was hab ich noch nie erlebt.«

»Ich weiß nicht. Vielleicht kann ich es in Zeitlupe wiederholen.«

»Bloß nicht!« sagte sie und kicherte. Sie rollte sich auf die Seite und legte ihm die Hand auf die Brust. »Ich will nicht, daß du dir den Hals brichst, nur um mein Dach zu reparieren.«

Jackson rappelte sich auf. »Ich glaube, es war bloß ein Beweis dafür, wie die Schwerkraft funktioniert.«

»Da muß es aber andere Möglichkeiten geben, um das zu beweisen.« Eine Haarsträhne, nach einem zarten Parfüm duftend, wehte vor seiner Nase vorbei. Sie leuchtete golden und kupfern im Licht. Livvy wandte sich ihm zu, und ihr Gesicht wurde sanft, ihr Lachen verstummte. Sie beugte sich zu ihm, sah ihn an und schloß die Augen. Und dann küßte sie ihn sachte auf den Mund.

Ihm stockte der Atem, oder vielleicht saß ihm noch der Schreck von seinem Sturz in den Gliedern. Dann wichen sie beide hastig zurück. »Tut mir leid«, sagte sie.

Er holte tief Luft. »Ist schon gut«, erwiderte er und strich ihr mit einem Finger über die Wange, ihren Umrissen folgend. Livvy war bleich geworden, als sie merkte, was sie tat.

Sie schlug die Hände vors Gesicht, »Ich wollte nicht ...«, begann sie. Sie machte Anstalten aufzustehen, doch Jackson griff nach ihrer Hand und hielt sie fest.

»Ich sagte doch, es ist alles in Ordnung.« Er sah, daß sie ganz rot geworden war und am liebsten davongelaufen wäre. Ihm

war genauso zumute. Er war verlegen, beschämt und verwirrt und hatte das Gefühl, jemandem untreu geworden zu sein – sich selbst, Livvy oder gar Nancy? Oder allen dreien?
Doch der Kuß war nur ein Augenblick gewesen, sagte er sich. Er war vorüber, schon Vergangenheit. Es war geschehen, und nun war es vorbei. Wie alles andere auch. Es war vorbei.
»Nicht«, bat er sie.
Doch sie versuchte immer noch wegzulaufen.
Er konnte sie nicht loslassen. Er hatte noch etwas anderes empfunden. Wärme. Das Gefühl, in Sicherheit, geborgen zu sein. Er hatte etwas in sich wiederentdeckt, wenn auch nun flüchtig. Und er mochte es nicht völlig verleugnen. »Nicht.«
Sie wehrte sich nicht mehr, doch er umklammerte, kein Risiko eingehend, ihr schmales Handgelenk noch immer. »Manchmal weiß ich einfach nicht mehr, was ich tue«, sagte sie. »Ich bin so aufgewühlt. Vielleicht werde ich allmählich verrückt. Was nicht erstaunlich wäre. Ich stehe schon so lange unter Anspannung, und als du dann kamst und gekocht und mir geholfen hast ... Entschuldige bitte.«
»Es hat mir gutgetan«, entgegnete Jackson. »Als ich diese Dinge gemacht habe, fiel mir wieder ein, wie ich früher war.«
»Aber ...« Sie blickte verwundert zum Himmel auf, dann sah sie ihn an. »Ich bin verheiratet, Jackson.«
»Niemand weiß, was in einer Ehe vorgeht«, sagte er. »Doch du hast eine schwere Zeit und bist alleine. Natürlich bist du aufgewühlt. Das ist doch völlig normal.«
Er hielt ihre Hand fest, weil sie es zuließ. Es schien ihr recht zu sein, ihren Worten zum Trotz. Das Gras wehte kühl um seine Knöchel, und er hörte einen Laster auf der Straße vorbeifahren. Sein Rücken fühlte sich steif an, und er lehnte sich vorsichtig an eine Eiche und zog sie mit sich. Er hatte

nicht gewußt, wie sehr ihm die Wärme eines anderen Menschen gefehlt hatte.
Ihre Stimme klang jetzt fremd, flach und dünn. Das Melodiöse war verschwunden, nur Verletztheit und Schmerz waren geblieben. »Ich habe lange gebraucht, um das Wort auszusprechen. Und ich habe immer noch das Gefühl, daß ich es nicht kann.«
Er nickte. Er begriff ihre Worte noch nicht, doch er wollte sie ermutigen.
»Howard hat sich immer schon Sorgen um mich gemacht, weil er so viel älter ist«, fuhr sie fort. »Aber ich habe geglaubt, daß wir mehr Zeit hätten. Er machte immer Witze und sagte, er sei mein ersten Mann.«
»Hat er einen Schlaganfall gehabt?« fragte Jackson. »Bist du deshalb alleine hier?«
»Ich wünschte mir fast, es wäre so, dann könnte man vielleicht auf Fortschritte hoffen. Aber es ist schlimmer.« Sie verstummte und starrte auf eine Gruppe Zedern an der Auffahrt.
Er sprach, nur um ihr Schweigen zu überbrücken, um die Verbindung zwischen ihnen nicht abreißen zu lassen. »Es muß schwer für dich sein, das Hotel zu führen und zwei Leben zu organisieren.«
»Das Hotel ist vielleicht das einzige, was mich davon abhält, den Verstand zu verlieren. Ich wollte natürlich, daß er so lange wie möglich zu Hause bleibt, aber wie hätte ich das machen sollen?«
Er nickte. Das seltsame, fast nicht greifbare Schuldgefühl, einziger Überlebenden einer Familie zu sein, war ihm nur zu vertraut. Man wünscht sich, auch von einen Katastrophe dahingerafft zu werden.
»Howard brauchte ständige Betreuung. Er marschierte zu Gästen in die Dusche. Oder er setzte sich an einen Tisch und

aß ihr Frühstück. Oder er warf jemanden hinaus, weil er sich nicht erklären konnte, was die Leute hier machten. Für mich war es schon ein Alptraum, aber für ihn selbst muß es noch viel schlimmer gewesen sein, als er die Welt um sich her nicht mehr begreifen konnte.«

»Wann ist es dir zum erstenmal aufgefallen?«

»Schwer zu sagen. Wahrscheinlich damals vor vier Jahren, als wir mit der Renovierung fertig wurden. Howard hängte in der Rezeption Bilder auf, und auf einmal wußte er nicht mehr, wie er den Hammer benutzen sollte. Es war ganz seltsam. Er hämmerte mit den falschen Seite oder hielt den Hammer am Kopf. Er wußte einfach nicht mehr, wie man damit umgeht. Da fingen wir beide an, uns Sorgen zu machen.«

Auch als sie die Einzelheiten der Alzheimer-Krankheit ihres Mannes schilderte, hielt Livvy Distanz zu ihren Gefühlen, duckte sich unter ihnen weg, als wären sie Fausthiebe. Manchmal mußte sie auch lachen. Zum Beispiel, als sie ihm erzählte, wie ihr Mann unbedingt die Schuhe falsch herum anziehen wollte. Er trug einen Anzug, und dann steckte er den rechten Fuß in den linken Schuh und den linken Fuß in den rechten.

»Es gelang mir nicht, ihn dazu zu bewegen, sie richtig anzuziehen«, sagte sie. »Er konnte so stur sein, wie er früher einfühlsam war.« Danach hatte sie alle Kleidungsstücke, die Geschick beim Anziehen erforderten, auf den Dachboden verbannt und sie durch Jogginganzüge und Sportschuhe mit Klettverschluß ersetzt. Kein Medikament vermochte zu helfen, erzählte sie Jackson. Sie hatten alles ausprobiert, was in Frage kam. Ein Freund hatte Kapseln geschickt, die Vitamine und Stoffe mit mehrsilbigen Namen enthielten, doch sie bewirkten rein gar nichts.

»Und dann hat er einen Gast geschlagen«, berichtete Livvy. »Einen armen bleichen dicken Engländer.« Keine Auseinandersetzung war vorausgegangen, den Mann hatte Howard nur zufällig gestreift, als er den Speiseraum betrat. »Howard kann seine Emotionen nicht mehr beherrschen. Er schlug dem Mann einfach die Faust in den Magen.«

»Haben die Leute Anzeige erstattet?« fragte Jackson.

»Nein, die meisten Menschen sind sehr verständnisvoll, wenn man ihnen die Wahrheit sagt. Sie haben mir Blumen hingestellt, als sie abreisten, und mir den Namen eines Arztes in England gegeben, der über diese Krankheit forscht. Ich saß auf der Bettkante und weinte, weil sie so nett waren. Und ich wußte auch, daß ich Howard nicht länger im Haus behalten konnte.« Sie schauderte unwillkürlich, als sie daran dachte. »Ich hatte jemanden, der mir half, aber es war nicht mehr zu schaffen. Zum Glück habe ich ein Zimmer in einem Heim hier in der Stadt gefunden. Es ist ein kleines und gepflegtes Haus, und ich kann ihn jederzeit besuchen. Eine Schwester, die ich gut kenne, ruft mich an, wenn er unruhig ist, und wenn ich eine Weile bei ihm bin, wird es besser. Er erinnert sich an mein Gesicht, auch wenn er meinen Namen nicht immer weiß. In den letzten Tagen ging es ihm nicht so gut.« Sie seufzte.

Jackson nickte. »Es tut mir leid. Ich wünschte, ich könnte mehr sagen. Aber es gibt nicht mehr zu sagen, nicht?«

Sie wandte sich zu ihm und blickte ihn an. »Siehst du, das bringt mich so durcheinander. Ich weiß, daß du mich verstehst. Es gibt keine Worte. Keine Wissenschaft. Keine Antwort. Keine Rettung. Du weißt das.«

Er schaute auf seine Hand an ihrem Gelenk. Eine blaue Vene pochte unter seinem Finger, und er verstärkte den Druck, um ihren Puls zu spüren.

Sie seufzte. »Ich kann kaum mehr klar denken, seit ich so lebe.«

Jackson nickte erneut. Er wußte, daß der Schmerz im Kopf

explodierte wie eine Handgranate und jeden Gedanken mit Splittern durchsetzte, mit Zorn, Angst und Leid. Er entsann sich genau daran, wie der Verstand aussetzt, wie er selbst, Jackson, nur noch dafür gelebt hatte, den gewissenlosen Trinker aufzuspüren, der seine Familie getötet hatte. Dieses Verlangen jemandem einzugestehen hatte es nur weiter angestachelt, und als es vorüber war, empfand er gar nichts und lief davon. Aber nur bis hierher, dachte er.

In diesem Moment bog ein tannengrüner Pick-up mit einer Delle auf der Fahrerseite in die Zufahrt ein. Die Frau am Steuer wendete langsam und fuhr auf den Rasen. Livvy stand hastig auf, peinlich berührt, in dieser Lage gesehen zu werden. Sie streifte nachdrücklich das Gras von der Hose und ging zu dem Wagen hinüber. Jackson erhob sich ebenfalls und folgte ihr. Ein Mann mit rundem Gesicht, gebräunt von Zigarettenqualm und kalten Winterstürmen, beugte sich auf der Beifahrerseite aus dem Fenster und nahm Jackson in Augenschein. »Sind Sie der Bursche, dessen Wagen in die Luft geflogen ist?« fragte er.

»Ich denke schon«, antwortete Jackson und lachte, um keine Anspannung aufkommen zu lassen.

»Jackson«, sagte Livvy. »Das ist George, der Mann, der mir mindestens einmal wöchentlich das Leben rettet, und seine Frau Mary.«

Jackson nickte beiden zu. George hatte einen eisernen Händedruck. »Wollte nur mal schauen, wer der Knabe ist«, sagte George. »So übel kann er ja nicht sein, wenn er dein Dach ausbessert.«

»Er ist ganz und gar nicht übel«, erwiderte Livvy.

Mary nickte beifällig.

»Scheint so«, sagte George und gab Jacksons Hand wieder frei.

»Wie geht's dem Bein, George?« fragte Livvy.

»Hindert mich daran, Mary durch die Küche zu scheuchen«, antwortete er mit einem Augenzwinkern.

Mary schüttelte den Kopf.

George inspizierte eingehend das Dach. »Ich hätte es anders gemacht, soviel steht fest. Ich hoffe, der Schiefer übersteht den Winter. Nach dem nächsten bösen Sturm werde ich selbst wieder da oben sitzen, das seh ich schon kommen.«

Mary nickte.

»Jackson macht das sehr gut«, sagte Livvy bemüht.

George zuckte mit den Schultern. »Weglaufen kann er wenigstens nicht, wenn ich Sammy von den Werkstatt so höre.«

»Und falls doch, dann nur zu Fuß«, bestätigte Jackson.

Mary verzog mißbilligend den Mund und schüttelte erneut den Kopf.

»In sechs Wochen bin ich wieder dabei, meint der Arzt. Wenn's nach mir geht, schon vorher«, sagte George, der sein Revier nicht so leicht aufgeben wollte.

»Es ist noch viel für dich zu tun«, versicherte ihm Livvy. »Howard sagte immer, hier könnte man zehn Leute beschäftigen.«

Sie winkten, als Mary den Motor anließ und rückwärts auf die Straße fuhr. Das Getriebe knirschte bei ihrem Versuch, den richtigen Gang einzulegen, doch schließlich gelang es ihr, und der alte Wagen kam in Fahrt.

»Spricht seine Frau nie?« fragte Jackson.

»Nur wenn sie ans Telefon geht«, antwortete Livvy und gluckste. »Ich hab sie immer nur hallo sagen hören.«

»Allzu hinderlich wird ihm das Bein auch nicht sein«, meinte Jackson.

»Auf Leitern wird er jedenfalls eine Weile nicht klettern.« Livvy warf ihm einen kurzen Blick zu und sah dann wieder beiseite.

»Tut mir leid, daß ich dich in eine zweifelhafte Lage gebracht habe.« Auch er schaute sie nicht an, als er zu dem Baum hinübernickte, an dem sie gesessen hatten.

»Er wird dafür sorgen, daß die ganze Stadt über dich redet – noch mehr als sowieso schon.«

»Das passiert mir nicht zum erstenmal«, sagte Jackson traurig. »Ich gewöhne mich langsam daran.«

Sie lächelten matt üben seine ironische Bemerkung. Seite an Seite standen sie auf dem Rasen, auf dem sich die Reifenspuren abzeichneten. Jackson betrachtete die Abdrücke, zwei banale parallele Linien im Gras. Doch es gab nichts mehr auf der Welt – ob es nun so simpel war wie Reifenspuren oder so kompliziert wie die Verwicklungen der Liebe –, das ihn nicht daran erinnern würde, wie Nancy an dem Tag auf Nathan aufpaßte, als sie die Stützräder von seinem Fahrrad abmontierten, oder daran, wie Franny auf dem Bernhardiner der Nachbarn ritt und ihre kleine gelbe Kappe schwenkte. Es gab nichts mehr, das ihn nicht daran erinnern würde, was er verloren hatte und wie er es verloren hatte. Und als er mit Livvy auf dem Rasen stand, vernahm er eine Warnung aus seinem tiefsten Inneren, die ihm sagte, daß er noch immer nicht gewappnet war gegen Verluste.

KAPITEL ACHT

Die Natur ... scheint Freude zu haben an Transmutationen.

SIR ISAAC NEWTON (1643–1727)

Jackson stellte sich unter die Dusche und schrubbte sich die Farbe von der Haut, als wollte er durch die äußeren Schichten zu seinem Innersten vordringen. Er hatte die Wasserschäden an der Decke im ersten Stock ausgebessert und überstrichen. Die Dusche war ein Ort, an dem man loslassen konnte, und er heulte laut wie ein Tier, während das Wasser über sein Gesicht strömte. Das tat er in letzter Zeit häufig, um sich wenigstens kurz von seinem Zorn zu befreien. Doch diesmal war etwas anders, der Kreis schloß sich, und als er die Dusche ausstellte, begann er zu weinen. Die Tränen kamen unvermittelt und heftig. Seine Knie gaben nach, und er sank auf den Kachelboden, zog die Beine an den Körper und blieb liegen. Seit damals hatte er nicht mehr geweint. Monatelang hatte die Trauer in ihm geschwärt und geschmerzt, zum Schweigen gebracht durch das Verhalten, das er von seinem Vater ererbt hatte.

Nach einer Weile versiegten die Tränen, doch er fühlte sich noch immer innerlich wund. Er stand auf und schlüpfte in einen flauschigen Frotteebademantel, der für die Gäste an einem Haken hing. Mit einem Handtuch um den Hals setzte er sich aufs Bett und versuchte sich zu fassen. Die Fotoalben lagen neben einer Porzellanlampe auf dem Nachttisch. Er nahm all seinen Mut zusammen und strich behutsam über den bunten Plastikeinband, dann gab er sich einen Ruck und schlug die erste Seite auf. Nancy, wie sie in den Blue Ridge Mountains an einem Bergbach stand. Er gab sich seinen Erinnerungen hin. Ihren ersten gemeinsamen Urlaub hatten sie im Herbst in diesen Bergen verbracht. Sie waren endlos weit gefahren, um alleine zu sein und Abstand zu ihrer Arbeit zu gewinnen.

Sie wohnten in einer ruhigen Pension, die von einer Mennoniten-Familie geführt wurde, und gaben sich auf dem Empire-Bett in ihrem Zimmer in allen erdenklichen Formen der vorehelichen Liebe hin. Sie aßen in kleinen Cafés, in denen es nach Bratkartoffeln und Brötchen duftete, und gingen in einer Mall ins Kino, die genauso aussah wie die Malls zu Hause. Auf dem Blue Ridge Parkway fuhren sie durch die Great Smoky Mountains, umhüllt von einer samtweichen Liebeswolke.

An einem Pfad, der in den Wald hineinführte, machten sie halt, um zu wandern. Jackson trug einen kleinen Rucksack, in dem sie ihre Kamera und einen Imbiß verstaut hatten. Nach einen Viertelstunde kamen sie an einen klaren Bach, der über moosbedeckte Steine perlte. Nancy ließ ein Blatt ins Wasser gleiten und folgte ihm mit den Augen. Sie tauchte die Hände in den Bach und benetzte ihr Gesicht.

»Ich möchte damit vulkanisieren«, sagte sie.

»Vulkanisieren?« fragte er. »Willst du in die Gummiherstellung gehen?«

»Ich will nur Teil von alldem hier sein. Von dir, den Blättern und dem Bach. Ich möchte mich für einen Augenblick in Moleküle auflösen kennen, mich mit alldem verbinden und danach wieder ich selbst sein. Dann würde ich wissen, wie es sich anfühlt, Wasser, Luft oder du zu sein.« Sie umschlang ihn. »Ich möchte unter deiner Haut sein können.«

Er küßte ihre Stirn und spürte die kühlen Wassertropfen. Seine Lippen berührten ihren Hals und streiften ihr Ohr. Dann begegneten sie ihrem Mund, und sie küßten sich leidenschaftlich. Sie verließen den Weg und wanderten zu einem kleinen Hügel, der mit Moospolstern und Kiefernnadeln bedeckt war. Sie legte sich auf ihn und drängte ihre Hüften an ihn, und sie wurden eins.

Sie hatte ihn gelehrt, sie zu lieben. Sie hatten gemeinsam entdeckt, daß es nur auf das Timing ankam. Sie lernten voneinander und hatten für sich den richtigen Rhythmus gefunden. Doch die Zeit hatte sie getrogen und war schneller vergangen, als sie beide es je ahnen konnten.

Er holte tief Luft und blätterte um, Nancy hatte die Alben angelegt, und es gab so wenige Bilder von ihr, weil sie immer selbst fotografiert hatte.

Sie hatte ein sanft gerundetes Gesicht und einen koketten Mund. Diese Farbfotos waren alles, was ihm von ihr geblieben war. Er überblätterte die Bilder von sich und Nancy, von ihrer kleinen Hochzeitsfeier im Haus eines Freundes an der Küste von South Jersey, und verharrte lange bei einem Foto, auf dem er sich zu seinem kleinen Sohn hinunterbeugte und seine zarte Haut küßte. Die Erinnerungen waren lebendig in ihm, doch er wollte jetzt nicht mehr weinen oder toben vor Wut und sich selbst den Kopf abreißen. Diese bunten Papierstücke erschienen ihm wie Abbilder eines Traums.

An dem Tag, an dem ihm seine Familie genommen wurde, war Jackson auf dem Dach gewesen. Er hatte eine elektronische Wetterwarte montiert, damit Nathan und er die Windstärke und die Temperatur oberhalb der Baumwipfel messen konnten. Er brachte das Gerät zur Messung der Windgeschwindigkeit und die elektronischen Temperatursensoren an einem Ende des Satteldachs an. Die Drähte beabsichtigte er im Haus mit einer Konsole zu verbinden, an der sie die Daten ablesen konnten. Jackson wollte Nathan beibringen, wie man den Abfall des Luftdrucks und den Anstieg der Luftfeuchtigkeit erkennen und so Sommergewitter vorhersagen konnte. Dann würden sie ihre Ergebnisse notieren und mit der realen Wetterlage vergleichen, und am Ende des Sommers würden sie die Präzision ihrer Geräte genau einschätzen können.

Er erinnerte sich, daß Nancy unten nervös herumlief, weil sie, wie sie sagte, immer fürchtete, den dumpfen Aufschlag zu hören, wenn er in den Flieder fiel. Jackson fühlte sich dort oben auch nicht allzu wohl. Seine Arme schmerzten, und die Muskeln in seinen Beinen zuckten. Er hielt konzentriert das Gleichgewicht, sicherte die Geräte mit soliden Schrauben und bohrte dann ein Loch in die Wand, um die Drähte mit der Konsole am Dachboden zu verbinden.

»Versprichst du mir, nicht aufs Dach zu klettern, solange ich weg bin?« fragte sie ihn, bevor sie abfuhr. Sie ließ das Fenster herunter, und er küßte sie.

»Klar«, sagte er. »Keine Leitern. Macht, daß ihr bald zurückkommt.«

Er winkte Nathan und Franny zu, die in ihrem Kindersitz saß, und schaute dem Wagen nach, wie er die lange Kiesauffahrt entlangrollte, am vorderen Garten vorbei, in dem sie sogar Platz für ein paar Reihen Mais gefunden hatten. Er ahnte nicht, daß er sie nie wiedersehen würde. Es war ein warmer Samstagmorgen, doch noch nicht so heiß, daß die Kräuter im Garten welkten. Er machte sich eine Flasche Eistee auf, stürzte sie hastig hinunter und bekam Bauchschmerzen davon.

Als er die Kabel durch die Wand gezogen hatte, installierte er die Konsole und schaltete die Wetterwarte probeweise ein. Die Zeiger auf den Skalen bewegten sich, und die Leuchtdioden schimmerten grün. Aus Südwesten wehte ein leichter Wind mit einer Geschwindigkeit von acht Meilen pro Stunde, und der Luftdruck war konstant. Nathan würde begeistert sein über die Knöpfe und all die Zahlen, die sie notieren konnten. Er war noch klein, trug aber die Neugierde des Wissenschaftlers in sich, und Jackson wollte sie fördern.

Zum Mittagessen machte sich Jackson ein Käsesandwich und wartete auf seine Lieben, als wären sie Wellen, die an den Strand zurückkehren. Als die Sonne allmählich unterging, wurde er zum erstenmal unruhig. Er schaltete den Fernseher ein, sah sich ein Baseballspiel an, um sich abzulenken, und trank dabei ein Bier. Als mehr und mehr Zeit verging, begann die Angst um ihn herumzustreichen wie ein Hai, in immer engeren Kreisen.

Einstein sagte, daß alle Beobachtungen relativ sind zum Standpunkt des Beobachters. Während sich an der Zeitwahrnehmung eines Astronauten in einer Rakete, die sich nahezu mit Lichtgeschwindigkeit vorwärts bewegt, nichts ändert, kommt es den Beobachtern auf den Erde vor, als ginge die Uhr in der Konsole des Raumschiffs langsamer. Dieses Phänomen nannte man Zeitdilatation, und Jackson bekam es nun zu spüren. Er behielt die Küchenuhr im Auge. Der Sekundenzeiger pulsierte wie das Herz und schien sich doch nicht weiterzubewegen. Jackson überlegte, ob er jemanden anrufen sollte, Freunde oder die Polizei. Es kam ihm von, als rase die Welt plötzlich mit Lichtgeschwindigkeit dahin, und nur er blieb zurück, trieb schwerelos in einem mit Gallerte gefüllten Vakuum. Nichts änderte sich an den Rhythmen von Sonne und Mond, doch Jackson schien es, als hielte die Zeit die Luft an.

Als der Streifenwagen auf die Auffahrt einbog, wußte er es. Als der Polizist in Uniform die Steintreppe heraufkam, an der Tür klingelte und seine Mitteilung machte, schloß Jackson fest die Augen. Er wußte, daß sich der Massenpunkt bei einer geradlinigen, beschleunigten Bewegung auf einer Geraden bewegt. Er sah die schwarzen Reifenspuren, die sich vor dem Gebäude der Republic Bank quer über den vierspurigen Rangeline Drive zogen wie Ergebnisse eines schrecklich mißlungenen Bewegungsexperiments. Und er wußte, daß die Beschleunigung ein Vektor ist und sich die Richtung des bewegten Körpers nicht ändert. Die Richtung von allen drei Körpern. Gefangen in einem zerdrückten Stahlgehäuse. Er wußte, daß sie nicht mehr da waren.
Dann erinnerte er sich erst wieder an das dumpfe Klatschen der Sonntagszeitung, die im Garten landete. Er war nie lange in dem Haus alleine gewesen, und die Geräusche erschienen ihm nun in der Totenstille um so vieles lauter. Im Morgengrauen sank er dort auf dem Rasen auf die Knie und las die Schlagzeilen, die so schwarz und stumpf waren wie die Augen des Mörders auf dem Farbfoto auf der Titelseite. Jackson stieß einen leisen Schrei aus. Die Polizei sprach von fahrlässiger Tötung, da der Fahrer des Pick-ups, der mit einer Geschwindigkeit von hundertzwanzig Stundenkilometern über den Mittelstreifen raste und auf Jacksons Familie landete, betrunken gewesen war. Jackson ließ sich fallen und grub mit den Fingern in der Ende. Er schleuderte die Zeitung von sich, Reklame, die Witzseite und der Lokalteil flatterten im Wind davon wie freigelassene Brieftauben. Er kroch ins Haus, und die Stille detonierte in seinen Ohren wie eine Druckwelle.
Der Anrufbeantworter quietschte und ächzte, als er eine Ewigkeit zurückspulte. Nachts hatte unentwegt das Telefon geklingelt, aber Jackson hatte nicht abgenommen. Reporter

von Zeitungen und Fernsehsendern hatten Nachrichten hinterlassen. Kollegen von der Uni und Freunde, die fassungslos vor den Spätnachrichten gesessen hatten, sprachen ihm ihr Beileid aus. Sie weinten, fragten nach dem Grund und erwarteten eine Erklärung von ihm, doch er konnte ihnen keine geben. Dieses Vorkommnis war nur eine von Billionen zufälliger Aktionen und Reaktionen, die sich gleichzeitig im Universum ereigneten. Doch er war derjenige, der davon betroffen war.

Er war nicht gefaßt auf die Folgen. Journalisten und Kamerateams waren ihm ständig auf den Fersen und stürzten sich auf seine namenlose Qual, noch ehe Nancy, Nathan und Franny in der heißen lehmigen Erde versenkt wurden. Beim Begräbnis drei Tage später stolperten die Trauernden über das Kabelwirrwarr der U-Wagen. Die Tragödie seiner Familie löste geradezu einen Wahn aus. Redakteure vom Lokalsender rangen verzweifelt um Jacksons Einwilligung, ihn in seinem Haus interviewen zu dürfen, wo sie genüßlich mit der Kamera über die Familienfotos auf dem Couchtisch schwenken konnten. Erwarteten sie tatsächlich von Jackson, dem so großes Leid widerfahren war, daß er ihnen diesen Zusammenprall von Massen bei hoher Geschwindigkeit mit wenigen erlesenen Adjektiven schilderte?

Er ließ die Reporter nicht ins Haus, sondern sprach mit ihnen im Garten, woraufhin sie ihn als sonderbar und etwas undurchsichtig darstellten. Doch er wollte seinen Kummer für sich behalten. Im Haus hingen Tuschezeichnungen von Nancy und den Kindern an der Wand, die er von ihnen gemacht hatte. Und Nancys Fotos standen überall, in Rahmen aus altem Silber oder buntbemaltem einheimischem Schnitzwerk. Er wollte nicht, daß die Fotos seiner Familie hinter jedem Nachrichtensprecher im ganzen Land zu sehen

waren. Er wollte in Abgeschiedenheit um seine Lieben trauern, in dem Haus, in dem er ihr Dasein noch spüren konnte.
Als die Dämmerung an jenem ersten Tag ohne sie hereinbrach, packte ihn unvermittelt die Wut. Sie erfaßte seinen ganzen Körper und schien ihn zu durchströmen wie ein Flüssigsprengstoff. Er fegte mit dem Arm über die Küchentheke und warf eine Reihe Gläser zu Boden. Es kam ihm vor, als zersprängen sie, bevor sie überhaupt auf den bunten mexikanischen Kacheln auftrafen. Er hätte sich gerne in den Scherben gewälzt, um zu spüren, wie sie seine Haut aufschlitzten. Auch die weichen Lehmkacheln splitterten durch den Aufprall, und er hätte sie am liebsten mit den Nägeln aus dem Boden gerissen und auf ihnen herumgekaut. Er wollte diesen Trinker finden und ihm mit einem Glasdolch den Bauch aufschlitzen. Er wollte spüren, wie das Blut des Kerls auf seine Hände spritzte. Seine Verzweiflung war maßlos.
Er mußte vieles regeln, das Begräbnis organisieren und immer wieder Verwandte am Telefon trösten. In seinem Schmerz wäre er außerstande dazu gewesen, doch die Wut hielt ihn aufrecht. Sie lauerte dicht unter der Oberfläche, und sobald er alleine war, tobte sie wie ein tollwütiges Tier. »Was ist das hier?« fragte Pfarrer Fitzhume, der ihm wieder einen Besuch abstattete. Michael Fitzhume machte sich unentbehrlich für Jackson; er sprach mit der Presse, nahm Anrufe entgegen und half mit der Organisation. Der weißhaarige Pfarrer war den ganzen Tag über immer wieder vorbeigekommen, während Jackson zusehends die Fassung verlor.
Als Jackson eine Weile alleine war, hatte er eine Reihe Bücher aus dem Regal gezerrt und durchs Zimmer geschleudert. Ein paar besonders dicke hatte er quer durch den Raum gekickt.
»Ich verstehe es einfach nicht«, sagte er zu dem Pfarrer.
»Niemand kann das, Jackson«, erwiderte Fitzhume. Der

katholische Priester hatte in Chicago die Ärmsten der Armen betreut und eine Notunterkunft in einem der gefährlichsten Viertel betrieben. Er war siebenundzwanzigmal mit Messer oder Pistole bedroht und ausgeraubt worden, und er war stolz darauf. Daß er nun eine Stelle an der Universität von Wendell auf dem Land, zweieinhalb Stunden von Chicago entfernt, angenommen hatte, kam seinem Versuch gleich, sich zur Ruhe zu setzen.

»Jackson, überlassen Sie das der Polizei«, sagte Fitzhume. »Die bringt Ihnen die Antworten, die Sie brauchen.«

»Ich brauche keine Antworten!« brüllte Jackson. »Ich brauche meine Familie!«

Der kleine rundliche Mann legte ihm die Hand auf die Schulter. »Ich weiß«, sagte er. Seine Stimme brach. Er bückte sich und hob die Bücher auf, die Jackson auf den Boden geworfen hatte.

Doch Jackson war außerstande, geduldig zu warten, während die Polizei Nachforschungen anstellte. Er machte sich auf die Suche nach Antworten, aufgeputscht von seiner Wut und dem schwarzen Kaffee, von dem er sich am zweiten Tag ernährte. Er wollte Informationen. Sein erster Anhaltspunkt hätte die Unfallstelle sein sollen, doch er fuhr Umwege. Er wußte nicht, ob er es jemals ertragen kannte, jenes Straßenstück zwischen der Mall und dem Kino zu sehen, auf dem sie gestorben waren.

Die Polizei bot ihm an, zu ihm zu kommen, aber Jackson wollte lieber ins Revier fahren. Er fragte sich beunruhigt, ob die Tatesche Form der Verdrängung ihn dazu veranlaßte, ob er keinen Polizisten auf der Couch haben wollte, auf der Nancy und er gemeinsam gesessen und ferngesehen und eine Cola mit Eis und Zitrone getrunken hatten, wenn die Kinder im Bett waren, weil er die Tragödie dann anerkennen mußte.

Doch Jackson nahm sich selbst zu deutlich wahr, um in jene emotionale Starre zu verfallen, die bei seinen Eltern nach einem Schock eintrat. Er brannte förmlich auf Wahrnehmung. Er wollte beteiligt sein an der Untersuchung des Falles.

Zwei Detectives befaßten sich damit, und sie hatten ihm nichts als Entschuldigungen und Beileid anzubieten. Er saß an ihrem Schreibtisch, und sie erklärten ihm, daß sie einen Verdächtigen und Zeugenaussagen hätten, aber mehr könnten sie ihm nicht sagen. Dann begleiteten sie ihn hinaus. Von ihnen erfuhr er nichts.

Jackson wanderte durch das Gebäude und hielt nach dem Mann Ausschau, den er in der Zeitung und in den Nachrichten gesehen hatte. Er sah die fettigen ungekämmten dunklen Haare vor sich, die den halbkahlen Kopf umgaben wie ein Fransenvorhang. Er suchte ihn in dem Raum mit der Einwegscheibe für die Gegenüberstellungen. Er ging zu dem Sergeant, der die neuen Verdächtigen fotografierte und ihnen die Fingerabdrücke abnahm. Doch den Täter fand er nirgendwo, auch nicht in der Zelle im Keller. »Jackson«, rief ihm sein Freund Levi Bloom auf dem Parkplatz nach. Levi war schmal, hatte einen gepflegten rötlichen Bart und langes hellbraunes Haar und trug eine Nickelbrille. Er hatte ein hellblaues Hemd und eine wild gemusterte Krawatte aus der Kollektion von Jerry Garcia an, die er von seiner Frau bekommen hatte. »Kate und ich sind gestern abend bei dir vorbeigefahren. Wir haben dir mehrere Nachrichten hinterlassen ...«

»Tut mir leid«, sagte Jackson, »Ich mußte mit Fitzhume einiges regeln.«

»Ja, ich weiß.« Levi starrte auf die ölig glitzernde neue Asphaltdecke des Parkplatzes. Als er aufblickte, sah er gequält aus und schien den Tränen nahe. »Es ist für uns alle ein

Schock, Nancy war eine gute Freundin von Kate. Sie ist am Boden zerstört, und ich, ich kann es einfach nicht fassen.«

»Danke«, erwiderte Jackson. Er fühlte sich seltsam entrückt. Er legte Levi eine Hand auf die Schulter. Was sollte er sagen? Den ganzen Tag schon tröstete er Freunde, die eigentlich ihm Trost spenden wollten. Als er in der Reinigung seinen Anzug abgab, mußte er andere Kunden aufrichten, die anstanden und beinahe in Tränen ausbrachen, als sie ihn sahen. In der Bank, wo er eine Überweisung für den Bestatter abgab, brach die Bankbeamtin zusammen, und Jackson bot ihr seine Schulter zum Ausweinen. Alle hatten sie in der Zeitung über den Unfall gelesen und die Nachrichten im Fernsehen verfolgt, und einige Leute hatten sogar an der Unfallstelle Blumen und kleine Stofftiere niedergelegt. Vielleicht weinte Jackson deshalb nicht, sondern ergab sich hemmungslos seiner Wut. Nancy, der einzige Mensch, der ihn trösten konnte, war nicht mehr da.

»Sie haben es dir vermutlich nicht gesagt, aber der Richter hat die Anklageerhebung für morgen vormittag festgesetzt«, teilte ihm Levi mit und seufzte schwer.

»Morgen ist die Beerdigung«, entgegnete Jackson.

»Es ist besser so«, meinte Levi. »Findet zumindest der Richter. Du hast hier nach dem Kerl gesucht, nicht wahr?«

»Ja«, antwortete er. »Aber sie wollten mir nichts sagen.«

»Können wir uns irgendwo in Ruhe unterhalten?« fragte Levi. Seine Stimme war fest und ließ alles, was er sagte, bedeutungsvoll klingen.

Sie fuhren zu einer Picknickstelle in einer Grünanlage am Stadtrand, durch die sich ein trüber Bach schlängelte. Jackson folgte Levis altem Subaru-Kombi mit den Anti-Atomkraft-Stickern. Sie waren seit geraumer Zeit befreundet. Die beiden Frauen hatten sich bei der Arbeit kennengelernt und häufig gemeinsame Aktivitäten für die Familien geplant. Die Kinder waren etwa gleich alt. Als im Winter Schnee lag, hatten sie sich auf dem Hügel im Stadtpark getroffen, ihn »Hügel der Selbstmörder« genannt und waren dann alle in einen rosa Plastikschlitten gestiegen und hinuntergerast. Am Nationalfeiertag hatten sie Gemüse-Burger für die Blooms gegrillt, die Vegetarier waren, und Berge von selbstgemachtem Vanille-Sahne-Eis verdrückt. Levi galt als unangepaßtester Anwalt der Stadt. An der juristischen Fakultät hielt er ein Seminar ab über unentgeltlichen juristischen Beistand für die Armen. Er gab bereitwillig zu, daß er sich gerne als Fürsprecher der Unterdrückten und Geknechteten sah. Doch in einer ländlichen Gemeinde im Mittelwesten gab es keine radikalen Agitatoren, die seiner Verteidigung bedurften. Levi lebte davon, daß er Testamente aufsetzte, Personen vertrat, die von einem Hund gebissen worden waren oder jemanden wegen Hausfriedensbruch verklagen wollten. Beim aufsehenerregendsten Fall, den Wendell je erlebte, stand Levi – Ironie des Schicksals – selbst vor Gericht, weil man ihn wegen des Besitzes von knapp dreißig Gramm Marihuana angezeigt hatte. Er ging das Risiko ein, sich zu blamieren, und vertrat sich selbst. Er wurde aufgrund einer Formsache freigesprochen. Seither hatte er merklich weniger Mandanten.

Sie ließen sich an einem Picknicktisch nieder, der mit Initialen und Schimpfwörtern verkritzelt war. Levi rang mit dem kaputten Verschluß seines mitgenommenen Lederaktenkoffers und suchte nach etwas zwischen den Akten.

»Saft?« fragte er und hielt ihm einen Tetrapak hin. »Kate kauft die für die Kinder, aber ich klaue mir immer ein paar.«

Jackson sah zu, wie Levi eines der Päckchen vor ihn stellte.

»Was wollen wir nun hier, Levi?«

»Wir müssen uns unterhalten«, sagte er. »Ich weiß, daß du

noch unter Schock stehst, aber wir müssen rasch handeln.« Er sog an seinem Strohhalm. »Jackson, du brauchst jemanden, der dich vertritt. Richard Polk hat einen guten Anwalt, und der wird mit allen Tricks arbeiten, um den Kerl rauszuhauen.«

»Was willst du damit sagen, Levi?« fragte Jackson. »Ich werde seit dem Unfall ständig von Anwälten angerufen. Wenn ich den Wagen in der Stadt parke, stecken sie mir ihre Visitenkarten unter den Scheibenwischer.« Er erhob sich. »Ich beerdige morgen meine Familie, mir steht der Sinn nicht nach einer Gerichtsverhandlung.«

»Der Staatsanwalt ist im Streß, und der Richter wird sich mühen, nichts falsch zu machen, aber das genügt nicht. Du brauchst jemanden, der mit den Leuten redet, Staub aufwirbelt, Kontakt mit den Medien hält. Jeder will, daß Richard Polk im Gefängnis landet, und zwar möglichst lange.«

Den Namen des Mörders zu hören war geradezu unerträglich. »Was können wir tun?« fragte Jackson. Er raste innerlich vor Wut, und er wollte, daß Polk auf mittelalterliche Weise zu Tode kam – man sollte ihn steinigen, mit spitzen Stäben durchbohren, in heißem Öl sieden.

»Wenn der Prozeß anläuft, will ich eine Zivilklage gegen Polk einreichen. Hauptsächlich will ich für dich das Feuer schüren, Jackson. Da draußen laufen potentielle Geschworene herum, und man kann nie früh genug mit seiner Argumentation beginnen. Man muß sie von Anfang an beeinflussen, ihnen dein Leid vor Augen halten.«

»Wenn du für mich mit den Medien sprichst … mehr brauche ich nicht. Beantworte einfach die Fragen. Ich habe nicht die Kraft dazu«, sagte Jackson. Er legte die Hand an die Stirn. »Ich weiß nicht, was die von mir wollen. Warum verfolgen sie nicht ihn?«

»Weil sie glauben, daß bei dir mehr zu holen ist«, antwortete Levi. »Ein Mann, der um seine Familie trauert, ist ergiebiges Material. Überlaß die mir, ich kümmere mich um die und klage auf Schadensersatz.«
»Geld ist mir nicht wichtig«, erklärte Jackson. Die Worte kamen irgendwoher aus seinem Bauch. »Nach dem, was er meiner Familie angetan hat, sollte er nicht mehr unter den Lebenden weilen.«
»Das mußt du mir nicht sagen, Jackson. Außerdem haben die Geschworenen für betrunkene Autofahrer etwa soviel übrig wie für Kinderschänder. Aber ich weiß, daß du Ausgaben hast. Polk gehört ein Unternehmen. Er soll zahlen.« Jackson hatte den ganzen Vormittag Schecks für das Begräbnis ausgestellt.
»Es ist unsäglich, was du durchmachen mußt. Unerträglich.« Levi schob seine Brille in die Stirn und rieb sich die Augen. »Laß mich dir helfen. Dafür bin ich Anwalt geworden.«
»Mir ist nicht zu helfen«, entgegnete Jackson. Die Vorstellung, wieder Seminare abzuhalten und freitags früher nach Hause zu kommen, erschien ihm wie ein Alptraum. Sein Leben war mit dem ihren zu Ende gegangen. Er wußte nicht, wie er sich ein neues aufbauen sollte.
»Laß dir Zeit«, sagte Levi. »Du stehst noch unter Schock. Wie wir alle. Gib mir einfach den Auftrag, daß ich dich vertreten soll.«
Jackson willigte ein, aber er hatte keinerlei Hoffnungen mehr. Auf was sollte er auch hoffen? Eine giftige Wolke schien alles in seinem Inneren zu ersticken. Theorien kommen und gehen, die Atmosphäre eines entfernten Planeten wird in einer Woche für Ammoniak und in der nächsten für Chlorgas gehalten. Keiner weiß, ob die Geräte oder die Sinne sich irren. Doch er wußte, wie schnell Gerüchte über Marskanäle durch Ergebnisse von Sonden widerlegt wurden, während

unterdessen in irgendwelchen Revolverblättern behauptet wurde, daß man auf dem rötlichen Planeten das Gesicht von Elvis erkennen könne. Die Wirklichkeit ist so schlüpfrig wie mit einem Gleitmittel bestrichen, sie entzieht sich dem Zugriff. Jackson bekam sie nicht zu fassen. Statt dessen ließ er sich treiben und sah zu, wie sie sich in Angst verwandelte, bar jeder Hoffnung.

Als Livvy an die Tür klopfte, lag Jackson mit dem Gesicht auf dem Kissen. Violettes Dämmerlicht erfüllte den Raum. Er war ganz benommen, und seine Stirn war schweißnaß. Sie klopfte erneut.

»Jackson!« rief sie. »Ist alles in Ordnung?«

Nichts würde jemals mehr in Ordnung sein in seinem Leben, doch die Frage wurde ihm so oft gestellt, daß er es aufgegeben hatte, irgendeine sinnvolle Antwort darauf zu suchen.

»Hast du Hunger?« erkundigte sie sich, offenbar um ihn etwas zu fragen, das er tatsächlich beantworten konnte. Sie begriff sofort, daß die Äußerung sinnlos war. Er war sicher, daß auch sie sich ständig mit dieser Art von Fragen konfrontiert sah und sich wie er außerstande fühlte, ihrem Schmerz auf allgemeinverständliche Weise Ausdruck zu geben. Und so sagte Livvy: »Ich habe dir ein Sandwich gebracht.« Ihre Stimme klang zögernd und unsicher, als fürchtete sie, ihn in seiner Trauer zu stören.

Jackson rappelte sich auf, öffnete die Tür und blinzelte in den hell erleuchteten Flur hinaus. »Entschuldige, ich hatte mich hingelegt.« Er strich sich durchs Haar.

Sie hielt ein Tablett mit einem Truthahn-Sandwich und einem Glas Eistee in Händen. Er bat sie herein. Als er merkte, wie dunkel es im Zimmer war, ging er zum Nachttisch und schaltete das Licht ein. Auf dem Bett lagen die aufgeschlagenen Fotoalben. Nancy, Nathan und Franny blickten zu ihm auf, lächelnd, unheimlich lieb und lebendig.

»Ich dachte, du hast bestimmt Hunger«, sagte sie. Er sah, wie sie rasch zu den Fotos hinüberblickte, während sie zum Tisch ging. Er klappte die Alben zu und legte sie beiseite. Sie stellte das Tablett ab. »Ich kann kaum glauben, was du heute alles geschafft hast. Du mußt völlig erschöpft sein.«

»Ein bißchen schon. Ich habe geduscht und bin danach eingeschlafen.« Er erwähnte nicht, daß er im Badezimmer geweint und sich mutterseelenallein gefühlt hatte. Als ihm plötzlich bewußt wurde, daß er nur einen Bademantel trug, zog er den Gürtel fester.

»Danke«, sagte sie und ging auf ihn zu. »Ich wußte, daß ich Hilfe brauchte, aber manchmal merkt man gar nicht, wie schlimm es schon ist.«

»Da mußte wirklich einiges getan werden. Ich habe eine Liste, so lang wie mein linkes Bein, die ich morgen erledigen will«, versuchte er zu witzeln, doch es wollte ihm nicht recht gelingen.

»Übertreib es nicht, an diesem Haus kann man Jahre arbeiten«, sagte sie und lachte, um sein Schweigen zu überbrücken. Sie biß sich auf die Unterlippe. »Hör mal, es tut mir leid, was gestern draußen passiert ist.«

»Bitte ...« Er hob die Hand, um sie zum Schweigen zu bringen. Ihm stand nicht der Sinn danach, sich reumütige Beteuerungen wegen eines Kusses anzuhören. Für derlei Dinge hatte er keine Kraft mehr. Seine Gefühle schienen sich zu einer kritischen Masse zu ballen. Er kam sich so schwach vor, als könnte er jeden Augenblick schmelzen. Er hatte nicht die Absicht, den Vorfall zu analysieren, aus seinem Gedächtnis zu bannen oder herunterzuspielen. Es war einfach geschehen, und ob es nun gut oder schlecht gewesen war, Livvy hatte jedenfalls etwas damit bewirkt. Er hatte seine Verlustgefühle in all ihrer Heftigkeit noch einmal erlebt und zu seinem Entsetzen auch etwas wie einen Anflug von Hoffnung gespürt. Er war hin- und hergerissen zwischen diesen beiden Gefühlen, konnte sich für nichts entscheiden. Wie sollte er weiterleben, wie sollte er es unterlassen?

»Wir sind beide erschöpft«, sagte er. »Ich meine, du wegen der Krankheit deines Mannes und ich – ich weiß nicht. Da gibt es eben Kurzschlüsse. Jedenfalls fühle ich mich so.«

»Ja, aber bis jetzt habe ich es immer noch geschafft, mit allem alleine zurechtzukommen«, erwiderte sie. »Ich nehme normalerweise nichts auf die leichte Schulter.«

»Das sollte man auch nicht.« Jackson seufzte.

Sie betrachtete ihn, dann zog sie ihn ins Licht der Lampe. Er sträubte sich. Doch nun sah sie, daß seine Augen gerötet waren, sah die Trauer in ihnen. »Jackson«, flüsterte sie und strich ihm ganz sachte über den Arm.

»Bleibst du bei mir, während ich esse?« fragte er und wies auf einen Stuhl.

Sie nickte.

Er setzte sich und aß. Er fühlte sich nicht verpflichtet zu sprechen, und in gewisser Weise vertraute er ihr, weil sie sein Schweigen bereitwillig ertrug. Es genügte ihr, nur bei ihm zu sitzen. Als ihm das bewußt wurde, als er Dankbarkeit dafür empfand, schien sich etwas in ihm aufzubäumen. Tränen strömten ihm übers Gesicht und tropften auf den Teller. Sie wartete einfach. Und genau das brauchte er.

KAPITEL NEUN

Die Gesamtmasse der an physikalischen und chemischen Vorgängen beteiligten Stoffe ist unveränderlich.

GESETZ VON DER ERHALTUNG DER MASSE

In dieser Nacht träumte Jackson, seine Trauer habe die Gestalt von glatten Flußkieseln angenommen, die er mit seinen Tränen benetzte. Drei Kiesel hatten sich in Juwelen verwandelt und waren in seine Hand eingelassen. Dann schloß sich die Haut über den Diamanten, und nur noch die gezackten Linien waren zu sehen, die von seinem Leben kündeten.

Er entsann sich dieses Traums erst wieder, als er bei der Autowerkstatt eintraf, wo die geschwärzten Überreste des Quark unter einer blauen Plane ruhten, und sich mit dem Sachverständigen der Versicherung unterhielt. Er fand das Gespräch so banal, daß seine Gedanken abschweiften, und er stellte sich vor, wie Livvy die staubigen Spinnweben in den Hotelzimmern entfernte, weil am Wochenende die ersten Gäste eintreffen würden. In ihrer Gegenwart hatte er wieder etwas empfunden. Sein Leid, ja. Aber auch noch mehr.

»Wenn Sie bitte hier unterschreiben, Mr. Tate. Ich mache rasch ein paar Polaroids für die Akte«, sagte Bromley, der Sachverständige. Er war dünn, schwitzte stark und tupfte sich ständig mit einem karierten Taschentuch die Stirn ab. Jackson nahm das Klemmbrett mit den Formularen entgegen und

unterschrieb an drei Stellen. Bromley fotografierte das Quark aus drei Perspektiven und legte die Bilder zum Entwickeln auf die Kühlerhaube seines Wagens.
»Könnten Sie vielleicht auch ein Foto von mir machen?« fragte Jackson. »Als Erinnerung sozusagen.«
»Kein Problem.« Er hob die Kamera. Jackson richtete sich auf. »Nein, vorher war es besser«, meinte Bromley. »Stellen Sie sich ganz natürlich neben den Wagen.«
Jackson postierte sich in der offenen Fahrertür. Der beißende Geruch von verbranntem Plastik drang ihm in die Nase. Livvy würde es wahrscheinlich sonderbar finden, daß er sich mit dem potentiellen Todesauto fotografieren ließ, aber Nancy mit ihrem schwarzen Humor hätte das zu schätzen gewußt. Sie hätte sich über ein Foto von ihm neben den Überresten seines Wagens amüsiert.
»Jetzt«, sagte Bromley und drückte auf den Auslöser. Die Kamera spuckte das Bild aus, und Jackson hielt es in der Hand und wartete, bis etwas zu sehen war.
Unter dem Rücksitz fand er sein Lieblingsskizzenbuch. Es war vom Feuer verschont geblieben, nur an den Ecken hafteten Reste von dem Luftschaum, den die Feuerwehr zum Löschen benutzt hatte. Er blätterte das Buch durch und entdeckte ein paar Kohlezeichnungen von seinem Haus und eine Skizze von einem Piraten, die er für Nathan gemacht hatte. Der Pirat trug eine Augenklappe und hatte ein Tuch um den Kopf gebunden. Jackson hatte die Figur gezeichnet, damit Nathan alleine spielte und er in Ruhe die Arbeit erledigen konnte, die er mit nach Hause gebracht hatte. Statt dessen hatte er sich dann mit Nathan beschäftigt, dem es erfolgreich gelungen war, ihn abzulenken. Jackson hatte sein Laptop und seine Diagramme beiseite geschoben und nach dem Skizzenbuch gegriffen. Nathan malte auf einem eigenen Blatt mit

einem Marker die Zeichnung seines Vaters nach. Der Versuchung, vor dem Zubettgehen mit seinem Sohn zu spielen, konnte kein Vater widerstehen.
Die Zeichnung löste noch eine andere Erinnerung aus. Jackson entsann sich, wie er in Nathans Alter mit seinem Vater in der Hochbahn nach Hause fuhr, weg vom düsteren schwarzgrauen Manhattan, hin zu den gepflegten grünen Rasenflächen der Vorstädte. Vier Männer ihnen gegenüber spielten Poker. Die Karten legten sie auf Pappstücke, die sie auf dem Schoß hatten. Zwischen maßgeschneiderten Anzügen stieg der Rauch ihrer Zigarren und Zigaretten auf. Jackson entsann sich, wie sein Vater mit einem seiner Bleistifte etwas auf ein Blatt Papier, das er auf seinen Aktenkoffer gelegt hatte, zeichnete. Er hatte sehr geschickt einen Piraten mit einem Pflaster auf der Wange und einem Papagei auf der Schulter gemalt. Jackson, der damals sechs Jahre alt war, saß neben ihm, lauschte der durchdringenden Stimme des Schaffners, der den nächsten Bahnhof ausrief, und war fasziniert.
»Ich konnte schon immer gut zeichnen«, sagte sein Vater. Er zeigte Jackson, wie er die Zeichnung anlegen mußte, malte ovale Formen für Kopf, Rumpf, Arme und Beine, verbesserte die Linien, fügte Details hinzu, machte das Bild lebendig. »Aber mit albernen Bildchen kann man keine Familie ernähren.«
In der Schreibtischschublade seines Vaters, die nach frisch gespitzten Bleistiften roch, fand Jackson später die Zeichnung und seine eigene kindliche Kopie davon. Eine Woche nach dessen Tod hatte seine Mutter ihn gebeten, die Versicherungsunterlagen zu suchen. David Tate hatte die Zeichnungen bei den wichtigen Dingen in seiner Schreibtischschublade aufbewahrt – bei der Steuererklärung vom Vorjahr, dem Ordner mit Haushaltsausgaben und dem Set silberner Cross-

Füller mit dem Signum der Freimaurerloge, die David Tate von seinem eigenen Vater geerbt hatte.

Was behalten Eltern von ihren Kindern in Erinnerung? Wenn die Hausaufgaben gemacht waren und das Gezänk ums Zubettgehen mit einem Patt geendet hatte, hätte Jackson stundenlang im Zimmer von Nathan und Franny sitzen und ihnen beim Schlafen zusehen können. Er liebte ihren klaren ruhigen Atem, der ihn an die frische reine Luft eines Frühlingsmorgens erinnerte. Er wartete förmlich auf Nathans schrillen Begeisterungsschrei, wenn es zum Nachtisch Schokoladenpudding gab. Er ließ sich überreden, Franny noch ein weiteres Mal *Green Eggs and Ham* vorzulesen. Die unruhigen Nächte von Nathans erstem Jahr waren vergessen, als der Kleine ein sanftes Gurgeln hervorbrachte, das sich wie »Mama« anhörte. Und als er dann zu einem Jungen heranwuchs, der eigene Entscheidungen traf und so neugierig die Welt erkundete wie Jackson selbst, folgte ein aufregendes neues Erlebnis auf das nächste.

Mit acht Jahren hatte Jackson komplizierte Modelle britischer Kriegsschiffe oder einer McDonnell Douglas DC-3 aus den dreißiger Jahren gebastelt. Spielen interessierte ihn nur dann, wenn man dabei neue Fertigkeiten erlangen konnte, wie ein noch schwierigeres Modell zusammenzusetzen oder einen Tropfen Klebstoff an einer kniffligen Stelle direkt unter einem Flügel anzubringen. Als er neun wurde, kaufte er sich von seinem gesparten Taschengeld einen billigen Lötkolben für seine elektronischen Basteleien. Er baute Radios oder einfache Alarmanlagen, die losgingen, wenn jemand (seine Mutter zum Beispiel) den Raum betrat.

»Schalt das Ding wenigstens aus, wenn du in der Schule bist, damit ich in deinem Zimmer saubermachen kann«, sagte sie zu ihm.

»Aber Mom, dazu sind Alarmanlagen doch da«, erwiderte er. »Damit keiner reinkommt.«
»Okay, dann darfst du künftig dein Zimmer selbst in Ordnung halten.«
Das war Jackson durchaus recht. Er hatte nichts zu verbergen wie seine Freunde, die ihre Comics versteckten oder die Kaugummis, die sie am Kiosk geklaut hatten. Aber in seinem Zimmer befanden sich immer Versuche und Projekte in unterschiedlichen Stadien der Fertigstellung. Wer sein Zimmer betrat, mußte sich zwischen Drähten und Transistoren hindurchschlängeln.
Jackson fertigte auch Geräte auf Auftrag an. Eines Tages wünschte sich sein Cousin Freddy eine eigene Talk-Show nach dem Vorbild von Johnny Carson. Freddy, ein Teenager mit blondem Haar mit viel Pomade drin und einer Kollektion von Samtblazern, bat Jackson um Hilfe. Und Jackson machte sich ans Werk. Nach dem Thanksgiving-Dinner präsentierte Jackson Freddy den schwarzen Kasten. Er schleppte ihn sofort auf sein Zimmer. Tisch und Sofa wurden mit Blick zur Tür plaziert wie in der *Tonight Show*. Die Familienmitglieder betrachteten Freddys Hobby mit Wohlwollen und ließen sich bereitwillig vor seinem Mikrofon nieder, um sich interviewen zu lassen. Das war häufig ein Riesenspaß, wie zum Beispiel, als Freddy Tante Midge und Onkel Philip dazu überredete, bei laufendem Tonband Einzelheiten ihres ersten Rendezvous preiszugeben. Für Freddy waren das Trockenübungen, aber mit Hilfe von Jacksons Gerät vermochte er nun endlich ein größeres Publikum zu erreichen.
Dabei handelte es sich um einen Mini-Radiosender, der sich in die Frequenz von NBC einschalten ließ. Er konnte nur die Radios in nächster Umgebung stören, doch die Wirkung würde durchschlagend sein. Freddys Talk-Show würde nicht

mehr nur in seinem Zimmer, sondern auch in fast allen Häusern am Lily Drive stattfinden. Er wählte seine Gäste mit Bedacht: Marty, der gerade Semesterferien hatte, seinen älteren Bruder, Jacksons Mutter und Harry Burns, der einmal geglaubt hatte, er habe unversehens einen Klumpfuß bekommen, bis er den Kiesel aus seinem Schuh entfernt hatte. Jackson schaltete bei seinem Onkel und seiner Tante das Radio ein und hörte, wie Freddy auf einem Spielzeug-Xylophon die drei Töne des NBC-Jingles spielte. Dann hieß er seine Gäste willkommen und machte Werbung für seine Lieblingslimo. Jacksons Vater fiel es zuerst auf.

»He, spricht da nicht Freddy im Radio?«

»Ja, tatsächlich«, sagte jemand. »Wie zum Teufel kommt Freddy ins Radio?«

Als Freddy seinen Cousin Marty fragte, wie viele Mädchen er an der Uni schon geküßt habe, klingelte das Telefon. Jemand verkündete, daß Freddy im Radio sei. Was hatte das zu bedeuten? Hatte er bei NBC eine eigene Talk-Show gekriegt?

»Nein, natürlich nicht«, schrie Freddys Vater ins Telefon. »Wir wissen auch nicht, wie er da reinkommt. Wir essen hier gerade ein Stück Kuchen, und da hören wir ihn plötzlich im Radio.«

Doch der Auftritt war von kurzer Dauer. Ein Kondensator brannte durch, und noch bevor Freddy Jacksons Mutter fragen konnte, wann sie seinen Vater zum erstenmal geküßt hatte, oder ob Harry Burns überhaupt schon mal jemanden geküßt hatte, knallte und krachte es, ein blaues Rauchwölkchen stieg auf, und WBNC setzte die Hitparade fort.

Diese heiteren Erlebnisse seiner Kindheit kamen Jackson in den Sinn, und ihm wurde plötzlich bewußt, daß sein Sohn niemals solche Erfolgserlebnisse haben würde. Nathan würde niemals erfahren, wie man sich fühlt, wenn man einen Haufen Erwachsener an der Nase herumführt oder einen Apparat baut, mit dem man wenigstens für ein paar Minuten die Radiowellen manipulieren kann.

Er trauerte um alles, was es nicht mehr geben konnte. Um alles, das Nathan und Franny niemals haben, tun oder empfinden würden. Es kam Jackson vor, als wären all seine Erinnerungen beschmutzt, würden nach und nach von der grauenhaften, gnadenlosen Erkenntnis verschluckt, daß seine Kinder, die gerade erst begonnen hatten, die Welt auf ihre eigene Art wahrzunehmen, sich ihrer Kräfte bewußt zu werden, sich zu entfalten, nicht mehr am Leben waren. Nathan würde niemals in den Sachen seines Vaters eine Piratenzeichnung finden und sich daran erinnern, wie sie vor dem Zubettgehen gemeinsam gemalt hatten und wie Jackson ihm von seiner eigenen Kindheit und seiner eigenen Piratenzeichnung erzählt hatte. Die Zukunft war schon in der Vergangenheit im Keim erstickt worden.

»Die Polizei hat keine Reifenspuren von Polks Wagen finden können«, hatte Levi Bloom ihm am Vorabend der Beerdigung mitgeteilt. Jackson ging zwischen Küche und Wohnzimmer hin und her. Die Bierflasche, die er in der Hand hielt, wurde warm.

»Ich weiß nicht, was das bedeuten soll«, sagte Jackson. Er wußte es sehr genau, doch er war außerstande, seine Gedanken in diese Richtung zu zwingen.

Levi berührte Jackson an der Schulter, und sie standen beide ganz still. »Das bedeutet, daß er so betrunken war, daß er nicht einmal versucht hat zu bremsen.«

Jackson riß sich los und ging in die Küche zurück. Er warf die Bierflasche in die Spüle, wandte sich ab und schlug sich so fest mit der Faust ans Herz, daß es aus seiner Brust zu springen schien.

Jackson kehrte zu Fuß zum Hotel zurück. Er überließ Livvy ihrer Arbeit und setzte sich in den Schatten des knorrigen Ahorns im Garten. Er betrachtete das Haus, schlug sein Skizzenbuch auf, das er noch im Quark gefunden hatte, und begann mit einem Kohlestift die Umrisse des Gebäudes abzubilden.

Als er sich den verschnörkelten Konsolen der Veranda zuwandte, öffnete Livvy eines der breiten Fenster und beschäftigte sich mit einem der Blumenkästen. Sie lockerte die Erde und gab etwas Kompost hinzu, den sie aus der schwarzen Plastiktonne hinter der Küche geholt hatte. Als ihr die Erde richtig erschien, setzte sie violett und kupferrot leuchtende Stiefmütterchen. Ihre Bewegungen waren so behutsam und zart, als hätte sie es mit einem Kind zu tun.

Jackson schlug eine Seite um und begann auf einem neuen Blatt Livvy zu zeichnen. Er hatte einen guten Blick auf sie von seinem versteckten Platz am Rande des Gartens. Der schmale Kohlestift huschte übers Papier, und mit raschen Strichen ließ Jackson Livvys schmales Kinn, den zarten Hals, die schönen Augen und die vollen, leicht aufgeworfenen Lippen entstehen. Sie war ganz in ihre Arbeit versunken, darauf bedacht, daß die Blumen saßen. Über ihrer Nase war die Haut uneben, feine Sorgenfältchen hatten sich eingegraben, und auch sie hielt er auf seinem Bild fest. Ganz offensichtlich war Livvy sogar in den wenigen ruhigen Momenten, die sie hatte, tief in Gedanken versunken. Sie legte ihr Gartenwerkzeug weg und zog die Arbeitshandschuhe aus. Er war immer noch mit seiner Zeichnung beschäftigt, als er merkte, daß sie feuchte Wangen hatte. Sie wischte sich mit den Händen die Tränen aus dem Gesicht. Jackson stand auf, und sein Skizzenbuch fiel ins Gras. Da sah sie ihn an.

»Ich habe so lange nicht mehr geweint«, sagte sie zu ihm. »Und nun kann ich nicht mehr aufhören.«

Jackson verstand sie. Trauern ist ein so undurchschaubarer Vorgang wie die Liebe. Irgendwo im Innersten sind Trauer und Liebe unzertrennlich, ineinander verschlungen. Wohnte nicht jeder Liebe ein Moment von Trauer inne? Wenn zwei Menschen eine Bindung eingehen, wissen sie auch, daß sie eines Tages getrennt sein werden; einer wird um den anderen trauern. Jackson fragte sich, ob die Liebe wohl auch für solche inneren Tumulte sorgen würde, wenn Männer und Frauen nicht im Schatten jedes entschwindenden Tages ihre Sterblichkeit erahnen würden. Wir wünschen uns so sehr, daß uns die Arme unserer Liebsten für immer umschließen mögen. Die Liebe soll ewig währen, auch wenn unsere Leiber in Rosenholzsärgen längst zerfallen sind. Wir lesen *Romeo und Julia* und trösten uns mit der Vorstellung, daß die Liebenden im Tode vereint sind und die Welt, die ihre Liebe auslöschen wollte, ihnen endlich nichts mehr anhaben kann. Doch wo und wie treffen sie sich wieder?
Der Himmel, wie Jackson ihn sich vorstellte, war kein geeigneter Ort für Liebende. Er war kalt und schwarzblau, von grellem Sternenlicht durchlöchert, unter Beschuß genommen von kosmischem Schutt und attackiert von Kometen, die infolge aufeinander wirkender Massenkräfte durchs All sausten. Als leidenschaftlicher Naturwissenschaftler konnte Jackson keinerlei Beweise für eine andere Möglichkeit entdecken: Das Leben, das wir haben, ist wohl das einzige, das uns zusteht.
Vielleicht empfinden Liebende deshalb außer Freude auch Wehmut, dachte er. Weil sie unweigerlich eines Tages Abschied nehmen müssen. Wir werden alleine geboren, sterben alleine und bemühen uns in der Zeit, die uns zur Verfügung steht, weniger einsam zu sein.
»Ich nehme jetzt schon seit Jahren Abschied von ihm«, sagte

Livvy. Er stand unter dem Fenster und blickte zu ihr hinauf. Ihre zarte Haut war fleckig. Ihre Augen wirkten noch grüner unter den tränennassen Wimpern. »Ich glaube, ich weiß nicht mehr genau, wer er ist.«

Jackson wartete, während sie nach Worten suchte. Sie blickte über ihn hinweg, als wären sie im Garten zu finden oder hinter der Steinmauer, in den blauen Wogen des Ozeans und am weiten Horizont.

»Ab und zu gibt es Momente, in denen er wieder zum Vorschein kommt. Als träten Schatten aus dem Hintergrund. Er sagt dann vielleicht etwas, das mir vertraut erscheint. Und wenn es ihm gutgeht, habe ich manchmal das Gefühl, er könne sich jederzeit umdrehen und sagen: ›Livvy, schaff mich endlich hier raus.‹«

»Das ist grausam.«

»Ja«, erwiderte sie und seufzte. »Ich weiß, daß man nichts machen kann. Manchmal kann Hoffnung auch ein Fluch sein.«

Sie hörten das Auto beide zugleich und sahen sich um. »Ich werd mal nachschauen, wer da kommt«, erklärte Livvy.

Von der Vorstellung, daß eine Hotelbesitzerin auf dem Land ein beschauliches Leben führte, hatte Jackson sich nach Livvys Erzählungen schnell verabschiedet. Sie berichtete ihm von Gästen, die behandelt werden wollten wie Fürsten, wenn sie eine Nacht im Rockpoint Inn abstiegen. Oder von solchen, denen die Handtücher nie ausreichten. Oder das heiße Wasser. Oder die Blaubeermuffins. Doch manche Gäste wurden auch gute Freunde und kamen jedes Jahr wieder.

Jackson fand Livvy im Empfangsraum, wo sie sich mit einem dunkelhaarigen jungen Mann unterhielt, der etwa Mitte Zwanzig sein mochte. Er trug ein ausgewaschenes Jeanshemd und hielt sich etwas krumm. Die Haare hingen ihm in zottigen Locken ums Gesicht. Er war bleich und wirkte leicht aufgeschwemmt. Beim Rasieren hatte er am Kinn einige Haare vergessen.

»Jackson«, sagte Livvy, »das ist Mitch Faraday, Howards Sohn.« Sie schob ihn an der Schulter ein wenig nach vorne wie eine nervöse Mutter ihr Kind bei der Weihnachtsaufführung.

Jackson streckte Mitch die Hand hin. Der Junge war ein wenig größer als er.

»Hallo«, sagte Mitch.

»Jackson hilft mir bei den Vorbereitungen für die Saison«, erklärte Livvy. »Erinnerst du dich noch an George? Er hat sich das Bein gebrochen.«

Mitch nickte. Er strahlte Schüchternheit aus, und sein Blick huschte umher wie der eines erschreckten Tieres. Als Livvy voranging, um ihn zu seinem Zimmer am Ende des Flurs zu bringen, hängte er sich erleichtert seinen schwarzen Nylon-Matchsack um und folgte ihr.

Jackson setzte sich an die Bar und machte seine Zeichnung fertig. Er hörte die beiden im Hintergrund murmeln.

»Ich hab dir wohl nicht erzählt, daß ich Stiefmutter bin«, sagte Livvy, als sie zurückkam. Sie wirkte fahrig und rang nervös die Hände.

»Scheint ein netter Junge zu sein«, meinte Jackson.

»Ist er. Vor allem, wenn man bedenkt, was er alles durchgemacht hat.« Sie trat hinter den Tresen, nahm zwei langstielige Gläser aus dem Regal, öffnete eine Weinflasche und schenkte ihnen ein.

»Cheers«, sagte sie und hob ihr Glas.

Jackson nickte. Er sah ihr zu und stellte fest, daß ihre Bewegungen flüchtig und gehetzt wirkten. »Was ist los, Livvy? Ich habe schon Physiker erlebt, die am Abend vor der Bekanntgabe der Nobelpreise ruhiger waren.«

»Ich weiß nicht«, antwortete sie. »Howards Zustand hat sich sehr verschlechtert, seit Mitch ihn zum letztenmal gesehen hat. Das ist einfach nicht fair. Mitch hat es schwergenommen, und ich freue mich zwar, wenn er herkommt und Howard besucht, aber ich weiß, daß es ihm zu schaffen macht.«

»Mein Vater hatte einen Herzinfarkt«, sagte Jackson. »Ich bin die ganze Nacht durchgefahren, um ihn in New York zu besuchen. Ich habe es gerade noch geschafft, bevor er starb. Er wußte, daß ich da war, und ich glaube auch, daß es ihm etwas bedeutet hat, aber es war hart für mich.«

»Warst du froh, daß du ihn noch einmal gesehen hast?«

»Ich war, glaube ich, erleichtert und traurig zugleich. Aber ich weiß, wie wichtig es ist, Abschied zu nehmen. Und ich denke bestimmt, daß Mitch das ebenfalls weiß, auch wenn er noch jung ist. Man nimmt lange Abschied, wenn jemand Alzheimer hat, nicht?«

Er sah sie eine ganze Weile an, und sie erwiderte seinen Blick, seine Frage wortlos bestätigend. Sie beugte sich über den Tresen und berührte seine Hand. »Der Arme.«

»Er wäre nicht hier, wenn er es nicht wollte.«

»Das stimmt.« Sie nickte und trank einen Schluck Wein. »Howard war siebenundzwanzig Jahre verheiratet, bevor wir uns kennenlernten. Als seine Frau sich von ihm scheiden ließ, hat Mitch sehr darunter gelitten. Er hat eine Schule nach der anderen durchgemacht. Aber irgendwie hat er sein Studium geschafft.«

»Du hast mir ja bei jeder Seminararbeit und Prüfung geholfen«, sagte Mitch von der Tür her. Er wirkte entspannter, obwohl er es noch immer vermied, Jackson anzusehen.

»Ich weiß, daß dein Vater sich große Sorgen um dich gemacht hat.« Livvy wischte mit einem Tuch den Tresen ab.

Mitch trat unbehaglich von einem Fuß auf den anderen. Er trug schwarze hohe Turnschuhe.
»Sie hat mir per Telefon Nachhilfe in Französisch gegeben«, sagte Mitch zu Jackson.
Livvy lachte. »Ich hab es wenigstens versucht. Mitch hat mir die Lektionen gefaxt, und dann sind wir sie gemeinsam x-mal durchgegangen.«
»Durchgerasselt bin ich trotzdem«, erwiderte Mitch und ließ sich neben Jackson an der Bar nieder. *»C'est la vie, n'est-ce pas?«*
»C'est vrai, mon ami«, antwortete Livvy.
»Da hört's bei mir schon auf«, sagte er und grinste.
»Möchtest du was trinken?« fragte sie ihn.
»Ein Bier wäre toll.«
Livvy öffnete ein kaltes Bier und stellte es auf den Tresen. Mitch setzte die Flasche an und trank einen Schluck.
»Wie läuft's mit der Arbeit?« wollte Livvy wissen.
»Der Chefredakteur meint, ich würde die Deadline nicht mal schaffen, wenn ich meinen eigenen Nachruf verfassen müßte.«
»Was schreiben Sie?« fragte Jackson.
»Ich arbeite für eine alternative Zeitschrift in Los Angeles«, antwortete er. »Ist wenigstens ein Anfang, wissen Sie. Ich bin mit einer Band auf Tour und schreibe darüber. Aber im Moment hängen wir eigentlich bloß in Boston rum und warten darauf, daß es losgeht. Deshalb hab ich mir einen Wagen geliehen und bin spontan hochgefahren. Ich war quasi schon da, bevor ich's gemerkt habe.« Er trommelte nervös mit dem Daumen auf dem Tresen herum und trank wieder einen Schluck.
»Ich freue mich, daß du gekommen bist«, sagte Livvy.
»Ja, aber ich hätte wohl erst anrufen und dich vorwarnen sollen.«

»Sei nicht albern«, entgegnete Livvy. »Hätte ich gewußt, daß du in Boston bist, hätte ich dich selbst abgeholt.«

Mitch verzog die schmalen Lippen zu einem Lächeln und puhlte mit dem Daumennagel das Etikett von der Flasche. »Wie geht's Dad?«

»Er fragt nach dir«, antwortete sie.

»Ich wäre lieber öfter hier.«

»Er versteht vollkommen, daß deine Arbeit vorgeht.«

»Apropos Arbeit«, meinte Mitch. »Ich sollte mich noch mal vor dem langen Wochenende melden.«

»Du kannst an der Rezeption telefonieren«, erwiderte Livvy, als er hinausging.

»Er mag dich«, sagte Jackson zu Livvy, als Mitch verschwunden war.

»Wir geben uns Mühe. Schließlich lieben wir Howard beide. Aber Mitch führt sein eigenes Leben.«

Ihr Blick fiel auf Jacksons Skizzenbuch, das aufgeschlagen auf dem Tresen lag, und sie erkannte sich. Sie studierte das Bild eingehend. »Hast du das gezeichnet?«

»Während du die Stiefmütterchen gesetzt hast.«

»Ich sehe müde aus.«

»Dann ist mir das Bild gut gelungen.« Er lächelte sie an. »Es ist authentisch, wenn sich die Erfahrungen in den Zügen abzeichnen.«

»Ja«, sagte sie. »Ich fand es immer bedauerlich, wenn Leute versuchen, ihr Äußeres zu verändern, sich liften oder die Augen operieren lassen, um die Falten loszuwerden. Als ob man sich ihrer schämen müßte. Ich weiß noch, wie verblüfft ich war, als ich zum erstenmal Fältchen in meinen Augenwinkeln bemerkt habe. Ich habe mich vor den Spiegel gestellt und Gesichter geschnitten, glücklich, traurig, wütend, um rauszufinden, woher ich sie habe. Und das Lachen war es dann. Es sind Lachfältchen. Ich habe mir gesagt, daß ich sie mir durch viele glückliche Momente erworben habe. Sie gehören mir.« Er lachte.

»Deshalb finde ich es auch richtig, wenn die Veränderungen der letzten Jahre ihre Spuren hinterlassen haben. Auch sie haben etwas Schönes. Ich verliere meinen Mann. Warum soll man das meinem Gesicht nicht anmerken?«

»Du bist wunderschön«, sagte er und sah sie an.

Sie erwiderte seinen Blick, dann löste sie die Spannung, indem sie fragte: »Ein Naturwissenschaftler, der zeichnet? Ist das nicht irgendwie ein Sakrileg?«

»Ich mache das nur ab und zu, wenn mir danach zumute ist. Mein Vater hat auch immer gezeichnet, wenn mir als Kind unterwegs langweilig war.« Jackson hatte das Talent seines Vaters geerbt und es zuerst wissenschaftlich angewandt. Als Teenager habe er sich Skizzen zur Veranschaulichung seiner Physik- und Chemielektionen an den Rand seiner Hefte gemalt, erklärte er Livvy. Das habe ihm geholfen, die Komplexität von Molekülbindungen oder unterschiedlicher Gravitationstheorien zu begreifen. An der Uni habe er ein unliniertes Heft für seine Zeichnungen angelegt. Die Ausdehnung von Raum und Zeit versuchte er zunächst zu begreifen, indem er sich Skizzen machte. In der Physik fällt es schwer, sich Sachverhalte konkret vorzustellen, und wenn Jackson die Ergebnisse langwieriger Rechnungen in eine Zeichnung umgesetzt sah, wurden sie realer für ihn. Manchmal schienen ihm die Vorgänge im Kosmos gänzlich unbegreiflich und wurden ihm erst verständlicher, wenn er zu Papier und Bleistift griff. Wenn Jackson zeichnete, kam er sich vor wie Leonardo da Vinci, der im 16. Jahrhundert seine Flugmaschinen und Maschinengewehre entwarf. Vorstellungskraft ist das wichtigste Handwerkszeug des Naturwissenschaftlers.

Bei berufsbezogenen Zeichnungen hätte Jackson es wohl auch belassen, wenn Nancy nicht gewesen wäre. Auf ihr Drängen hin hatte er sie gemalt. Das Ergebnis war wenig überzeugend ausgefallen. Er hatte sie so starr posieren lassen, daß sie fremd wirkte. Doch nach geraumer Zeit hatte Jackson einen eigenen, schlichten Stil entwickelt, mit dem er seine Familie darstellen konnte. Das Zeichnen befreite ihn von den Zwängen der Logik. Er entspannte sich dabei und spürte intuitiv, daß diese Tätigkeit es ihm auch ermöglichte, in der Physik vieles klarer zu sehen. Außerdem machte er den Kindern damit eine Freude, was ihm mit Laborarbeit kaum gelungen wäre.

Nun setzte er für Livvy den Kohlestift an und zauberte ihr Bild auf das glatte weiße Papier. Er zeichnete rasch, sah immer wieder hoch, seine Bewegungen fanden ihren eigenen Rhythmus. Und bald blickte aus dem Buch ihr Gesicht auf, so altertümlich schön wie auf einer Kamee. Der Schmerz verlieh ihr eine ruhige Würde und Entschlossenheit. Als er ein letztes Mal zu ihr aufschaute, schimmerten ihre Augen.

KAPITEL ZEHN

Es ist unmöglich,
Ort und Impuls eines Teilchens
gleichzeitig genau zu bestimmen.

HEISENBERGSCHE UNSCHÄRFERELATION

Jackson lag auf dem Bauch und zog an einem Verandageländer kleine Schrauben fest. Es war nicht einfach, und er merkte, daß er Blasen an den Händen bekam. Seit Jahren hatte er nicht mehr so hart gearbeitet.

Er setzte sich auf und lehnte sich mit dem Rücken an die Wand. Er entdeckte eine Schadstelle nach der anderen an diesem alten Haus, als wäre es ihm bestimmt, sie alle aufzufinden. Und wenn er etwas bemerkte, mußte er es ausbessern, da er Livvy so gut es ging helfen wollte. Nach einem Winter, in dem sich niemand um das Haus gekümmert hatte, konnten sogar kleine Mängel folgenschwer sein. Lose Schrauben fielen fast aus dem Holz, es wimmelte geradezu von undichten Stellen, unter der Dachrinne hatte sich Schimmel gebildet, und die Farbe blätterte ab.

Mitch kam auf die Veranda und zündete sich eine Zigarette an. Er nahm einen tiefen Zug, dann bemerkte er Jackson und blickte schuldbewußt drein. »Ich bin auf drei am Tag runter«, sagte er. »Außerdem hat Livvy was dagegen, wenn ich im Haus rauche.«

»Ist nicht leicht, damit aufzuhören«, meinte Jackson. »Die Chemie arbeitet gegen dich.«

»Ich bilde mir ein, wenn ich immer weniger rauche, vergesse ich es eines Tages vielleicht ganz, und dann hab ich aufgehört, ohne es zu merken.« Er zog wieder an der Zigarette. »Klingt nicht überzeugend, wie?«

»Ich glaube nicht, daß ich mir das einreden könnte.«

Mitch nickte und blickte in den Garten hinaus. »Wo ist Livvy hin?«

»Sie wollte was zum Abendessen besorgen.«

»Es wäre mir lieber, wenn sie sich nicht soviel Arbeit machen würde.«

»Sie wollte etwas Besonderes kochen.« Jackson legte den Schraubenzieher wieder in den Werkzeugkasten.

»Das macht sie immer.«

Jackson sammelte die anderen Werkzeuge ein. »Ich werd mal die Sachen hier in die Garage zurückbringen.« Er stand auf und ging an Mitch vorbei die Treppe hinunter.

»Weißt du«, sagte Mitch leise, »Livvy war der glücklichste Mensch, den ich je erlebt habe.«

»Wirklich?«

»Manchmal dachte ich, ich werde wahnsinnig, weil sie so viel lachte. Wenn sie in Stimmung war, ging es richtig los. Und mein Dad hat sie immer noch angestachelt. Das war ein Pärchen.«

»Ich kannte auch mal jemanden, der so war«, entgegnete Jackson.

»Sonderbar, wie das Leben einem das austreiben kann.« Mitch warf die Kippe auf den Boden und drückte sie mit der Fußspitze aus.

Jackson nickte zustimmend. Er spürte einen Kloß im Hals, wandte sich ab und ging zur Garage. Wenigstens lernte es der Junge, sich ein wenig gegen die Härten des Lebens zu wappnen. Jackson war unvorbereitet getroffen worden. Er hatte geglaubt, daß ihn das Lachen, das Glück vor Leid schützen werde. Dabei hätte er es besser wissen müssen. Er kannte die Gesetze des Universums. Doch wenn er aus dem Labor nach Hause kam und seine Frau und seine Kinder sich im Badezimmer vor Lachen auf dem Boden wälzten, maßlos glücklich, hatte er geglaubt, daß jene Gesetze für ihn nicht galten.

Ab und zu wirkte die Forschung ermüdend auf Jackson. Es gab einen Punkt, an dem ihm die Details vor den Augen verschwammen und seine Gedanken sich verwirrten. Manchmal war man zu konzentriert und sah die wunderbare Milchstraße, in der entfernte Sonnensysteme herumwirbelten, nur noch als Ansammlung von Daten. Und Jackson kannte keinen Wissenschaftler, der nicht hin und wieder von seinem Mikroskop zurücktreten und den Blick auf etwas anderes richten mußte als auf den erkalteten Agar in einer Petrischale. Jackson empfand noch immer Achtung für die menschliche Vorstellungskraft, mit der man Konstrukte ersinnen konnte, die jeglicher Substanz entbehrten, doch er war sich seines inneren Standpunkts nicht sicher. Wo die Augen nichts erkennen konnten, öffneten Algorithmen und Berechnungen den Blick. Die Düsterkeit des Aberglaubens war durch den Laserstrahl der Naturwissenschaft vertrieben worden. Jackson wußte, daß es für einen Naturwissenschaftler an Ketzerei grenzte, so zu denken, doch manchmal fragte er sich, ob man nicht eher inneren Frieden fand, wenn man manches nicht wußte. Dieser Drang zu erforschen, zu wissen, zu verstehen – wo führte er hin? Wovon entfernte er uns? Aber vielleicht hätten wir uns gar nicht so anstrengen müssen, um so wenig zu lernen, dachte er. Denn noch während wir lernen, vergessen wir auch schon wieder.

Jackson kam durch Livvy nicht zum erstenmal mit der Krankheit des Vergessens in Berührung. Ein Kollege an der Universität war daran erkrankt, ein Professor der Wirtschaftswissenschaften, der hervorragend Squash spielte und plötzlich nicht mehr wußte, wie man den Schläger hielt. Auch die Frau eines anderen Professors litt daran; sie erkannte ihre Kinder nicht mehr, und ihr Mann hatte vorzeitig in den Ruhestand gehen müssen, um sie zu pflegen. Und außerhalb der Unikreise gab es ebenfalls viele Opfer dieser Krankheit, die durch die Straßen liefen und verzweifelt nach ihrem Haus suchten oder sich nicht mehr an ihr Lieblingsrezept für Kirschkuchen erinnern konnten und eine Tasse Salz statt Zucker nahmen. Jackson wußte, wie diese Menschen langsam zerfielen, Neuron um Neuron.

In der kühlen dunklen Garage stellte er den Kasten auf die Werkbank zurück. Unter der Bank stand eine Kiste mit alten Werkzeugen zum Bearbeiten von Holz. Jackson griff nach einem Hohlkehlenhobel und betrachtete ihn. Der Griff war in langen Jahren dunkel und glatt geworden. Jackson fuhr damit über ein Brett, und ein langer Span fiel herab. Die Klingen mußten geschärft werden, der Hobel lief nicht mehr richtig, doch jemand hatte diese Werkzeuge einst sorgfältig gepflegt. Früher brauchte ein Schreiner weder Elektrizität noch Maschinen, sondern nur seine Geschicklichkeit. Er mußte üben, bis er das Werkzeug vollkommen beherrschte und damit schöne Dinge anfertigen konnte.

Durch die beiden offenen Garagentore blickte Jackson zum Hotel hinüber. Es mußte schwer gewesen sein, die Gäste zufriedenzustellen, während Howard sich selbst immer mehr entfremdete. Livvy mußte Fröhlichkeit an den Tag legen, was auch geschah, mußte ihnen etwas vorspielen. Damit kannte Jackson sich aus. Wie entsetzlich er auch litt und sich wünschte, in Ruhe um seine Familie trauern zu können, so mußte er sich doch mit den Trauergästen befassen. Vor seinem geistigen Auge sah er die drei Särge, einer kleiner als der andere, neben den offenen Gräbern. Es war ein glühendheißer Tag, und die Trauergemeinde stand auf der sonnenverbrannten Erde an der Grabstelle, in deren Umkreis es keine Bäume gab. Jackson hatte kaum Zeit gehabt für Entscheidungen, die man im Laufe seines Lebens hätte treffen sollen.

Nach dem Unfall war er alleine ins Begräbnisinstitut gegangen und hatte diese Särge ausgewählt. Mr. Olsen, der Bestatter, ein dürrer Mann mit schmalen freudlosen Lippen, hatte ihn beraten. »Sie wollen doch das Gefühl haben, daß sie in Frieden ruhen können«, sagte er zu Jackson.

Und Jackson begutachtete die Särge, als beabsichtigte er, sich ein neues Auto zu kaufen. Olsen forderte ihn auf, den lavendelblauen, weichen Satin zu berühren. Auch beim Holz gab es große Unterschiede, erfuhr er. Hartholz widerstand der Zersetzung besser als Kiefer. Und der hochwertige Kupfersarg war natürlich am widerstandsfähigsten. Olsen übernahm die Garantie, daß der Kupfersarg hundert Jahre dicht halten würde. Er wies auf die robusten Messingscharniere und die dick gepolsterten Wände der Hartholzmodelle hin, bei denen selbstverständlich auch die Lackierung aus zehn Schichten bestand. Jackson griff die Rücklagen an, die sie für das Studium der Kinder gehabt hatten. Er und Nancy hatten regelmäßig jeden Monat hundert Dollar auf ein Konto überwiesen. Auf dem schweren Marmorgrabstein, für den er sich entschied, würde der Familienname eingraviert werden und die Namen seiner Frau und seiner Kinder. Es gab neue Bestimmungen, nach denen er ebenerdig eingesetzt werden mußte, um den Friedhofsgärtnern das Mähen zu erleichtern. Wenn Jacksons Zeit gekommen war, würde man auch seinen Namen dort einritzen, doch als er beim Begräbnis unter dem Sonnendach stand und es im leichten Wind flattern hörte, wünschte er sich nur, jetzt gleich bei seiner Familie zu liegen, unter der schweren Erde.

Morgens hatte zuerst eine Aussegnung und danach die Trauerfeier stattgefunden, bei der niemand, nicht einmal Pfarrer Fitzhume, seiner Gefühle Herr wurde. Die drei Särge standen auf Rollwagen vor dem Priester. Er brachte nur wenige Worte hervor, dann versagte ihm die Stimme. Er biß sich auf die Lippe und wandte sich der Bibel zu.

»Gott lehrt uns ...«, begann er und stockte erneut. Er ließ den Blick über die Gemeinde schweifen. Als er Jackson in die Augen sah, zerfiel sein Gesicht wie ein Gegenstand aus dem Altertum, den man zu hastig der Erde entrissen hat. Er trat von der Kanzel zurück und gab dem Organisten ein Zeichen. Nach den ersten Takten von »Näher, mein Gott, zu dir« wandte er sich ab. Jackson sah, daß seine Schultern zuckten, und er schämte sich ein wenig für den Mann, der ein enger Freund der Familie gewesen war. Fitzhume und Nancy hatten zusammen eine Spendenaktion organisiert, um die Buntglasfenster in der Universitätskapelle restaurieren zu lassen, die ein Partner des berühmten Louis Comfort Tiffany gestaltet hatte. Doch nun konnte Nancy nicht mehr sehen, wie diese Fenster in neuer Schönheit erstrahlen würden. Und auch die Kinder nicht, die Fitzhume gut gekannt hatten, weil er mit Nancy lange Abende zusammengesessen und Pläne geschmiedet hatte.

Jackson und Nancy waren nicht katholisch und nicht einmal besonders gläubig, doch Jackson hatte keinem anderen als Fitzhume die Trauerfeier überlassen wollen. Fitzhume hatte wohl geglaubt, er könne seine Trauer auf Abstand halten und die Fassung bewahren, doch als er vor den Särgen der Menschen stand, die ihm nahe gewesen waren, brachen sich diese unterdrückten Emotionen Bahn. Nach einer scheinbar endlosen Pause betrat Fitzhume erneut die Kanzel. »Das ist eine Tragödie, die wir vielleicht niemals verwinden können«, brachte er nur zum Abschluß seiner Rede hervor.

Mietlimousinen folgten den Leichenwagen. Eine Polizeieskorte geleitete die Wagenkolonne zum Friedhof. Langsam setzte sich der Konvoi Richtung Highway in Bewegung. Die Lichter auf den Streifenwagen flackerten stumm. Jackson saß mit Fitzhume auf dem Rücksitz der Limousine hinter dem Leichenwagen. Fitzhume hielt seine Hand und tätschelte sie leicht.

»Es tut mir so leid«, flüsterte er mit gesenktem Kopf. »Das ist mir noch nie im Leben passiert. Ich habe es kaputtgemacht. Es tut mir so aufrichtig leid, Jackson.«

»Nicht …«, sagte Jackson. Seine Stimme klang fremd und unwirklich.

»Aber es ist meine Pflicht, den Trauernden Trost zu spenden«, entgegnete Fitzhume, »ihnen zu versichern, daß die Toten in eine bessere Welt eingehen.«

»In meinem Verständnis des Universums und seiner starren Gesetze ist kaum Platz für einen Gott, der bestraft und belohnt«, sagte Jackson. »Ich kann nicht an eine bessere Welt glauben.«

Fitzhume richtete sich langsam auf. »Was haben Sie mir immer gesagt?« fragte er. »Dieser Satz von Einstein?«

Jackson seufzte. »Naturwissenschaft ohne Religion ist lahm, Religion ohne Naturwissenschaft blind.«

»Suchen Sie einen Weg, das zu begreifen, Jackson. Durch Gott oder durch Einstein.«

Fitzhumes Gesicht entspannte sich, als er diesem Gedanken nachhing. Er tupfte sich die Nase mit einem angegrauten Stofftaschentuch ab.

Jackson blickte zum Fenster hinaus und sah die neuen Einkaufszentren und Fast-food-Restaurants in der Nähe der Mall vorüberziehen. Sie hielten an einer Ampel, ein Polizist regelte den Verkehr. Dann fuhren sie an einem beschädigten Bordstein vorbei, gezeichnet von Reifenspuren. Die Wand der Bank war geschwärzt und demoliert durch den Aufprall. Fitzhume stieß einen Schrei aus. »Mein Gott! Hätten sie nicht einen anderen Weg nehmen können?« rief er und warf die Hände in die Luft.

Jackson starrte auf die Unfallstelle. Er wußte, daß man einen Umweg von fünf Meilen fahren mußte, um das Zentrum zu meiden, doch er war nicht darauf vorbereitet, den Ort zu sehen, an dem seine Familie von den gnadenlosen Bewegungsgesetzen zerstört worden war. Als die Limousine den Friedhof erreichte und durch das Tor mit der Inschrift »In alle Ewigkeit« fuhr, weinte er.

KAPITEL ELF

Eine neue wissenschaftliche Wahrheit
pflegt sich nicht in der Weise durchzusetzen,
daß ihre Gegner überzeugt werden
und sich als belehrt erklären,
sondern vielmehr dadurch,
daß die Gegner allmählich aussterben
und daß die heranwachsende Generation
von vornherein mit der Wahrheit
vertraut gemacht ist.

MAX PLANCK (1858–1947)

Jackson rang mit dem Hummer auf seinem Teller und kam zu dem Schluß, daß er wohl hungrig bleiben müsse. Er hatte Livvys Anweisungen befolgt und dem Tier den Kopf abgerissen, doch mehr wollte ihm nicht gelingen. Er widmete sich statt dessen ausgiebig dem Krautsalat.

»Sollen wir ihn verhungern lassen oder ihm helfen?« fragte Livvy Mitch. Sie saßen im Garten an einem grob gezimmerten Picknicktisch aus Hemlocktanne. Es war überraschend schnell sommerlich geworden, und die Luft war so mild, daß sie nicht im Haus bleiben mochten. Auf dem Meer spiegelte sich die untergehende Sonne, und das Licht wurde so goldfarben wie die geschmolzene Butter in dem Täßchen neben Jacksons Teller.

»Wir sollten ihm ein bißchen Nachhilfe geben«, meinte Mitch und knackte mit einer Hummerzange eine gewaltige rote Schere.

»He, ich habe so was ziemlich lange nicht mehr in der Hand gehabt«, sagte Jackson. »Laßt bitte ein bißchen Milde walten.«

»Wenn ich dir Unterricht gebe, wirst du jeden Hummer bezwingen«, erklärte Livvy.

»Sieh dich vor«, warnte Mitch. »So schnell kannst du gar nicht gucken, wie sie diese Teile zerstückelt. Da schlüpft der Hummer aus seinem Panzer wie aus 'nem Wintermantel.«
»Okay, zeig es mir«, sagte Jackson.
»Den Kopf hast du ja schon abgemacht, das ist nicht schlecht für den Anfang.« Livvy griff nach ihrem Hummer. »Schau genau zu.«
»Mach ich.« Jackson nahm seinen Hummer in die Hand. Sie brach die Scheren ab und legte sie beiseite. Dann riß sie die Schwanzflossen ab und drückte mit dem Finger das Fleisch in einer Bewegung heraus. Jackson schnitt eine Grimasse und tat es ihr gleich.
»Du darfst nicht zimperlich sein«, sagte Mitch. »Wir können dich nachher mit dem Gartenschlauch abspritzen.«
»So, jetzt nimm dir die Scheren vor.« Livvy grub nach dem zarten Fleisch in den Scheren. »Tunke das Fleisch ein bißchen in Butter, gib einen Spritzer Zitrone drauf und laß es dir schmecken.«
»Das ist alles?« sagte Jackson kauend. »Schmeckt nach Meer.«
»Diese Teile kann man auch essen«, verkündete Mitch und saugte an einem Bein.
»Man fühlt sich ziemlich räuberisch«, meinte Jackson und schwenkte eine Schere, »wenn man den Panzer so aufknackt, alles abreißt und auseinandernimmt.«
»Damit würde ich mich nicht weiter beschäftigen, Professor«, entgegnete Livvy. »Einen Hummer kann man nur verspeisen, solange man keinen Gedanken daran verschwendet, was man da eigentlich tut.«
»Und nie das grüne Zeug im Kopf anschauen«, sagte Mitch.
»Ach was.« Jackson spähte in den Kopf und verzog das Gesicht.
Zum Nachtisch hatte Livvy einen Apfelkuchen gebacken. Zu

jedem Stück gab es noch eine Kugel Vanilleeis, obgleich der Kuchen schon ziemlich buttrig war. Mit klebrigen Fingern lehnten sie sich zufrieden zurück, die Dessertschalen auf dem Schoß, und sahen zu, wie der Himmel eine ganze Palette von Violettönen annahm und die Nacht hereinbrach.

Als Livvy später das Geschirr abspülte und Jackson abtrocknete, hörte er, wie Mitch in seinen Wagen stieg und wegfuhr. Jackson sah ihm durchs Küchenfenster nach.

»Bißchen spät, um Bier zu holen«, meinte er.

»Er fährt zu seinem Vater. Er hat sich den ganzen Tag schon darauf vorbereitet«, erklärte Livvy. Sie ließ das Wasser ab und band den Müllsack mit den Hummerresten zu. »Er sagt, abends fällt es ihm leichter, weil es dann dort ruhiger ist.«

Am nächsten Morgen servierte Livvy einem Paar aus Albany, das übers Wochenende blieb, das Frühstück, dann widmete sie sich der Hausarbeit. Jackson machte sich daran, die Fensterrahmen am Haus zu streichen. Er holte die Leiter aus der Garage und breitete ein Tuch aus. Livvy schleppte einen Teppich auf die Veranda und schüttelte ihn aus.

»Du mußt das nicht alles machen, Jackson«, sagte sie.

Er öffnete mit einem Schraubenzieher eine Dose und rührte die Farbe um. »Du kannst das nicht alles sich selbst überlassen. Dann verrottet es allmählich.«

»Wenn George nicht außer Gefecht wäre ...«, begann sie.

»Ich mach's gerne«, unterbrach Jackson sie. »Außerdem habe ich so einen Grund hierzubleiben, nicht wahr?«

»Jackson«, sagte sie und trug den Teppich ins Haus.

Allein die Art, wie sie seinen Namen aussprach, war Grund genug zu bleiben. Jackson. Sein Name. Aus ihrem Mund hörte er sich an wie eine schöne Melodie, ein sanftes Lied, so tröstlich.

Er sollte eigentlich schon seit Tagen unterwegs sein. Er hätte es sich selbst leichter gemacht, wenn er nach einer Nacht aufgebrochen wäre. Livvy wußte genug von seiner Lebensgeschichte, und den Rest würde er keiner Menschenseele anvertrauen. Er hätte längst nicht mehr in ihrer Nähe sein sollen, als das Quark in Flammen aufging. Er hätte in irgendeinem Motel an der Landstraße auf seinen Versicherungsscheck warten können, in einem Zimmer mit modrigen Duschvorhängen und Brandlöchern von Zigaretten am Nachttisch. An solche Orte gehörte er. Dort sollte er sitzen, verfolgt von seiner Schuld, von seiner Tat. Statt dessen ließ er sich von Livvy trösten, unterhalten und ablenken von seinen Sünden.

Doch das war nicht alles. Er spürte es, wollte es nicht wahrhaben, aber es kam ihm wieder in den Sinn, wie auch jetzt, als sie seinen Namen aussprach. Sie hatte ihn gepackt, zog ihn mit sich zu einem Ort, der Glück verhieß. In diesen Tagen mit ihr hatte er etwas in sich wiedergefunden, und er fühlte sich, als hätte er am Strand die Schatztruhe eines Piraten entdeckt. Doch er war noch nicht bereit dazu, sich selbst die Frage zu beantworten, ob er nur bei ihr blieb, um das Alleinsein zu vermeiden, oder ob er noch andere Gründe hatte. Er hätte in vielen Städten einfach in der Menge untertauchen können.

Jackson tunkte den Pinsel in die Farbe und nahm sich die Fensterrahmen an der Veranda vor. Mit ruhigen, sicheren Strichen trug er gleichmäßig die Farbe auf. Als er fertig war, lehnte er die Leiter seitlich an die Hauswand und kletterte vorsichtig hinauf. Dann begann er mit einem kleinen Pinsel sorgfältig die Rahmen an den Eckfenstern im zweiten Stock zu streichen. Nach einer Weile stieg er die Leiter hinunter und rückte sie ans nächste Fenster.

Diese simple Arbeit erschien ihm sinnvoll. Hätte er in einer anderen Zeit gelebt, hätte er sich womöglich der Bewegung der Shaker angeschlossen und den Rest seines Lebens der Arbeit verschrieben. Tag für Tag hätte er dann mit einfachem Werkzeug Holz bearbeitet, Nistkästen für Vögel und anderes gebaut.

Vielleicht wirkte diese Arbeit so beruhigend auf ihn, weil sie ihn an sein eigenes Haus erinnerte, das Nancy und er mit so viel Liebe renoviert hatten. Er hatte ein wohliges Gefühl dabei gehabt, als er es nur mit Farbe, Kitt und stetem Einsatz für seine Familie herrichtete. Nirgendwo hatte er sich je so heimisch gefühlt wie in diesem alten Farmhaus das blaue Schieferbecken mit den Messinghähnen im Waschkeller, das Buntglasfenster, durch das farbiges Sonnenlicht auf die Hartholztreppe fiel. Doch das Gefühl, ein Heim zu haben, war mit seiner Familie gestorben.

Zuletzt hatte er das Haus verriegelt wie eine Grabstätte, und nichts anderes war es seitdem. Wenn er daran dachte, kam es ihm vor wie eine Pyramide in der Prärie. In den Schränken hing farbenfrohe Kleidung. Gewürze standen auf den Regalen in der Küche. Buntes Kinderspielzeug verrottete auf Kissen. Jahrhunderte später mochte vielleicht ein Archäologe auftauchen, einer wie Howard Garter, der in den zwanziger Jahren das Grab Tutenchamuns entdeckt und angeblich einem Fluch zum Opfer gefallen war, und das Haus durchsuchen. Doch Jackson hatte es nicht mit einem Fluch belegt. Wenn es einen Fluch gab, dann hatte er sich mit ihm auf Reisen begeben.

Levi Bloom und Pfarrer Fitzhume wußten nicht, wo er sich aufhielt. Eine Woche nachdem sein Freund verschwunden war, rief Levi bei Jacksons Mutter an, um sich zu versichern, daß Jackson nicht »tot im Straßengraben liege«. Jacksons Mutter war entsetzt gewesen ob dieser Formulierung. Jackson hatte sie von einer Truckerkneipe aus angerufen, sie beruhigt und sein Kommen angekündigt. Er fragte sich nervös, ob Levi ihm mit dieser Bemerkung etwas zu verstehen geben wollte, ob er ihm sagen wollte, daß sowohl er als auch die Polizei Bescheid wußten. Denn sie war eine präzise Umschreibung seiner Tat.

Wenn Levi Bloom wußte, was Jackson getan hatte, dann wußte es auch jeder andere in Wendell. Als Jackson das gehört hatte, fuhr er ohne zu rasten die ganze Nacht hindurch. Nach und nach hatte er sich dann entspannt und sich auf Umwegen zu seiner Mutter nach Florida begeben. Unruhig achtete er auf Straßensperren und Streifenwagen, und wenn sie bei der Verfolgung anderer Verbrecher an ihm vorbeirasten, blieb ihm fast das Herz stehen.

Jackson vernahm Stimmen unter sich auf der Veranda. Seine Leiter stand an der Hausecke, von einer buschigen Hemlocktanne verdeckt. Er hatte nicht vorgehabt zu lauschen, sondern strich gerade den Rahmen eines mit Spitzenvorhängen gesäumten Fensters im ersten Stock. Vielleicht glaubten sie, er sei in der Garage, um neue Farbe zu holen; er bekam jedenfalls das Streitgespräch zwischen Mitch und Livvy mit.

»Hör nur mal einen Moment zu«, sagte Mitch.

»Ja doch«, erwiderte Livvy. Sie klang gereizt und ungeduldig.

»Ich weiß noch, wie ich dich das erstemal zusammen mit meinem Vater gesehen habe. Ihr habt mich bei meiner Mutter abgeholt, und ich habe euch beobachtet, wie ihr über den Parkplatz kamt.«

»War das, als wir uns das Spiel der Chicago Bulls ansehen wollten?« fragte Livvy.

»Nein. Es war ein Spiel in der Innenstadt, ich weiß es noch genau. Aber ihr habt gelacht, und Dad hatte den Arm um dich gelegt. Und ich glaube, so glücklich hatte ich ihn noch nie erlebt.«

»Wir haben uns immer sehr gut verstanden.«

»Nach allem, was er durchgemacht hat, als meine Mutter ihn verließ, schien es ihm mit dir wirklich gutzugehen.«

»Wir haben selten über deine Mutter gesprochen.«

»Sei froh«, sagte er mit einem kurzen Lachen. »Aber als ich euch beide zusammen sah, dachte ich, daß ich mich wie ein Arsch aufführen könnte. Ich könnte echt sauer sein, weil mein Vater mit einer Frau zusammen ist, die nicht meine Mutter ist. Ich wußte, daß ich ihm alles verderben könnte, wenn ich wollte.«

»Wenn wir beide uns nicht verstanden hätten, wäre es auch so gekommen«, erwiderte Livvy. »Howard hat immer sehr darauf geachtet, was dir wichtig war.«

»Als ich euch an dem Tag die Tür aufmachte, hatte ich beschlossen, daß es egal war, wie es mir damit ging, solange mein Dad glücklich war. Ich würde es schon schaffen, damit klarzukommen.«

»Danke.«

»Hör mal, Livvy«, sagte Mitch. »Ich weiß, daß Dad sich wünschen würde, daß du wieder glücklich bist.«

Ein langes Schweigen entstand, und Jackson packte die Leiter fester. Er hätte zum nächsten Fenster weiterrücken können, doch er wollte die beiden nicht unterbrechen.

Schließlich sprach Mitch wieder.

»Ich will mich nicht in Dinge einmischen, die mich nichts angehen«, fuhr er fort, »aber für dich geht das Leben weiter, was das auch für dich heißen mag.«

»Mitch ...«, stöhnte sie, als könnte er sie nicht verstehen.

»Du hast dich um ihn gekümmert, als er es brauchte. Jetzt ist er versorgt und in guten Händen. Ich weiß, es wäre ihm nicht recht, wenn du für ihn dein Leben aufgibst.«

»Mitch«, sagte Livvy mit erhobener Stimme. »Das habe ich nie getan. Das Hotel hier macht viel Arbeit.«

»Du weißt, wie ich es meine.«
»Nein, weiß ich nicht«, entgegnete sie aufgebracht. »Aber ich muß mir von dir nicht anhören, daß ich mein Leben vergeude.«
»So habe ich das nicht gemeint«, sagte Mitch.
Jackson hörte, wie die Verandatür zuschlug.
»Na gut, ich werd nie mehr was sagen«, schrie Mitch.
Jackson stieg schließlich zögernd von der Leiter herunter. Mitch lümmelte in einem Sessel auf der Veranda. Er trug weiße Sportsocken und einen schäbigen roten Bademantel. Er seufzte und strich sich durchs Haar. Jackson stellte seinen Pinsel in eine Dose mit Verdünner.
»Das hab ich nun davon, wenn ich morgens den Mund aufmache, ohne vorher Kaffee zu trinken«, sagte Mitch.
»Drinnen steht eine Kanne mit frischem Kaffee«, erwiderte Jackson. »Zumindest war's heute früh um sieben so.«
»Du bist also auch ein Witzbold?«
»Ich versuche nur hilfreich zu sein.« Jackson stieg wieder auf die Leiter.
»Nun, du siehst ja, das kann hier recht gefährlich werden.«
»Man kann nur seine Gefühle äußern«, entgegnete Jackson. »Manchmal nützt es was, manchmal auch nicht.« Er bückte sich und rührte mit dem Pinsel im Verdünner. Dann arbeitete er eine Weile schweigend weiter und fragte schließlich: »Wie ging es deinem Vater gestern abend?«
Mitch seufzte. »Ich kann nur sagen: Wenn ich nicht mehr weiß, wie ich ohne fremde Hilfe essen soll, erschießt mich bitte.«
»Eine grausamere Krankheit läßt sich kaum vorstellen.«
»Als ich ihn gestern abend besucht habe, fiel mir ein, wie ich als Kind einmal krank war«, erzählte Mitch. »Ich war sechs oder sieben und hatte Fieber und Ohrenschmerzen. Es tat

höllisch weh. Als mein Vater abends nach Hause kam, schaute er nach mir, legte die Hand auf meine Stirn und zog mir die Decke zurecht, all diese netten Sachen. Dann las er mir aus der *Schatzinsel* vor. Ich war drei Tage krank, und jeden Abend, wenn er nach Hause kam, las er mir daraus vor.«

»Er scheint gewußt zu haben, was gut für dich ist«, sagte Jackson.

»Und als ich gestern abend in dem Heim die Toilette suchte, bin ich auf die Bibliothek gestoßen. Da stand *Die Schatzinsel* im Regal, und ich hab sie mitgenommen.« Mitch blickte eine Weile zum Himmel hinauf. »Ich habe ihm daraus vorgelesen. Weil er eben auch krank ist. Es kommt einem zwar immer vor, als redete man mit jemandem hinter einer Glasscheibe, aber ich glaube, es hat ihm gefallen.«

»Es hat ihm sicher etwas bedeutet. Ganz bestimmt.«

Die Farbe war ausgegangen, und Jackson war froh, daß er zur Garage gehen konnte, um sich Nachschub zu holen. Es stand ihm nicht zu, den Jungen über Kummer und Leid zu belehren. Eher konnte Mitch ihm etwas beibringen. Doch Jackson trug diesen Drang in sich. In gewisser Weise fehlten ihm seine Studenten, denen er die Welt erklären konnte.

Er nahm den Deckel von der Farbdose ab und dachte über Flüssigkeitsdynamik und Atommassen nach. Er betrachtete die schwereren Pigmentkörper, die nach unten gesunken waren, und das ölige Lösungsmittel, das obenauf schwamm, und stellte sich vor, wie die flüchtigen Bestandteile der Farbe verdampfen würden, wenn diese auf den Fensterbrettern trocknete. Die festen Bestandteile würden auf dem Holz haftenbleiben. Das alles wurde in Betracht gezogen, wenn Chemiker die Farbe in der Fabrik entwickelten.

Mit solchen Gedankenspielen beschäftigte sich Jackson einzig aus dem Grund, um sich zu beweisen, daß er die Welt begriff, obwohl das nicht der Fall war. Außerdem bestand die Arbeit der Physiker daraus, gewöhnliche Gegenstände als Summe ihrer Bestandteile zu betrachten, wenn auch auf der Ebene von Atomen. Er konnte Haushaltsgeräte zerlegen und vollständig reparieren, während er nebenbei ein Telefongespräch führte.

Doch in letzter Zeit kam es ihm vor, als ob die Wissenschaft ihn schmähen, als ob die Rationalität, die er einst so hochgeschätzt hatte, ihn im Stich lassen würde. Er fragte sich nun besorgt, ob seine analytische Liebe zu den Gesetzen des Universums nicht eine verhängnisvolle Schwäche war. In den dunklen verschlossenen Kammern seines Herzens wußte er genau, wie er die Wissenschaft benutzt hatte, um seinen Gefühlen fernzubleiben. Er hatte schon immer eine wilde, urtümliche Wut in sich gespürt, die in seinem Körper flackerte wie ein Lauffeuer. Die Verstocktheit seiner Eltern hatte diese Wut nur genährt. Doch die Physik hatte ihn in ihre dürren Arme geschlossen und seiner Neugier Nahrung gegeben in den Jahren des kalten Kriegs, in denen Spionagesatelliten abgeschossen und Atomsprengköpfe getestet und Raumfähren von Jumbo-Jets huckepack genommen wurden. Er hatte wissen wollen, wie das alles funktionierte.

Doch man widmete sich den Naturwissenschaften nicht, um sich zu zerstreuen; man mußte Antworten liefern.

Und als er die Atlantikküste erreichte, stellte Jackson fest, daß er seine Antworten künftig nicht mehr an derselben Stelle finden würde. Das griechische Alphabet der Physik würde sein Herz nicht heilen können. Früher war Plancks Konstante tröstlich für ihn gewesen oder die Tatsache, daß er in der Universität das Zyklotron einschalten und die Tau- und die Theta-Teilchen zählen konnte. Doch als er der Antworten so nötig bedurfte wie nie zuvor, hatte er dort keine gefunden.

»He«, sagte Livvy hinter ihm. Sie lachte traurig. »Ich habe gerade Betten gemacht, in denen keiner geschlafen hat. Wenn Tage und Nächte manchmal unmerklich ineinander übergehen, fühle ich mich morgens so aufgelöst, daß ich Angst habe, in den Ausguß gespült zu werden.«
Er legte den Kopf schief, sah sie an und lächelte. Er konnte nicht anders.
»Tut mir leid, vielleicht hätte ich das für mich behalten sollen«, sagte sie und zuckte mit den Schultern.
»Nein«, entgegnete er. »Ich wußte nur nie, wie man diesen Zustand beschreiben sollte. Du hast es auf den Punkt getroffen.«
»Komisch, wie man Experte dafür werden kann, seinen eigenen Wahnsinn zu beschreiben.«
»Man selbst kennt ihn am besten.«
»Komm rein, ich mache dir etwas zu essen«, sagte sie und wies mit dem Kopf Richtung Haus.
»Ich muß hier erst noch aufräumen«, erwiderte er. Als sie gegangen war, dachte er über ihre Äußerung nach. Er war kein Experte im Beschreiben seines Wahnsinns. Er hatte eine Tat begangen, die so grausam war, daß ihm schon beim Gedanken daran übel wurde. Er hatte nicht einmal angemessen um seine Familie getrauert. Er hatte gewütet. Und wenn er sich manchmal vorstellte, wie er wirkte, schämte er sich. Die Naturwissenschaften konnten ihm nicht dabei helfen, das zu verstehen. Er verstand sich selbst nicht mehr.

Nach dem Begräbnis war Jackson zu der Mietlimousine gegangen, um sich in die wohltuende Dunkelheit hinter den getönten Scheiben zu flüchten. Die Reporter verfolgten ihn. Pfarrer Fitzhume schritt neben ihm her und schlug tapfer nach den Mikrofonen wie nach lästigen Insekten. Jackson sah,

wie Levi Bloom auf ihn zueilte und dabei in sein Handy sprach. Die Presseleute schlossen sich dichter um ihn.
»Mr. Tate«, schrie eine blonde Reporterin, »wie ist Ihnen heute zumute?«
»Wie ihm heute zumute ist?« sagte Fitzhume, fassungslos ob der Dummheit der Frage. »Der Mann hat gerade seine Familie beerdigt. Er ist am Boden zerstört und einsam und wird sich nie wieder davon erholen.« Er schüttelte wütend den Kopf. »So ist ihm zumute.«
»Und wer sind Sie?« fragte ein Reporter mit Trenchcoat. Hinter ihm stand ein Kameramann, der die Szene filmte.
»Pfarrer Michael Fitzhume«, sagte er. »Sie können das ruhig wörtlich wiedergeben. Sehen Sie denn nicht, daß Mr. Tate nicht in der Verfassung ist, Fragen zu beantworten? Keiner von uns.«
Jackson fühlte sich seltsam leblos in dem Pulk von Presseleuten. Es kam ihm vor, als hätte sein Herz aufgehört zu schlagen, aber sein Körper hielt sich weiterhin aufrecht, und das Blut strömte noch immer ins Hirn. Er spürte nicht mehr, wie seine Lunge die Luft ein- und ausatmete, doch er war bei vollem Bewußtsein. Er trug seine Sonnenbrille an diesem Tag, als könnten die dunklen Gläser ihn vor neugierigen Blicken schützen.
»Was halten Sie von Polks Erklärung?« fragte ein Reporter, dessen Toupet verrutscht war.
»Erklärung?« fragte Fitzhume. »Das einzige, was der Mann tun sollte, ist, den Herrn um Vergebung bitten.« Er sah Jackson an, der unwillkürlich aufgehorcht hatte.
Levi Bloom bahnte sich plötzlich einen Weg zu Jackson, packte ihn am Arm und zog ihn mit sich. Der Pulk heftete sich an ihre Fersen.
»Verschwinden Sie«, schrie Levi.

»Für wen hält der sich?« fragte die Reporterin anklagend.
»Das ist sein Anwalt«, antwortete jemand.
»Oh! Na, den kriegen wir später noch.«
Die Wagen standen an einer Wegkreuzung auf dem Friedhof, die mit einem schmiedeeisernen Schild markiert war. Levi öffnete die Tür und ließ Jackson den Vortritt.
»Was ist da los?« fragte Jackson, als Levi neben ihm saß.
»Es ist heute morgen passiert«, sagte er. »Ich hab es gerade vom Staatsanwalt gehört.«
»Was?« fragte Jackson drängend. Er nahm seine Sonnenbrille ab und behielt sie in der Hand.
»Polk hat sich für unschuldig erklärt«, antwortete Levi. Er konnte es ihm nicht schonender beibringen. »Er hat keine Vorstrafen, also hat ihn der Richter auf Bewährung rausgelassen. Er ist frei, Jackson.«
»Unschuldig?« sagte Jackson fassungslos. »Aber er war am Unfallort. Die Polizei hat ihn aus dem Wagen gezerrt. Sie haben eine leere Flasche Kaffeelikör neben ihm gefunden.«
»Er behauptet, daß er manchmal Getränke ausliefert.« Levi schüttelte den Kopf. »Ich hätte es mir denken müssen, Jackson. Das ist nicht der übliche ...«
»Er wird damit davonkommen, oder?« fragte Jackson und sah Levi an. Seine Stimme klang erstickt vor ohnmächtiger Wut, und er fühlte sich, als zöge sich eine Schlinge um seinen Hals zu. »Er wird einfach davonspazieren.«
»Das wird er nicht, Jackson«, sagte Levi. »Wir haben den Prozeß noch vor uns. Es gibt reichlich Beweise gegen ihn. Und dann reichen wir eine Zivilklage ein und holen uns sein Geld.«
»Ich will sein Geld nicht!« schrie Jackson. Er zerbrach seine Sonnenbrille und warf die Stücke auf den Boden. »Verdammt!«

Er ging abends nicht zu dem Treffen, das Pfarrer Fitzhume im Keller der Kirche anberaumt hatte, sondern gleich nach Hause. Ein handgeschriebenes Plakat war an die Tür geheftet. Auf der Schwelle lagen Blumensträuße, drei kleine Teddybären und eine Barbie-Puppe, starr wie eine Leiche. »Du fehlst uns, Nathan«, hatte jemand mit dickem rotem Filzstift auf das Plakat geschrieben. Nathans Klassenkameraden hatten alle fein säuberlich ihren Namen daruntergesetzt.
Jackson schwankte. Einen Augenblick dachte er, er würde in Ohnmacht fallen. Er hielt seine Schlüssel in der Hand wie ein Messer. Blinde Wut packte ihn. Er hatte darauf bestanden, alleine nach Hause zu gehen, er wollte nicht behandelt werden wie ein kleines Kind. Doch in diesem Moment wurde ihm klar, wie wenig er sich selbst einschätzen konnte. Er hob den Arm und zerschlitzte das Plakat mit einer einzigen brutalen Handbewegung.

KAPITEL ZWÖLF

Meine Gedanken sind nicht so beschaffen,

daß es mir möglich wäre,

die dunklen Bereiche menschlicher

Gefühle zu ergründen.

Nach ALBERT EINSTEIN (1879–1955)

Als Jackson an diesem Abend die Deckel auf die Farbdosen drückte, kam Livvy in die Garage. In dem grellgelben Licht sah ihr Gesicht grau aus. Sie wirkte beunruhigt und angespannt.
»Könntest du mir helfen?« fragte sie.
Er grinste und wischte sich die Hände an einem mit Verdünner getränkten Lappen ab. Er half ihr bereits den ganzen Tag und hatte nur einmal Pause gemacht, um ein Sandwich mit Thunfisch-Salat zu essen.
Sie lächelte matt, weil sie wußte, was er meinte, und sagte: »Es geht um Mitch.«
Der Junge hockte in seinem Auto. Die Fenster waren geschlossen, der Motor lief, das Licht war eingeschaltet, und Mitch saß starr auf dem Fahrersitz. Der Motor surrte wie eine Horde Insekten auf einer Sommerwiese. Jackson klopfte ans Fenster, und sein schlichter Ehering, den er nie abgelegt hatte, klickte an der Scheibe. Livvy stand auf der Veranda und blickte zu ihnen herüber. »Mitch?« rief Jackson und klopfte noch einmal.
»Ja?« antwortete er schließlich.
»Alles in Ordnung?«
»Wenn ich so drauf bin, weiß ich, daß ich abhauen muß«, sagte Mitch.

»Willst du reden?«
»Hab ich früher schon probiert. Nützt nichts.« Livvy kam herüber. Mitch stieg bei laufendem Motor aus. Er lehnte sich an die Kühlerhaube und schlang die Arme um sich.
»Tut mir leid, Livvy. Ich muß weg.«
»Ich weiß. Das macht nichts.«
Sie gingen über den abendlich feuchten Rasen zur Veranda, auf die Schieferplatten tretend, die ins Gras eingelassen waren. Livvy legte Mitch den Arm um die Schultern, wie um ihm zu versichern, daß sie ihn verstand. Mitch ging hinein und holte seine Sachen, Jackson und Livvy warteten auf der Veranda.
»Es ist besser, wenn ich nicht versuche, ihn zu halten«, sagte Livvy. »Howard ist mein Mann, aber für Mitch ... ist es noch schlimmer.«
Als er wieder herauskam, brachten sie ihn zum Wagen. Er warf seine Tasche auf den Beifahrersitz. Jackson legte die Hand aufs Dach des neuen Chevy Nova.
»Willst du wirklich so spät abends noch losfahren?« fragte Jackson. »Du könntest morgen früh ...«
Mitch starrte ihn an, als wollte er ihn hypnotisieren. Er schüttelte den Kopf. »Ich muß los.« Dann sah er Livvy an. »Auf irgendeine verdrehte Weise sind wir wohl Verwandte.«
»Nicht auf irgendeine verdrehte Weise«, erwiderte sie. »Wir sind Verwandte.«
Mitch beugte sich unvermittelt vor und schlang seine dürren Arme um sie. »Tut mir leid, wenn ich heute morgen zu weit gegangen bin. Ich wollte nur ...«
»Ich weiß«, flüsterte sie an seinem Hals und klopfte ihm auf den Rücken. »Laß es dir gutgehen. Und ruf mich an.«
Er löste sich von ihr und stieg ein. Dann gab er Jackson durchs Fenster die Hand. »Danke der Nachfrage.«
Der Wagen rollte die Auffahrt hinunter. Livvy winkte ihm

nach. Die Rücklichter glühten rot im Abendnebel. Jackson blieb neben ihr stehen, bis die Lichter in der Dunkelheit verschwunden waren. »Er kann wegfahren«, sagte sie leise. »Sosehr es ihn auch schmerzt, er kehrt zu seinem eigenen Leben zurück. Das ist seine Aufgabe als Howards Sohn. Weiterzumachen. Sein eigenes Leben zu leben.«

»Und was ist deine Aufgabe?«

Sie schlang die Arme um sich und schüttelte den Kopf.

Jackson sah sie an und wußte, welchen Regeln sie sich unterwarf. Er blickte sie an und sah sich selbst in ihr.

Er hatte sich stets an den unabänderlichen Gesetzen der Physik orientiert. Seine Aufmerksamkeit hatte der unsichtbaren Welt der subatomaren Teilchen gegolten. Er fühlte sich noch immer schuldig, weil er so viele Stunden im Labor mit Experimenten statt mit seiner Familie verbracht hatte. Er hatte nicht an so vielen Abenden erst heimkehren wollen, wenn schon alle schliefen, den Kopf voller Formeln. Und doch war es so gekommen. Aber wofür? Um ein winziges angeregtes Teilchen aufzuspüren, das über eine Fotoplatte sauste wie ein tollwütiger Floh. Damals ahnte er nicht, wie rasch seine Familie verschwinden würde im Äther wie jene seltenen radioaktiven Teilchen, die schneller zerfallen, als das Herz schlägt. Manche Elemente konnten nur im hochgeschützten Vakuum eines Labors existieren. Es schien, als würden sie ideale Bedingungen benötigen, damit sie ihre Spur auf den silbernitratbeschichteten Platten hinterließen. Er brachte Monate mit Forschung und dem Verfassen von wissenschaftlichen Artikeln zu, in denen er beschrieb, wie man ein Teilchen derart anregen konnte. Er versuchte etwas zu beweisen, was 99,9 Prozent der Bevölkerung völlig einerlei war. Er verspürte einfach den Drang, die Dinge auf ihre elementaren Bestandteile zu reduzieren. Er hatte seine Studenten stets angehalten, über diese kleinen unerfaßbaren Teilchen nachzudenken, denn aus ihnen bestand das große Ganze. Zwei Körper bewegen sich durch den Raum, ihre Wege kreuzen sich, und dann kreisen sie weiter auf ihren Bahnen. Doch für sich selbst konnte er keine Formel entwerfen, um einen Weg vorzugeben: Er war auf die Gesetzmäßigkeiten der Natur angewiesen.

Von Einstein, dem Humanisten, abgesehen, wurden die meisten Physiker von den Menschen nicht mit Wohlwollen betrachtet. Das hatte man Filmfiguren zu verdanken, die lastwagengroße Insekten erzeugten, und dem Physiker J. R. Oppenheimer, den die Auswirkungen der Bombe, an deren Entwicklung er ab 1943 beteiligt war, so erschreckten, daß er sich selbst mit Schiwa, dem hinduistischen Gott der Zerstörung, verglich. Doch der normale Physiker hatte kein Interesse an der Zerstörung der Welt, sondern lediglich an der Erforschung subatomarer Erscheinungen.

Und wie berechnet ein Physiker seine Gefühle? Emotionen sind ebenso unsichtbar wie Atome, doch man kann sie nicht trennen, zentrifugieren oder ihre Bestandteile mit größter Geschwindigkeit durch den Raum schießen. Jackson kam sich vor, als wäre er in einer schwindelerregenden Gleichung eingeschlossen, als würde er quadriert, hoch drei genommen und in die zehnte Potenz erhoben. Vielleicht würde er niemals eine Antwort finden.

Die Welt war auch schon voll von Fakten, von den Ergebnissen jahrhundertelanger inspirierter Eingebungen und zufälliger Beobachtungen. Überall kamen Gesetze zum Tragen. Wasser gefriert bei null Grad und kocht bei hundert. Die Lichtgeschwindigkeit beträgt dreihunderttausend Stundenkilometer, und die Menschen, die man liebt, werden irgendwann sterben.

Livvy seufzte neben ihm im Dunkeln und wandte sich ab. Langsam stieg sie die Treppe zur Veranda hinauf. Er lauschte ihrem schweren müden Schritt. Als im Haus das Licht anging, erschien ihr Profil im Fenster. Sie sah schrecklich einsam aus.

KAPITEL DREIZEHN

Die Gravitationskraft zwischen zwei Körpern
ist dem Produkt ihrer Massen
und dem Quadrat ihres Abstandes
indirekt proportional.

NEWTONSCHES GRAVITATIONSGESETZ

Livvy war schweigsam beim Frühstück, und auch Jackson zeigte sich kaum gesprächiger. Sie einigten sich lediglich darauf, daß sie zusammen spazierengehen wollten. Livvy schien diese Aussicht aufzumuntern, und obwohl Jackson gerade ein reichhaltiges Omelett und eine doppelte Portion warmer Muffins verspeist hatte, machte sie ihnen rasch ein Picknick zurecht, während er sich nach oben begab, um seine Wanderschuhe anzuziehen.

Am Südende des Strands führte ein schmaler Pfad zwischen blühenden Büschen, die sich vor dem Wind duckten, auf die Klippen hinauf. Jackson folgte Livvy. Der Weg stieg steil an, und sie mußten sich an knorrigen Wurzeln festhalten, die aus der Erde aufragten. Auf dem Festland erblickten sie immer wieder stattliche alte Villen mit prachtvollem Holzschnitzwerk inmitten großer, von knospenden Hecken umgebenen Gärten.

Klar und grün wogte das Meer am Fuße der Klippen, und Brecher schlugen auf die mit Algen bewachsenen Felsen. Die Wellen rollten heran, zogen sich langsam wieder zurück und hinterließen kleine Teiche in den Felsenkuhlen. Ab und zu blieb Livvy stehen und blickte übers Meer. Dann ging sie weiter und hielt nur an, um ihm hier und da etwas zu zeigen.

An einer von Wind und Wetter klein gehaltenen Hemlocktanne, unter der grüne Pflanzen wuchsen, bückte sich Livvy, strich mit den Fingern über die Blätter und pflückte eine winzige hellrote Beere.
»Eine Teebeere, noch nicht zu weich«, sagte sie und reichte sie ihm. »Magst du? Ein zähes kleines Ding, hat den ganzen Winter überstanden.«
Jackson steckte die Beere in den Mund und kaute. »Wintergrün?«
»Schmeckt mild, oder?«
»Ja.« Jackson nickte. »Der Geschmack erinnert mich an den Geruch dieser Wachslippen, mit denen die Kinder immer an Halloween herumliefen.«
Ein Schatten fiel über ihr Gesicht.
»Tut mir leid«, sagte er rasch. »Ich wollte nicht …«
Sie fiel ihm ins Wort. »Nein, mir tut es leid. Ich wollte nicht an deine Erinnerungen rühren.«
Er seufzte. »Die sind überall. Man sollte meinen, daß es an einem unbekannten Ort nicht so wäre. Aber das ändert nichts.«
»Ich weiß.«
»Ich weiß, daß du das weißt, Livvy.« Er sah sie an, doch sie wandte den Blick ab und schaute hinaus auf den wogenden Ozean. Die Bewegung der Wellen spiegelte sich in ihren Augen.
Wieso hatte er angenommen, daß ein Spaziergang am Meer sie von ihrer Stimmung, ihrer Vergangenheit, ihrem Leid befreien könnte? »Weiter geht's«, sagte er leichthin und berührte sie an der Schulter.
Livvy schritt voran. Er blickte auf ihren Rücken. Sie hatte darauf bestanden, den Rucksack mit dem Picknick zu tragen, und hatte zweimal nach seiner Hand geschlagen, als er ihn ihr

abnehmen wollte. An diesem steilen Weg schien sie, schmal und grazil, wie sie war, einem solchen Gewicht nicht gewachsen zu sein. Ihre Handgelenke und ihre Knöchel waren so dünn. Doch sie atmete nicht einmal schwer.

Er wußte, daß Livvy nur zart aussah. Er hatte begriffen, daß sie vom gleichen Schlag war wie jene Frauen, deren von Moos überwachsene Gräber man an allen Straßen Neuenglands fand, jenen Elizabeth Morgans und Hannah Libbys und Charity Mathers, die ebenso viele Kinder zu Grabe trugen wie sie gebaren, die einem launischen und unbarmherzigen Gott huldigten und ihre Männer an jenen tosenden Ozean verloren. Der Name Olivia Faraday hätte sich würdig ausgenommen an ihrer Seite, in Granit eingeritzt. Zäh und beständig.

Nachdem sie eine Weile gegangen waren, kam die Küste im Norden in Sicht. »Schau, von hier aus kannst du Edison Light sehen.« Sie wies auf einen entfernten Felsvorsprung auf einer Landzunge. Dort zeichnete sich ein weißer Leuchtturm gegen den Himmel ab. »Das ist einer der meist fotografierten Leuchttürme der Welt.«

»Du hast deine Reiseprospekte aber genau gelesen.«

»Wenn du magst, können wir mal dort hinfahren«, meinte sie. »Ein geschichtsträchtiger Ort.« Sie versuchte ihn beiläufig anzusehen, während sie sprach, doch es wollte ihr nicht gelingen. Statt dessen betrachtete sie eingehend den Leuchtturm.

»Ah ja?« sagte er und fragte sich, was sie voneinander erwarteten. Wieviel Zerstreuung? Wie lange? Was bezweckten sie beide?

»Ich wollte dir etwas zeigen.« Sie rückte den Rucksack zurecht, der auf ihren schmalen Schultern zunehmend schwerer aussah.

»Laß mich den Rucksack nehmen. Ich bin jetzt dran.«

»Sei nicht so ritterlich, Jackson. Genieße lieber die Aussicht.«
»Das tue ich ja.«
Sie lachte. »Nein. Du denkst bestimmt über die Wirkung des Lichts auf das Meerwasser oder über den Zusammenhang zwischen Mond und Gezeiten nach. Ich möchte aber, daß du einfach nur schaust. Die Schönheit wahrnimmst.«
»Ich kann auf mehreren Ebenen genießen«, entgegnete er und blickte ihr in die Augen.
Sie errötete. »Gehen wir weiter«, sagte sie.
Sie umrundeten die Spitze des Kliffs und erblickten eine felsige Sandbank, die sich ins Meer erstreckte. An den Felsen lehnten der verfaulende Rumpf und die Masten eines kleinen Schiffs. Die Wellen schäumten weiß, als sie über das Wrack hereinbrachen. »In der nebligen Nacht, in der dieses Schiff aufgelaufen ist, sind acht Männer ums Leben gekommen«, erzählte sie. »Überall an der Küste liegen Wracks. Manchmal vermag bei Stürmen nicht einmal der Leuchtturm etwas auszurichten. Man kann ja nichts machen, wenn man vom Wind irgendwohin getrieben wird.« Sie sah ihn an und strich sich eine Haarsträhne hinters Ohr.
»Nein, man kann sich nur treiben lassen«, entgegnete Jackson.
Sie betrachtete ihn. »Was soll ich bloß mit dir machen?« sagte sie unvermittelt und warf die Arme in die Luft. »Oder ohne dich?«
Er blickte sie erstaunt an, und sie sahen sich lange in die Augen. Er hatte sich daran gewöhnt, daß sie sich niemals direkt ausdrückten, daß ihre Sätze immer geheime Botschaften enthielten, doppeldeutig waren. »Das könnte ich dich auch fragen.«
Sie nickte. »Stimmt.« Dann blickte sie zu dem Wrack hinüber. »Gehen wir behutsam miteinander um?«

»Nein«, antwortete er. »Aber das Leben tut das auch nicht, oder?«
»Nein.«
Jackson wollte ihr den Arm um die Taille legen, sie an sich ziehen, damit er seine Gedanken, seine widerstreitenden Gefühle in ihrem duftenden Haar, ihrer warmen weichen Haut verbergen konnte. Er spürte, daß auch sie es wollte, doch sein Arm rührte sich nicht, sosehr er ihm auch zuredete. Der Wind umtoste sie, zerrte an ihren Kleidern.
»Meinst du, wünschen und beten ist das gleiche, Jackson?« fragte sie.
»Manchmal.« Er sah aufs Meer hinaus. »In beiden Fällen konzentriert man sich sehr stark auf ein bestimmtes ...«
Sie fiel ihm ins Wort. »Manchmal wünsche ich mir etwas so heftig, daß mir ganz schwindlig wird, daß mein Blut pocht und meine Ohren hämmern und ich bunte Farben sehe.«
»Ich wünsche mir nichts mehr«, sagte er leise. »Das habe ich aufgegeben.«
»Das glaube ich nicht.« Sie blickte ihn finster an. »Sonst wärst du heute nicht hier. Mit mir. Es hat durchaus mit Wünschen zu tun, daß wir jetzt zusammen auf diesem Kliff sind.«
Er sah einer Welle zu, die heranrollte, sich dann aufbäumte, überschlug und weiß aufbrandete. »Du hast recht. Aber ich nenne das nicht wünschen, sondern hoffen.«
Sie nickte.
»Man versucht zu glauben, daß die Zukunft vielleicht doch besser sein könnte als die Vergangenheit, daß sich tatsächlich etwas zum Guten wenden könnte.«
»Der erste Stern am Abendhimmel, Sternschnuppen und dreimal auf Holz klopfen«, sagte sie. »Ich glaube an all das. Ich weiß nicht, warum, aber ich habe dann das Gefühl, daß ich

doch eine gewisse Macht habe, wenn sie auch klein ist. Du hältst das wahrscheinlich für Spinnerei. Mit Wissenschaft hat es jedenfalls nichts zu tun.«
»Nein«, erwiderte er. »Ich wünschte, mir wäre das ebenfalls gegeben. Daß ich glauben, wünschen, beten oder hoffen könnte, wie du es auch nennen willst. Doch es hat tatsächlich etwas mit Wissenschaft zu tun. Menschen, die religiös sind und beten, leben länger, heißt es. Schaden kann es jedenfalls nicht.«
»Manchmal weiß ich nur nicht, ob ich mir das Richtige wünsche«, sagte sie.
Er führte sie zu ein paar Felsen unterhalb des Wegs, und sie setzten sich. Livvy umschlang die Knie mit den Armen. Er streckte die Beine aus und lehnte sich zurück. Der schartige Felsen fühlte sich rauh, warm und fest unter den Händen an.
»Ich brauchte das«, sagte er. »Ich bin durchs Land gefahren, habe mir Fragen gestellt und mir Antworten gegeben, soweit ich welche finden konnte. Doch keine hat mich befriedigt. Wie auch?«
»Wie auch?« wiederholte sie bekräftigend.
»Und mir geht es nicht darum, bei dir Antworten zu finden, Livvy. Das erwarte ich nicht von dir. Es ist nur schön, sich in Gesellschaft eines Menschen zu befinden, der sich die gleichen Fragen stellt, das gleiche sucht und sich auch bemüht, irgendwie den Schmerz zu überwinden.«
Sie nickte.
»Wir werden voneinander angezogen, wie Atomkerne Elektronen anziehen. Daraus resultiert ein Gleichgewicht wie die Schwerkraftwirkung, die den Mond an die Erde bindet.«
»Chemie, meinst du?« sagte sie und sah ihn unvermittelt an.
Er grinste und nickte, zu dem zerfallenden Wrack hinüberschauend. Das Meer holte sich das Holz, Stück für Stück, und

Salz und Wind zerfraßen die hohen Masten. Irgendwann würde das Schiff nicht mehr dasein. Von Generation zu Generation würde die Erinnerung schwinden, bis das Schiff nur noch auf vergilbten Zeitungsausschnitten in Bibliotheken und Vermerken in alten Büchern fortbestehen würde.
»Ich dachte, Livvy ...«, sagte er so leise, daß sie sich zu ihm beugen mußte, um ihn zu verstehen. »Ich dachte, ich sei mit ihnen gestorben. Und nun spüre ich zum erstenmal Regungen in mir, die sich sehr lebendig anfühlen.« Er wollte sie an sich ziehen, doch wieder rührte er sich nicht, und der Wind strich über sein Gesicht.
»Ein Teil von mir empfindet auch so«, entgegnete sie. Tränen standen ihr in den Augen, vielleicht durch den kühlen Wind. »Aber ich fürchte, was zwischen uns geschieht oder sich andeutet, ist ziemlich verrückt. Nach allem, was du durchgemacht hast, was ich durchmache. Ich fürchte, wir sind nicht ganz richtig im Kopf.«
»Oder hoffen oder wünschen nicht richtig?«
»Was auch immer.«
»Was es auch sein mag, es ist nichts Falsches. Ich habe seit langer, langer Zeit keine positiven Gefühle mehr gehabt. Und nun fühle ich dich.« Er sah sie so lange von der Seite an, bis sie sich ihm zuwandte.
Sie nickte. »Aber ich kann meine Gefühle nicht benennen, Jackson, ich bin nicht sicher, ob sie gut für mich sind. Oder für dich. Und du kannst sie nicht in ein Reagenzglas stecken und untersuchen.«
Er lachte. »Das macht nichts. Es ließe sich ohnehin nicht analysieren.«
Sie waren zusammen und sprachen darüber, offenbarten sich. Das war schon genug. Er legte seine Hand auf die ihre, und sie öffnete sie ihm, berührte seine Handfläche. Ihre Finger

verflochten sich. Und so saßen sie lange, sahen nur den Wellen zu, die an den Strand schwappten, das Wrack und die Felsen mit Gischt umspülten und sich wieder zurückzogen. Sie beobachteten die Möwen, wie sie im Wind segelten und sich aufs Meer stürzten.

Als sie schließlich sprach, übertönte das Rauschen der Wellen fast ihre Stimme. Er war nicht einmal sicher, daß sie mit ihm sprach und nicht einfach nur laut betete, fragte, um Antworten flehte. »Muß ich auf mein Leben verzichten, weil mein Mann das seine nicht mehr leben kann?« Sie klang, als würde sie die Antwort bereits kennen, als wüßte sie um ihre eigene traurige Wahrheit.

KAPITEL VIERZEHN

Die Naturgesetze und die Lichtgeschwindigkeit
bleiben unverändert in allen Bezugssystemen,
in denen sich Korper gleichförmig und gradlinig bewegen.
Bewegung ist immer relativ, und Zeit, Raum und Masse
können nur relativ zum Beobachter gemessen werden.

EINSTEINS SPEZIELLE RELATIVITÄTSTHEORIE

Ein weißglühender Sonnenstrahl weckte Jackson am nächsten Morgen, und als er die Augen aufschlug, galt sein erster Gedanke Livvy. Er wollte sich wieder mit ihr unterhalten, die ganze Küste entlangwandern, von Klippe zu Klippe. Er wollte so oft mit ihr dort umherstreifen, bis sie jeden einzelnen Teebeerstrauch kannten. Sie konnten sich Proviantpakete mitnehmen und Limonade in Thermoskannen. Er stellte sich vor, wie sie gemeinsam ihre Tage gestalteten und auch die Jahre. Sie würden in alten Buchläden stöbern und an Regentagen ins Kino gehen. Sie würden zusammen durchs Land reisen oder mit Mountainbikes den alten Santa Fe Trail abfahren. Das hatte er schon lange vor. Sie könnten im Hafen von Rockpoint mit einem der alten Schoner in See stechen, die außer der Mannschaft noch acht Passagiere zu beherbergen vermochten. Oder mit dem Kajak zu allen Wracks vor der Küste paddeln. Oder einfach nur zu Hause sitzen und zusehen, wie ihre Haare allmählich grau wurden. Livvy stand jetzt vielleicht in der Küche am Herd und machte Frühstück, und am liebsten wäre er zu ihr gegangen, hätte von hinten die Arme um sie geschlungen, ihren Hals geküßt und an ihrem Ohr geknabbert.

Doch das Bild verflog im Nu. Es kam ihm vor, als bliebe sein Herz stehen. Was war mit Nancy? Und den Kindern? Hatte er sie schon vergessen? Hatte er vergessen, was er getan hatte, um sie zu rächen? Er sank zurück in die Kissen. Er fühlte sich fiebrig und schämte sich der Kühnheit seiner Gedanken. Das Blut schien ihm in den Adern zu stocken, zäh und klumpig.
Er versuchte sich Nancys Gesicht vorzustellen und geriet fast in Panik, als er nur Livvy vor sich sah. Sie vernebelte sein Hirn wie dichter Weihrauch. Es kam ihm vor, als erstickte er.
Er ging zum Fenster, riß es auf und atmete tief die salzige frische Meeresluft ein. Die Sonne stand noch niedrig am Himmel, und der Ozean erstreckte sich schimmernd zum Horizont. Das Gras schillerte so grün wie nur am frühen Morgen, in einen Hauch von Gold gehüllt. Im Blumengarten stand Livvy, über ein Beet gebeugt, und setzte Pflanzen. Ihre Bewegungen waren ruhig und konzentriert; dann hielt sie plötzlich inne, schien seinen Blick zu spüren. Sie schaute über die Schulter zurück und lächelte, als sie ihn tatsächlich sah. »Guten Morgen«, rief sie.
Jackson winkte. Er fühlte sich seltsam losgelöst von sich selbst. »Guten Morgen«, sagte er.
Sie blickte ihn fragend an. Doch er winkte ihr nur noch einmal beruhigend zu und trat vom Fenster zurück. Als er einen Moment später erneut hinaussah, hatte sie sich wieder ihren Pflanzen zugewendet.
Er mußte weg. Er hatte sich da auf etwas Unsinniges eingelassen. Was Livvy gestern gesagt hatte, war zutreffend. Sie gingen nicht behutsam miteinander um, waren dazu nicht in der Lage. Das Leid hatte ihrer beider Verstand so verwüstet wie seinerzeit die große Flut das Haus eines Kollegen in Illinois. Vorher waren da die glatten honigfarben schimmern-

den Kiefernholzböden gewesen, dann kam das Wasser, und als es endlich verschwand, war das Holz unter der zurückgebliebenen Schlammschicht dunkel und verquollen, als wollte es die Form der Wellen wiedergeben, die es unter sich begraben und für immer verändert hatten.
Jackson glaubte, daß auch sein Herz für immer verquollen war. Er konnte beweisen, daß es böse geworden war, zwielichtig und mordgierig. Er durfte sich Livvy nicht aufbürden. Was er sich auch wünschte und erhoffte, sie durfte sich nicht weiter einlassen auf einen Menschen, der einer Tat fähig war, wie er sie begangen hatte. Er mußte das verhindern.
Er war hier ins Hotel gekommen, um zu übernachten und ein paar Worte zu wechseln, doch er war nicht darauf gefaßt, daß dieser Aufenthalt sein Leben verändern würde. Wenn er Livvy schonen wollte, mußte er verschwinden. Er hatte die Erinnerung an seine Familie sorgfältig geschürt wie ein Feuer. Er hatte sie mit sich getragen wie Nomaden die Glut, die sie immer wieder behutsam zum Leben erwecken, damit das Feuer wiederum sie am Leben erhält. Nur Jackson konnte diese Erinnerungen bewahren, und wenn er sie auch nur einen Moment nicht behütete, gingen sie ihm vielleicht für immer verloren, verwandelten sich in kalte graue Asche.
Das Auto, dachte er. Fliehen.
Doch dann wurde ihm bewußt, daß er kein Quark mehr hatte. Er zog sich rasch an und begab sich hinunter. Auf der Veranda blieb er stehen. Livvy blickte zu ihm auf.
»Drinnen ist Kaffee«, sagte sie.
»Danke. Ich muß rasch in die Stadt.«
»Soll ich dich fahren?«
»Nein, danke, ich gehe gerne zu Fuß«, antwortete er. »Ich will mich nach einem neuen Wagen umsehen.« Er mußte es tun, und er hoffte, daß sie ihn verstehen würde. Ja, sie konnte

ihn eher begreifen als andere, denn sie wußte um den gnadenlosen Schmerz, der nicht milder werden wollte.

»Einen neuen Wagen«, sagte sie und versuchte sich ihre Überraschung nicht anmerken zu lassen. Auch ihre Verletztheit?

Er wandte sich schnell ab und machte sich auf den Weg, sich nicht lange mit Verabschiedungen aufhaltend. Er überließ sie ihrem Garten. Violette Lupinen begannen dort zu blühen sowie Akelei und Tulpen. Sie hatte ihm die Beete gezeigt, die sie in dem sonnigen Vorgarten angelegt hatte, die vielen Pflanzen, die sie gesetzt hatte. Der Garten habe sie in den letzten Jahren am Leben erhalten, hatte sie ihm gesagt. »Etwas anzupflanzen hat mit morgen, nicht mit gestern zu tun«, hatte sie erklärt. Wenn sie mit den Händen in der Erde grub, für einen grünen Sämling ein Plätzchen suchte, an dem er Wurzeln schlagen und gedeihen konnte, dann dachte sie an den nächsten Frühling, den nächsten Sommer, eine bessere Zeit vielleicht. In diesen Momenten konnte sie vergessen, daß Howard seinen Pyjama mit der Innenseite nach außen trug und sein Gesicht stopplig war, weil er nicht mehr wußte, wie man sich rasiert. In ihrem Garten konnte sie sich selbst vergessen.

Jackson kam an all ihren keimenden Hoffnungen vorbei, als er zur Straße ging, dem Abschied entgegen. Flammenblumen blühten rot und rosa neben kleinen Gruppen von fuchsienroten Zwerglupinen und zarten kleinen Blumen mit winzigen blaßblauen Blüten. Er wollte sie nach dem Namen dieser Blumen fragen, wenn er zurückkam.

Sie würden nur über zarte blaue Blumen sprechen, über die richtige Methode, ein Ei zu kochen, über die Wolken am Horizont und das Wetter, das sie wohl bringen mochten. Er würde ihr seine Karte zeigen und sie fragen, wie er am besten nach Kanada käme, zu den Inseln vor der Küste, in eine andere Gegend. Sie würden nicht mehr über Wünsche, Hoffnungen oder Gebete reden. Er würde sich ans Steuer setzen und einem neuen Tag entgegenfahren. Sie würde sich bücken und etwas pflanzen, das zum Erblühen kam, wenn ein neuer Tag begann.

Als er die Küstenstraße entlangging, überlegte er, wieviel Geld er noch auf der Bank hatte. Er konnte sich einen neuen Wagen kaufen, ohne den Scheck von der Versicherung abzuwarten. Für das alte Quark würde er ohnehin nicht mehr viel bekommen. Es würde kein großer Scheck sein wie dieser andere. Mit dem Scheck von der Lebensversicherung brauchte er lange nicht mehr zu arbeiten. Doch er entschädigte ihn für nichts. Als er nach dem Begräbnis die Summe erhalten hatte, zahlte er sie auf ihr ehemaliges gemeinsames Konto ein, und nun wurde das Geld immer weniger, wie der Sand in einer Eieruhr.

In der Autowerkstatt klopfte er ein letztes Mal auf die Fahrertür des Quark, um sich zu verabschieden.

»Ich glaube, der ist reif für die Schrottpresse«, sagte Sammy, der Besitzer der Werkstatt. Er stieß ein rauhes, trockenes Lachen aus. »Der ist nix mehr wert, nicht mal mehr zum Ausschlachten.«

»Als er noch fuhr, war er ein guter Wagen«, sagte Jackson. Er zog die blaue Plane wieder über das Quark wie ein Leichentuch.

»Sie könnten den Rückspiegel als Souvenir mitnehmen«, meinte Sammy und zwinkerte.

»Schon gut, ich hab ja meine Erinnerungen«, entgegnete Jackson grinsend.

Sammy lachte brüllend. Als er sich beruhigt hatte, steckte er die Zigarette ein, die in seinem Mundwinkel hing. Er mußte

das Feuerzeug mit beiden Händen halten, um sein Zittern in den Griff zu bekommen.
»Ich werd die Schrottfirma anrufen, die holen ihn heut mittag«, sagte er und stieß eine Qualmwolke aus wie ein brennender Motor. Er hustete, kaute an etwas herum und schluckte. »Und was machen Sie nun?«
»Ich weiß nicht recht«, antwortete Jackson. »Deshalb bin ich zu Ihnen gekommen.«
»Ich zeig Ihnen mal, was ich nebenan so alles habe.«
Jackson ging mit Sammy zu einem kleinen Parkplatz neben der Werkstatt. Am Hintereingang zum Fischmarkt standen fünf Autos. Von der Straße aus konnte man die rot-weißblauen Fähnchen an den Antennen sehen, die im Wind flatterten.
»Was brauchen Sie?«
»Ich habe mir noch keine Gedanken gemacht«, sagte Jackson. Möwen kreischten über ihnen und landeten auf dem offenen Müllcontainer hinter dem Fischmarkt.
»Eine Limousine oder einen Sportwagen?« erkundigte sich Sammy, ganz der versierte Autohändler. Daß weder Limousinen noch Sportwagen vorhanden waren, schien keine Rolle zu spielen. Zur Auswahl standen jedoch drei unterschiedlich große Pick-ups, ein gelber Camaro mit einer eingedrückten Fahrertür und ein Kipper.
Jackson begutachtete zuerst den Camaro, bei dessen Anblick ihm ein Schauer über den Rücken lief. Jemand mußte mit dem Kopf an die Windschutzscheibe geprallt sein, denn sie war gesplittert. An der Tür haftete noch der blaue Lack des Wagens, der mit dem Camaro zusammengestoßen war.
»Kaum gefahren, guter Motor«, sagte Sammy. »Die Blechschäden würd ich für Sie ausbessern.«
»Es bringt bestimmt Pech, einen Wagen zu fahren, der in

einen Unfall verwickelt war«, erwiderte Jackson. »Außerdem bin ich nicht der Typ für einen Camaro.«
Sammy lachte rasselnd. »Ich weiß, was Sie meinen.«
Jackson stieg in den weißen Ford Pick-up. Das Führerhaus war geräumig und verfügte über einen Klappsitz, wo er seine Fotoalben und seinen Zeichenblock aufbewahren konnte. Die Ladefläche hatte eine graue Haube mit Rauchglasfenstern.
»Wieviel wollen Sie für den da?«
Sammy zuckte mit den Schultern. Er räusperte sich und wartete, daß Jackson ihm ein Angebot machte.
»Wie wär's einfach mit schlichtem Listenpreis?«
»Ich werd's mir überlegen«, antwortete Sammy schließlich und stieß einen Lacher aus.
Der Wagen hatte keine Schlafkabine wie das Quark, aber Jackson konnte die Haube jederzeit gegen einen Campingaufsatz tauschen, der auf die Ladefläche paßte, und so auf jedem Campingplatz übernachten.
Ihm wurde allmählich bewußt, daß er eigentlich so nicht mehr weiterleben wollte.
Als er um den Wagen herumging und ihn begutachtete, dachte er an jene einsamen Nächte, in denen er nur seinen eigenen Puls und den Verkehrslärm gehört hatte. Wie oft war er morgens vom Quietschen der Druckluftbremsen erwacht, wenn die großen Laster losfuhren, und hatte sich zuerst einmal besinnen müssen, in welchem Bundesstaat er gerade war. Er hatte genug davon, zum Frühstück mutterseelenalleine in einer Nische in irgendeiner Trucker-Kneipe zu sitzen, vor sich einen Teller mit Eiern und Bratkartoffeln, ohne Speck bitte. Um ihn herum machten Lkw-Fahrer von den Telefonen Gebrauch, mit denen die Nischen ausgestattet waren, flüsterten mit ihren Frauen und schimpften mit ihren Kindern. Oder sie stritten mit den Spediteuren und schlugen

mit der Faust auf den Tisch, daß das Geschirr schepperte. Nur Jackson hatte niemanden, den er anrufen wollte. Wie lange kann sich jemand durchs Leben quälen, der sich so von aller Welt verlassen fühlt?

»Ich weiß noch nicht, wohin ich damit fahren werde, aber ich nehme den hier«, sagte Jackson zu Sammy.

»Wollen Sie mal 'ne Runde um den Block drehen?« fragte Sammy. »Fahren Sie mal raus auf die Autobahn, jagen Sie ihn hoch. Ich übernehm sogar die Maut.«

»Sie sagten doch, Sie hätten ihn durchgecheckt.«

»Auf Herz und Nieren«, versicherte Sammy.

»Das genügt mir.«

»Ich werd ihn wenigstens mal anlassen«, meinte Sammy. »Da fühl ich mich wohler.« Er startete den Motor und klappte dann die Motorhaube hoch. »Achtunddreißigtausend Meilen. Aber ich muß Ihnen die Geschichte dazu erzählen. Der hat meinem Bruder gehört. Er hat gerade sein drittes Kind gekriegt, und seine Frau hat ihm gedroht, daß sie ihn rausschmeißt, wenn er nicht sofort was ranschafft, in dem die ganze Familie Platz hat.« Er johlte vor Vergnügen. »Jetzt hat sie meinen Bruder dazu verdonnert, 'nen Kleinbus zu fahren.«

Während Sammy die Papiere ausfüllte, bereitete Jackson die Auszahlung vor. Er meldete den Wagen auf seine Adresse in Illinois an, doch er wußte nicht, wo er schließlich landen würde.

Sie besiegelten den Kauf mit Händedruck, und Sammy zündete sich eine Zigarette an und nahm einen tiefen Zug. »Sind Sie schon lange mit Mrs. Faraday befreundet?«

»Eigentlich ja«, antwortete Jackson.

»Sie ist eine anständige Person«, meinte Sammy. »Was sie durchmacht ...« Er schüttelte den Kopf.

»Ich weiß«, sagte Jackson.

»Man möchte nicht glauben, daß eine Frau wie sie so was durchsteht.«

»Sie kann mehr verkraften, als man vermutet.« Jackson hoffte inständig, daß er damit recht hatte. Er hoffte, daß sie alles, auch sein Weggehen, verkraften würde. Bei sich selbst war er da nicht so sicher.

Jackson fuhr seinen neuen Wagen zur Beach Road und blieb eine Weile an der Kreuzung stehen. Er wußte nicht, wie Livvy reagieren würde, aber er wollte einen kurzen Abschied. Er mußte weg von hier. Egal wohin. Er hatte keine Wahl. Schließlich gab er Gas und fuhr zum Hotel zurück, um seine Sachen zu holen.

KAPITEL FÜNFZEHN

In einem gewissen primitiven Sinne,
an dem weder Oberflächlichkeit noch Humor
oder Übertreibung etwas ändern können,
haben sich die Physiker mit der Sünde
vertraut gemacht; und dieses Wissen
wird sie nie mehr loslassen.

J. R. OPPENHEIMER (1904–1967)

Livvy ging dreimal um den Wagen herum, als wollte sie ihn mit einem Fluch belegen. Sie preßte die Lippen zusammen, und die Röte stieg ihr ins Gesicht. Sie zog ihre Arbeitshandschuhe aus und klopfte damit gegen ihre Handfläche. Schließlich stellte sie sich so entschieden hin, daß der Kies auf der Auffahrt unter ihren Füßen knirschte wie Glas.

»Du willst wegfahren?« fragte sie.

»Ich habe es mir überlegt«, antwortete Jackson.

»Ich kann dich nicht bitten zu bleiben«, entgegnete sie. »Ich bin verheiratet.« Sie ließ die Hände sinken.

»Ich habe schon gepackt«, sagte Jackson. Er hatte keine Wahl. Er hatte vergessen, wie man sich an einen anderen Menschen bindet. Vielleicht war er unmerklich eins geworden mit der Einsamkeit, hatte sich in das verwandelt, was an ihm zehrte.

»Wo fährst du hin?« fragte Livvy.

»Keine Ahnung.« Das stimmte, er fuhr ins Blaue hinein. »Ich dachte, du wüßtest vielleicht eine schöne Strecke.«

Sie sah ihn fassungslos an. »Nun, was soll ich dazu sagen?« Sie zuckte mit den Schultern und schlang die Arme fest um sich, ihn ausschließend.

»Ich habe einfach das Gefühl, Livvy, daß ich in Bewegung bleiben muß. Wenn ich mich irgendwo niederlasse, holt es mich wieder ein.« Er wollte sie nicht verletzen, doch genau das tat er. Er wollte ihr sagen, daß sie ihn nicht kannte, daß sie nicht wußte, wozu er fähig war. Sie hatte keine Ahnung, was er getan hatte und warum er von zu Hause geflohen war. Es drängte ihn danach, ihr zu gestehen, daß seine Hände blutbefleckt waren, daß das Blut seine Haut durchtränkt, seinen Körper durchdrungen, sein Herz beschmutzt hatte. »Wenn ich jetzt nicht gehe, wirst du dieselben Gefühle später haben, nur schlimmer, intensiver. Und ich auch. Du hattest gestern recht. Wir sind verrückt. Wie soll es auch anders sein?«

»Na, dann komm mich mal wieder besuchen«, meinte sie. Sie gab sich keine Mühe, ihre Bitterkeit und Verletztheit zu verbergen. »Das sage ich all meinen Gästen.«

»Das Hotel wird dich in ein paar Wochen rund um die Uhr in Atem halten. Dein Leben funktioniert auch ohne mich. Und ...« Jackson zögerte.

»Bitte«, sagte sie, um Fassung bemüht. »Du mußt mich nicht an Howard erinnern. Ich liebe ihn. Ich fühle mich nicht nur verantwortlich für ihn. Er ist mein Mann. Was ich tue, tue ich aus Liebe. Nicht mehr und nicht weniger.«

»Ich weiß. Das wollte ich damit nicht sagen.« Er nahm sie in die Arme und legte sein Kinn an ihr weiches Haar. Sie ließ es einen Moment zu, dann löste sie sich von ihm und trat einen Schritt zurück. »Ich will nicht, daß wir uns so trennen. Können wir nicht schön zusammen zu Mittag essen und über den Namen dieser kleinen blauen Blumen in deinem Vorgarten sprechen, und dann küsse ich dich auf die Stirn, danke dir und meine es so sehr. Können wir es nicht so machen?«

»Auf Wiedersehen, Jackson«, sagte sie und legte ihre Hände auf seine.

Er stieg in den weißen Pick-up und ließ das Fenster herunter.
Sie rührte sich nicht.

»Livvy.«

»Vergißmeinnicht.«

Er sah sie verwirrt an und zog fragend die Augenbrauen hoch.

»Die kleinen blauen Blumen. Das sind Vergißmeinnicht.«

Sie wandte sich um, stieg die Treppe zur Veranda hinauf und legte beide Hände aufs Geländer.

Als er wegfuhr, blickte er in den Rückspiegel. Sie blieb dort stehen, einsam und klein. Sie bewegte sich nicht.

Jackson fuhr auf der Route I Richtung Norden. Er war es leid wegzulaufen. Doch vielleicht hatte er nichts Besseres verdient. Lag es nicht nahe, daß in einem Universum, welches aus Dunkelheit und Licht besteht, auch die Seele eines Mannes so beschaffen ist? Daß sie sich aus zwei gleich starken Hälften zusammensetzt, die sich die Waage halten und ein Ganzes bilden? Die Sterne können nur im Dunkeln leuchten, nicht im Licht.

Das Universum blieb aufgrund von Aktionen und entsprechenden Reaktionen im Gleichgewicht, und nur in diese Wahrheit setzte Jackson sein Vertrauen. Brach er auf, weil er seine Familie nicht vergessen wollte und fürchtete, daß sie durch seine eigene Bewegung, seinen Fortschritt, ins Dunkle geraten würde? Oder brach er auf, weil er nicht vergessen, sondern sich noch heftiger erinnern würde, wenn er sich auf Livvy, auf die Liebe, einließ? Er hatte ihr von der Dunkelheit erzählt, die ihn umgab. Aber er hatte ihr nichts gesagt von der Dunkelheit, die er verursacht hatte – dem Verbrechen, das er begangen hatte.

Er wünschte, er hätte ihr gestehen können, wie er den Mann belauert hatte. Als Richard Polk auf Kaution entlassen wurde, setzte er sein erbärmliches Leben fort. Und Jackson richtete

seinen Tag nach ihm aus, folgte ihm in Bars und schmuddlige Cafés. In der Zeitung hatte er gelesen, daß der Mörder auch Vater war. Er hatte einen Sohn in Nathans Alter, der bei seiner Mutter in Pittsburgh lebte.
Polk verkaufte weiterhin Gastronomiebedarf und suchte seine Kunden persönlich auf. Er fuhr mit dem Auto, sich nicht um den Führerscheinentzug scherend. Er hatte offenbar nicht die Absicht, den Prozeß abzuwarten, in dem er wegen fahrlässiger Tötung von Jacksons Familie vor Gericht gestellt würde. Er war total betrunken, als er mit Nancys Wagen zusammenstieß. Als die Polizei endlich erschien, um die Überreste von Jacksons Familie aus dem Auto zu zerren, sei Polk so besoffen gewesen, hatte ihm Levi erzählt, daß es ihm nur mit Mühe gelang, sich auf den Beinen zu halten und an sein Auto zu pissen.
»Der Prozeß ist mir egal«, hatte Jackson zu Levi gesagt. Es war passiert, und man mußte nicht auf Einstein zurückgreifen, um zu verstehen, daß sich die Zeit nicht zurückdrehen ließ.
Der Mörder fuhr mit einem geliehenen Wagen, einem hellbraunen Camaro, in den er kaum hineinpaßte. Jackson hätte Polk verhaften lassen können, weil er ohne Führerschein fuhr, aber er wußte, daß es zwecklos war; sein Anwalt würde ihn binnen einer Stunde wieder auslösen. Polks Kunden war es einerlei, daß der Mann eine Familie getötet hatte. Nicht einer der Restaurantbesitzer in der Gegend weigerte sich deshalb, mit ihm Geschäfte zu machen.
»Sieh zu, daß du mit deinem Leben klarkommst«, sagte Levi zu Jackson. »Überlaß den Rest mir.«
Doch aus Jacksons Leben war ein Silberfaden geworden, der irgendwo in den Wolken verschwand. Er hatte den Drang, soviel wie möglich über den Mörder zu erfahren, und heftete sich an dessen Fersen. In den grauenvollen stillen Tagen nach

der Beerdigung folgte Jackson Polk überallhin. Er parkte vor Polks gemietetem Bungalow mit den rostigen Gartenmöbeln vor dem Haus und fuhr ihm unbemerkt nach, wenn er Kunden aufsuchte, Pizzaöfen, Geschirrspüler für Großküchen oder Rinderhälften verkaufte. Seine Firma belieferte die schicken Bars und mexikanischen Restaurants von Wendell. Polk nahm die Bestellungen auf, und die Firma schickte einen Lastwagen mit der Lieferung. Jackson folgte Polk zum Silver Saddle, Mandarin Mae's und Casa Grande, Restaurants, in denen er auch schon mit seiner Familie gegessen hatte. Jackson wurde fast übel bei dem Gedanken, daß ihre Wege sich womöglich bereits gekreuzt hatten. Vielleicht hatten er und Nancy dort am frühen Abend Essen bestellt – ohne Oliven, damit Nathan nicht spucken mußte –, und Polk hatte unterdessen in der Küche herumgelungert, den fetten Bauch an eine Stahlarbeitsplatte gedrückt und sich über einen Enchilada hergemacht.

Nach Feierabend kaufte sich Polk in einem kleinen Laden immer ein oder zwei Sechserpackungen Bier und fuhr nach Hause. Jackson saß in seinem Auto und beobachtete durchs Fenster, wie der Mörder sich im flackernden Licht seines Fernsehers alleine in den Schlaf trank. Sein aufgequollenes Gesicht, der schlaffe Mund und die wäßrigen Schweinsaugen ließen darauf schließen, daß er seit Jahren unglücklich war und trank, doch Jackson konnte nicht vergessen, was er Nancy und seinen Kindern angetan hatte.

Am Freitagabend fuhr Polk zum Rusty Wheel, einer Bar an seiner Strecke, die immer gut besucht war. Pick-ups und nagelneue Autos rollten auf den Parkplatz. Polk war nicht geschäftlich hier. Er wollte sich betrinken. Ein Betrunkener im Haus war ein Ärgernis, aber ein Betrunkener, der mit dem Auto nach Hause fahren wollte, war eine tödliche Waffe. Polk kam erst wieder heraus, als der Parkplatz fast leer war. Jackson hatte Mühe gehabt, wach zu bleiben.

Im grellweißen Licht auf dem Parkplatz sah er jetzt Polk zur Tür herauswanken. Er stolperte zu seinem Camaro und stieg ein. Jackson hielt neben ihm und ließ das Fenster herunter.

»In diesem Zustand können Sie nicht fahren«, sagte er zu Polk.

»Halt's Maul!« schrie der. Er starrte Jackson aus blutunterlaufenen Augen an, und dann durchfuhr ihn ein kaum merklicher Ruck; er erkannte ihn. *Ja*, wollte Jackson schreien, *ich bin es. In dem Zustand, in dem du jetzt bist, hast du meine Familie umgebracht. Und dasselbe könnte heute abend wieder passieren.*

Jackson fuhr weiter vor, um Polk den Weg zu versperren, doch der wendete trotz seines Zustands in Windeseile und raste los. Jackson drückte das Gaspedal durch und blieb ihm auf den Fersen. Die Straße in die Stadt war so schnurgerade wie ein Linearbeschleuniger, aber Polk fuhr sie wie eine kurvenreiche Strecke. Ein Wagen, der ihm entgegenkam, mußte auf den Randstreifen ausweichen, weil Polk auf die andere Fahrbahn geriet. Jackson war wild entschlossen, ihn aufzuhalten, drückte auf die Hupe, schrie zum offenen Fenster hinaus. In der einzigen Rechtskurve der Strecke drängte er Polk ab. Es war ihm egal, ob sie beide bei diesem Manöver durch die Windschutzscheibe flogen. Der Camaro geriet von der Straße ab und stürzte in eine unbeleuchtete Baugrube.

Jackson hielt, sprang aus dem Wagen und schlitterte den Hang hinunter zu dem Camaro, der auf dem Dach gelandet war. Die Räder drehten sich noch, der Motor stotterte. Polk hatte sich herausgehangelt, lehnte sich an das Auto und betastete einen blutigen Kratzer auf der Wange, seine einzige Verletzung.

»Verfluchter Scheißkerl!« schrie er.

Dann stürzte er auf Jackson zu, holte aus und traf ihn mit der Faust am Kinn. Jackson taumelte überrascht zurück. Er schwankte und fiel schließlich auf die Knie. Es verschlug ihm die Sprache vor Wut, und er schmeckte Blut.
»Scheißkerl!« brüllte Polk. »Ich bring dich um, du Schwein.« Er fuchtelte wild mit den Armen.
Jackson merkte, wie etwas Dunkles sein Herz erfaßte. Er rollte sich auf die Seite und kam hoch, als Polk erneut ausholte. In Jacksons Kopf explodierte etwas, er empfand nichts mehr außer namenloser Wut. Er schoß auf Polk zu, der loswankte, den Kampf aufnehmen wollte. Jackson spürte noch, wie Polk seine Schulter streifte, bevor er an ihm vorbeistolperte und stürzte. Er hörte einen dumpfen Aufschlag und drehte sich um. Polk war auf scharfkantige Steine am Rande der Grube gefallen. Er lag seltsam verkrümmt und gab ein schwaches Stöhnen von sich. Blut rann über den hellen Kalkstein, auf den er mit dem Kopf geprallt war.
Jackson trat zu ihm. Er fühlte nichts, keine Erleichterung, keine Freude, keine Befriedigung. Er spürte nur, daß ihm Blut aus der Nase lief und daß er einen Übelkeit erregenden bitteren Geschmack im Mund hatte. Er hastete die Böschung hinauf. Sirenen schienen näher zu kommen. Er fuhr nach Hause in heller Panik. Nun war auch er ein Mörder.

Jackson hatte an einer Ausfahrt angehalten. Er hörte einen Uni-Sender, der ein John-Coltrane-Stück mit einem langsamen Saxophon-Riff spielte, und versuchte die Kraft aufzubringen, über sich selbst hinauszuwachsen. Er dachte daran, wie er damals die Flucht ergriffen hatte. Hatte er Polk in Notwehr getötet, oder hatte er ihm aufgelauert und ihn kaltblütig ermordet? Jackson war sich nicht darüber im klaren. Er trug in jedem Fall die Verantwortung für Polks Tod.

Wenn Jackson ihn nicht umgebracht hätte, wäre er noch am Leben und würde nun seine Strafe absitzen.
Er hatte keinerlei Befriedigung darin gefunden, das Lebewesen, das ihn seiner Familie beraubt hatte, tot zu sehen. Rache war so schal. Der Akt als solcher hatte keinerlei Dimension oder Tiefe, verursachte nur seinerseits Leid. Was Jackson nicht mehr losließ, war das Wissen darum, daß er einem Sohn den Vater genommen hatte. Polks Junge hätte seinen Vater gebraucht, wie gestört ihre Beziehung auch sein mochte. Eines Tages hätten sie sich vielleicht besser verstanden. An dem Wochenende, bevor Polk auf Sauftour ging und Jacksons Familie tötete, war der Junge noch zu Besuch gewesen. Jackson fragte sich, wer ihm wohl gesagt hatte, daß sein Vater tot war.
Jackson wußte, daß man die Liebe seines Vaters in sich trug, daß sie im Körper verwurzelt war. Und Kinder, die so enorm viel vergeben konnten, waren imstande, die Tränen in der Seele des Vaters oder der Mutter zu übersehen. Jackson entsann sich, wie sehr er seinen Vater vermißt hatte, so wenig vollkommen er auch war. Es war tröstlich, um die Stunden zu wissen, die sie zusammen verbracht, die Frühstückseier, die sie im Laufe der Jahre gemeinsam gegessen hatten. Er wußte noch genau, wie sich die rauhe Wange seines Vaters an seinem eigenen dicken Babybäckchen angefühlt hatte. Er erinnerte sich an den Duft von Pfefferminzkaugummi und Old Spice, wenn sein Vater von der Arbeit nach Hause kam, seinen Hut und Mantel im Schrank verstaute und sich zu ihm herunterbeugte, um ihm den Kopf zu streicheln, an den Block mit grünem Hauptbuchpapier, den er aus seinem schwarzen Samsonite-Aktenkoffer zutage förderte und auf dem Jackson mit einem weichen Bleistift herumkritzeln durfte. Solche Augenblicke hatte Jackson Polk und seinem Sohn weggenommen. Darum würde er immer trauern.

Nach Polks Tod hatte er nicht gewartet, bis es hell wurde. Im Morgengrauen schloß er das Haus ab, lud ein paar Sachen und seine kostbaren Alben ins Auto und fuhr los, Richtung St. Louis. Vielleicht zitterte er, weil die Luft noch kühl war, vielleicht aber auch, weil er Angst hatte und sich schuldig fühlte. In einem Gewerbegebiet trank er Kaffee und aß einen Bagel zum Frühstück, dann verkaufte er den Wagen und erstand dafür das Quark. Er mußte unabhängig sein, wollte nicht auf schäbige Motels angewiesen sein. Auch er hatte als kleiner Junge Steinbecks *Meine Reise mit Charley* gelesen, und nun, in seiner äußersten Verzweiflung, wandte er selbst sich dieser unabhängigen Form des Reisens zu.
Jackson glaubte, daß er in keinem Bundesstaat mehr sicher war, wenn er wegen Mordes gesucht wurde. Wochenlang war er nur nachts unterwegs, schlief tagsüber, wusch sich in Waschräumen an Rastplätzen und aß in überfüllten Trucker-Kneipen, wo er seinen Kaffee in einer Nische trinken konnte, in der ihn keiner beobachtete. Dann wurde er etwas mutiger, übernachtete ab und zu in einem Motel und fuhr bei Tage, was ihm angenehmer war. Er hielt sich Richtung Süden, weil er seine Mutter in Florida besuchen wollte.
Im Laufe der Zeit wurde ihm klar, daß er von niemandem verfolgt wurde. Es gab keinen Steckbrief von ihm. Einmal wagte er sich sogar in ein Postamt, um sich selbst davon zu überzeugen. An der Wand hingen Bilder von Mördern, Vergewaltigern und Bankräubern, aber keines von ihm. Sein Zustand blieb dennoch der gleiche. Er hatte ein Leben vernichtet, und das veränderte ihn; er hielt sich ungern in der Öffentlichkeit auf, bekam Herzklopfen, wenn ein Streifenwagen mit Sirene auf dem Highway vorbeiraste, und stellte fest, daß er unter Verfolgungsangst litt. In der Einsamkeit und Anonymität, in der Jackson monatelang lebte, begann er die

Überzeugung zu entwickeln, daß ihm das FBI auf den Fersen war. Er glaubte, daß scharfsinnige Spürnasen in einer unterirdischen Kommandozentrale in den Rocky Mountains seine Festnahme vorbereiteten. Als ihm die Lächerlichkeit dieser Vorstellung bewußt wurde, plagten ihn die Schuldgefühle um so heftiger. Tagelang war er fast bewegungsunfähig, krümmte sich förmlich vor Trauer und Reue.

Es war schlimmer, ungestraft davonzukommen. Es war schlimmer.

Er hatte ihn nicht töten wollen. Oder doch? Er wußte es nicht. Jackson neigte nicht zu Gewalttätigkeit, und von einer Rauferei während der Schulzeit abgesehen, war er nie in tätliche Auseinandersetzungen verwickelt gewesen. Die Bilder des Unfalls, bei dem Polk stürzte, kehrten wieder wie ein Alptraum. Polk hatte zuerst zugeschlagen, das stimmte, aber Jackson hatte die Gewalt herausgefordert. Er hatte sie gesucht. Natürlich hatte er sich gewünscht, Polk wäre tot, doch der Augenblick, in dem eine Rachephantasie unversehens wahr wird, ist grauenhaft.

Polk hätte wieder jemanden getötet, dessen war Jackson sich gewiß. Er war stark betrunken. Nachts waren nicht viele Autos auf der Straße, aber er hätte dennoch einen Unfall verursachen können. Bei dieser Art von Unfällen scheinen die Betrunkenen immer ungeschoren davonzukommen. Früher oder später wäre Polk am Alkohol zugrunde gegangen. Doch Jackson wußte, daß er falsch gehandelt hatte. Er hatte Angst bekommen und war geflohen, statt sich der Polizei zu stellen. Levi Bloom hätte die Geschworenen gewiß davon überzeugen können, daß Polk durch einen Unfall zu Tode gekommen war. Sein Tod war nicht geplant gewesen – wenn man davon absah, daß Jackson ihn belauert hatte, daß es zu einer Auseinandersetzung gekommen und daß Jackson danach geflohen war. Er hatte ebenso Schuld auf sich geladen wie Polk, und diese Erkenntnis verstärkte seine Angst.

Die einzigen Momente der Ruhe, die ihm zuteil geworden waren seit jenen zwei schrecklichen Schlägen, bei denen er alles verloren hatte – seine Frau, seine Kinder, sein Bild von sich selbst als vernunftbestimmter Mensch –, hatte er mit Livvy erlebt. Ihr hatte er eingestehen können, wie sehr es ihn schmerzte, daß er zu Grabe getragen hatte, was er am meisten liebte im Leben. Und es war heilsam gewesen zu sprechen, er hatte es sofort gespürt. Er hatte sich auch davor gefürchtet, vor der Wucht, vor den Folgen dieser Öffnung. Aber er hatte sie gebraucht. So sehr. Und er brauchte sie immer noch.

Er mußte Livvy noch etwas sagen. Er brauchte noch etwas von ihr.

Er ließ den Motor an und wendete. Wenn sie seinen Schmerz ertragen und ihm dabei helfen konnte, ihn zu überwinden, ertrug sie vielleicht auch das Eingeständnis seiner Schuld. Er war jedenfalls nun bereit, zuzugeben, daß seine Fehler in der Vergangenheit Ursache seiner Angst vor der Zukunft waren. Und er war bereit, zuzugeben, daß er sich nicht von Livvy trennen wollte. Noch nicht. Nicht so.

KAPITEL SECHZEHN

Zuerst müssen wir bemerken,
daß die Welt kugelförmig ist,
teils weil diese Form als die vollendete
nicht als aus anderen Formen
zusammengesetzt betrachtet zu werden braucht
und eine vollkommene Ganzheit darstellt,
der man nichts zufügen oder wegnehmen kann,
teils weil sie die geräumigste Form bildet,
die am meisten dazu geeignet ist,
alles zu enthalten und zu bewahren.

NIKOLAUS KOPERNIKUS (1473–1543)

Der Sand war kalt und feucht an den Händen: Jackson dachte daran, daß Nathans Stirn sich ganz ähnlich angefühlt hatte, wenn er fieberte. Nathan war in dem Alter gewesen, in dem Kinder sich jeden Infekt einfangen, der in der Schule herumgeht. Die Kinder würden Bazillen wie Baseballkarten tauschen, meinte Nancy.

Jackson saß am Strand auf einem angeschwemmten Holzbalken und lehnte sich zurück. Am Himmel zogen graue Wolkenballen so schnell vorüber wie eine Autokolonne. Es fühlte sich gut an, hier zu sitzen und auf sie zu warten.

Er wußte, daß er seine Lieben kein zweites Mal verlieren konnte. Sie würden immer bei ihm sein und ihn an die gemeinsamen Jahre erinnern. Doch er mußte auf sich achten und weiterleben, denn wer sollte die Erinnerung an sie sonst so bewahren, wie es ihrer würdig war, freudig und zärtlich – wie Frannys Haare ewig nicht wachsen wollten und sie glaubten, sie würde für immer ihren Babyflaum behalten, oder wie Nathan unvermittelt verkündete, er wolle später Taxifahrer werden, und Nancy, die immer genau wußte, was sie zu Jackson sagen mußte, wenn er einen schlechten Tag hatte. Sie würden immer bei ihm sein, als wären sie noch lebendig, und das beruhigte ihn. Er würde sie nicht noch einmal verlieren.

Er kam sich vor wie eines dieser freien Elektronen, die er im Labor aufgezeichnet hatte; sie rasten durch den Raum, auf der Suche nach einem reaktionsbereiten Atom, dessen Schale sie ergänzen konnten. Nach und nach begriff er, daß er diese Instabilität vielleicht gebraucht hatte, um sich ihrer bewußt zu werden. Jedes Teilchen im Kosmos sucht nach dem Ort, an dem es Stabilität in einer Bindung findet. Jackson hatte nach einer Möglichkeit gesucht, die Elektronen um die Atome kreisen zu lassen, aus denen die Moleküle und Zellen bestanden und die jene chemischen Reaktionen bewirkten, die seinen Geist und Körper steuerten; er hatte ihnen Zeit gegeben, sich neu zu orientieren.

Die Personifizierung seiner Hoffnung kam nun am Strand auf ihn zu. Sie trug ihre weinrote Fleece-Jacke und stemmte sich gegen den Wind. Gemeinsam war es ihnen möglich, ein fragiles emotionales Gleichgewicht herzustellen. Er fühlte sich zu ihr hingezogen, zu ihrem schimmernden Haar, ihrer durchsichtigen Haut, die ihre Gefühle verriet, ihrem frischen Lachen, das unversehrt geblieben war, obwohl das Leben ihr so übel mitspielte. Er fühlte sich hingezogen zu dem Teil in ihr, der noch zu wünschen in der Lage war, und er konnte nicht mehr vor ihr weglaufen. Sie gab ihm das Gefühl, wieder vollständig zu sein.

»Ich weiß, daß wir nicht zusammensein können«, sagte er und stand auf, als sie zu ihm trat.

Sie blickte ihn forschend an. Ihre Augen schienen ihm grüner denn je. Sie schwieg, und einen Moment lang dachte er, sie sei böse auf ihn. Doch dann lief sie einfach in seine Arme. Sie hielten sich lange so fest, wie sie es noch nie gewagt hatten.

Als sie sich ein wenig von ihm löste, griff sie nach seiner Hand und küßte jeden Finger. Sie küßte seinen Ehering. Dann legte sie seine Hand auf ihr Herz. »Ich wußte nicht, was ich ohne dich tun sollte«, flüsterte sie. »Ich war völlig außer mir.«
Jackson nahm ihre Hand und berührte sachte mit den Lippen die blauen Adern. Sie sah ihm zu, und der Wind wehte ihr das Haar ins Gesicht. Er strich es ihr aus den Augen und küßte die weiche Haut an ihrem Ohr. Als er ihre Wärme spürte, wurde ihm bewußt, wie kalt die Luft war.
»Komm mit ins Haus«, sagte sie. »Der Winter ist zurückgekehrt.«
Trotz der Kühle lag eine Ahnung von Frühling in der Luft. Sie überquerten die Straße, gingen ins Haus und begaben sich zu ihrem Schlafzimmer im hinteren Teil. Es war ein kleines Zimmer, das nur mit schlichten alten Shaker-Möbeln eingerichtet war und eine ganz andere Stimmung ausstrahlte als die öffentlichen Räume des Hauses.
Sie schloß die Tür hinter ihnen, sperrte die Welt aus.
»Bist du sicher?« flüsterte er und wünschte es sich so sehr. Er knabberte an ihrem Ohrläppchen.
Sie nickte und legte den Kopf zurück, seinen Kuß erwartend. Ihre Lippen berührten sich, und ein Seufzen wanderte von ihr zu ihm, floß in seinen Körper, tief in sein Innerstes. Sie klammerte sich an ihn, als wäre sie magnetisch angezogen, ertastete die Linie seines Kinns, und ihre Lippen bewegten sich, als flüsterte sie etwas, das er nicht hören konnte. Doch er verstand sie.
Sie sanken auf das Bett, ein großes hölzernes Bett mit vier Pfosten, die sich emporreckten wie ausgestreckte Arme. Er strich durch ihr feines seidiges Haar. Nur mit äußerster Kraft gelang es ihm, sich von ihr zu lösen. Es durfte nicht sein. Er mußte ihr zuerst gestehen, was er getan hatte, wie düster sein

Herz und wie unvollkommen die einzige Gabe war, die er ihr anzubieten hatte.

»Livvy, ich möchte …«, sagte er und hielt inne, um Luft zu holen.

Sie verschloß seinen Mund mit einem Kuß. »Schsch«, murmelte sie. »Ich will nur diesen Augenblick, nicht mehr.«

Ihre Küsse wurden leidenschaftlichen, und er zog sie an sich. Ihre Hände glitten unter sein Hemd, ihre Fingernägel ritzten sachte Spuren in seinen Rücken. Er sehnte sich nach ihr, mit jeder Faser seines Körpers. Dann rückte sie ein wenig von ihm ab und sah ihm in die Augen, als sie sein Hemd aufknöpfte. Jackson streifte ihr den Pullover über den Kopf und erschauerte, als er ihre Nacktheit sah, die schmalen Schultern, die perlmuttfarbenen Rundungen.

Sie lagen Seite an Seite, und als er sie berührte, drängte sie sich begehrlich an ihn. Er strich über die kleinen Brustwarzen, küßte ihre rosige sommersprossige Haut. Ihre Hände krallten sich in seinen Rücken. Als sie einen gemeinsamen Rhythmus fanden, sprach sie seinen Namen aus. »Jackson«, sagte sie, und die Silben hatten eine eigene Melodie. »Jackson.« Er nahm nichts mehr wahr außer diesen klingenden Tönen, außer ihr.

Danach lagen sie da und beobachteten, wie die Schatten dunkler wurden, wie es immer geschieht, wenn ein Teil der Erde sich von der Sonne abwendet. Er dachte an Liebe und Wärme und die Erhaltung der Energie. Der erste Hauptsatz der Thermodynamik, fand er, ließe sich durchaus auf die Liebe anwenden. »Wenn Liebe«, sagte er zu ihr, »sich so verhielte wie Energie, wäre sie unzerstörbar, nicht? Sie würde sich nur in eine andere Form umwandeln.«

Livvy murmelte schläfrig an seiner Schulter.

»Ist nur eine Theorie«, flüsterte er.

»Klingt aber gut«, sagte sie.
»Ich werde ein bißchen experimentieren, mal sehen, was dabei herauskommt.«
»Bitte, Herr Professor.«
Er spürte, daß sie lächelte, dann wurde ihr Gesicht weich, und sie schlief ein. Er hielt sie in den Armen, selbst in einen leichten Schlummer sinkend, bis Livvy im Schlaf mit dem Bein zuckte und ihn von sich stieß.

KAPITEL SIEBZEHN

Alle Körper im Vakuum fallen gleich schnell.
Deshalb ist das Gewicht eines Körpers
proportional zur Schwerkraft,
und träge und schwere Masse sind identisch.

Nach GALILEO GALILEI (1564–1642)

Wenn man eine wissenschaftliche Hypothese formuliert, sollte man von einem möglichst einfachen Postulat ausgehen, das eine Anzahl von Tatsachen möglichst schlüssig erklärt. Die meisten von Jacksons Studenten fanden das so schwierig, als hätte man ihnen aufgetragen, mit hundert Zahnstochern eine Brücke über den Hudson zu bauen. Und sie glaubten, um eine Theorie zu beweisen, bedürfe es der Geduld und des Genius eines Einstein. Doch Jackson wußte, daß man nur zum richtigen Zeitpunkt die richtigen Schritte tun mußte. Zuerst muß man präzise Daten sammeln; eine Eingebung kann Grundlage einer Theorie werden, mit der sich eine Hypothese bestätigen läßt. Eine Hypothese muß bewiesen sein, um als physikalisches Gesetz gelten zu können. Jackson dachte an einige seiner eigenen Hypothesen: Körper, die in derselben Umlaufbahn kreisen, werden zusammenprallen. Oder gar: Wenn zwei Körper sich anziehen, kann nur eine andere Gravitationskraft dieser Kraft entgegenwirken. Oder, eher scherzhaft: Ein Körper fällt so lange im Raum, bis kein Raum mehr da ist.

Manchmal hatte Jackson über die Parallelen zwischen den kosmischen Gesetzen und den Gesetzen des Herzens nachgedacht. Es kam auf die Perspektive des Betrachters an, ob man dabei Gemeinsamkeiten entdecken konnte. Ein Astronom wird nicht viel von der Erde erkennen, wenn er immer nur zum Himmel aufschaut, wo er höchstens einmal eine Mondfinsternis feststellen wird. Und wenn er in die falsche Richtung blickt, wird er sogar einen spektakulären Kometen verpassen. Jacksons Herz verhielt sich vielleicht gemäß denselben Gesetzen, nach denen auch die Planeten sich bewegten, doch er hatte zu oft auf seinen Verstand gehört. Er hatte sich der Natur widersetzt – seiner eigenen. Er kam sich vor, als wäre er Zeuge von Ereignissen, die er nicht beeinflussen konnte. Das Leben war wie der Magnetismus; es funktioniert aus eigener Kraft.

Als er aufwachte, war Livvy verschwunden. Er fand sie im Garten, nur mit einem dünnen Nachthemd bekleidet. Es war kurz nach Sonnenaufgang, doch der Himmel blieb düster und wolkig. Die Luft war still und reglos. Livvy kniete in einem ihrer Beete und zupfte verzweifelt an den Blumen.

»Raupen«, sagte sie. Ihre Stimme klang gepreßt. Sie nahm die Tiere von den Blättern und warf sie in ein mit Bier gefülltes Glas. »Die sind unersättlich. Sie werden mir alles wegfressen. Schau dir das an. Das ist seit gestern passiert.« Ihr Gesicht war stark gerötet. Er hatte den Impuls, ihr die Stirn zu fühlen.

Sie zeigte ihm ein abgefressenes Blatt. »Sie werden mir alles kaputtmachen. Hilf mir bitte!« Sie warf ihm einen flehentlichen Blick zu.

»Was soll ich tun?« fragte Jackson und ging neben ihr in die Hocke.

»Dasselbe wie ich.«

Jackson griff nach einer der grünen Raupen. Sie fühlte sich an wie eine verkochte Makkaroni. Er ließ sie in das Bierglas fallen, wo sie einen Moment zappelte und dann betäubt erstarrte.

»Schau dir an, wie trocken der Boden ist«, sagte Livvy. »Es hat seit Tagen nicht richtig geregnet. Wo gibt's denn so was, im Frühling kein Regen.« Jackson blickte zum Himmel auf und kam zu dem Schluß, daß es sicher in Kürze regnen würde, doch Livvy stand auf und schloß eilig den Sprinkler an den Wasserhahn an. »Sieh zu, daß du sie alle erwischst«, wies sie ihn an.

Er stellte das Glas mit den toten Raupen ab. »Livvy, stimmt irgendwas nicht? Ich komme mir vor wie beim Drill.«

Sie drehte den Sprinkler voll auf, ohne etwas zu erwidern. Als er nach kurzem Stottern funktionierte, ging sie zur Garage und kam mit einem Sack Komposterde zurück.

»Livvy«, sagte Jackson, »zieh dich wenigstens an. Du kannst doch nicht im Nachthemd im Garten arbeiten.«

»Warum nicht?«

»Was ist los? Letzte Nacht ...«

»Letzte Nacht ...« Sie hob abwehrend die Hände. »Letzte Nacht habe ich meinen Mann betrogen. Howard. Er ist wehrlos. Er hat nichts mehr außer mir. Und ich habe ihn betrogen. Kannst du dir vorstellen, wie mir zumute ist?«

»Livvy«, sagte Jackson und trat einen Schritt auf sie zu.

»Ich habe mich in etwas hineinziehen lassen«, stieß sie hervor, streifte ihre Arbeitshandschuhe ab und warf sie auf den Boden. »Verdammt.«

»Es tut mir leid, Livvy. Es tut mir wirklich leid.« Er wollte sich ihr nähern, doch sie scheute vor seiner Berührung zurück, und er hielt inne. »Ich hätte es wissen müssen. Du hast gesagt, daß wir auf dem falschen Weg sind. Ich wußte es auch. Ich bin schuld. Ich hätte stärker sein müssen. Ich hätte wegfahren und dich in Ruhe lassen sollen. Ich wollte dir das nicht antun, wollte dich nicht in eine solche Lage bringen. O bitte, Livvy, gib mir die Schuld, nicht dir selbst.« Es war sein dunkles

Herz. Es hatte ihn zu einem weiteren Verbrechen veranlaßt. Und er hatte bereitwillig mitgemacht. Und Livvy dabei geschadet.

Sie stieg die Verandatreppe hoch und verschwand im Haus, ohne sich noch einmal umzusehen. Er ging langsam weg und spürte, wie die Entfernung zwischen ihnen sich zu Meilen und schließlich zu Lichtjahren auswuchs. Sie hatten sich ineinander verwunden wie Stacheldraht. Er hatte ihr Schaden zugefügt mit einer Handlung, die aus Liebe geboren war. Er hätte nicht zulassen dürfen, daß sie einander so nahe kamen. Sie hatten sich von ihrer Leidenschaft lenken lassen, und ihre Reue erfüllte ihn nun mit einem Abscheu vor sich selbst, der ihm heiße Tränen in die Augen trieb.

Er ging Richtung Stadt. Es war dämmrig, als wäre der Tag schon wieder zu Ende; ein Gewitter nahte. Er lief am Hafen entlang. In den Docks ließ ein Kran ein Segelboot zu Wasser. Jackson blieb stehen und sah zu, wie das Boot in der Luft hing, von zwei massiven Gurten gehalten, zwischen denen der Kiel hervorlugte wie das Bein eines Babys aus einer Windel. Ein Mann gab dem Kranführer Zeichen, und als das Boot auf dem Wasser aufsetzte, hob er beide Hände.

Auf der anderen Seite des Hafens ragte eine lange Mole ins Meer wie ein Finger, der die Richtung weisen wollte. Jackson ging auf den großen rechteckigen Steinen entlang. Sie wirkten stabiler als die unbehauenen grauen Felsen der Mole gegenüber. Beide Dämme ermöglichten eine ruhige Einfahrt in den Hafen, indem sie die Kraft der Wellen bremsten.

Ein Mann mit einer ölverschmierten Kappe hockte auf den Steinen, trank aus einer Flasche in einer braunen Papiertüte und warf eine Angel aus. Als er das Ende der Mole erreicht hatte, setzte Jackson sich hin und ließ die Beine baumeln. Die Steine fühlten sich rauh an. Ein wild und urtümlich aussehender Pfeilschwanzkrebs landete auf einem Algendickicht, krümmte seinen gezackten Schwanz und tauchte wieder unter.

Was Livvy und Jackson füreinander empfinden konnten, würde immer von Sehnsucht und Schmerz gezeichnet sein. Mit Nancy war die Liebe so leicht gewesen, so natürlich und heiter. Es war naiv von Jackson zu glauben, daß ihm die schönen Dinge im Leben weiterhin einfach zufallen würden. Sein Leben war nun Mühsal, zehrend und schweißtreibend wie Arbeit im Steinbruch.

Jackson kannte sich aus mit den seltsamen Phänomenen der Zeit. Licht, das von einem entfernten Objekt ausstrahlt, wird gebeugt, es schimmert und erlischt. Wenn wir auf irgendeinem Berg fern vom Glitzern der Stadt in ein Teleskop blicken und Licht sehen, ist dieses Licht ein Geist. Wie eine Fotografie ist es nur ein Abbild dessen, was es einmal war. Unsere Sinne sind jedenfalls zu ungenau, um unsere Erfahrungen vollständig zu erfassen, und wenn wir von unseren Gefühlen gelenkt werden, versagen sie. Deshalb müssen wir uns auf die Phantome des Vergangenen verlassen. Wenn die Kraft, die auf Jacksons Herz einwirkte, so stark war, wie er glaubte, hatten seine Gefühle vielleicht seine Wahrnehmung verändert, so wie das Licht gebrochen wird, wenn es auf Wasser trifft.

Er wollte weiter in Bewegung bleiben und irgendwo Trost und Ruhe finden. Irgendwann. Livvy war für ihn wie ein Lichtblick im Dunkel gewesen.

Die Luft war feucht und dicht, wie ein Vorbote des Regens. Er überlegte, ob er zu seinem Wagen zurückgehen und losfahren sollte, doch statt dessen sah er dem Angler zu, wie er eine blau glitzernde Makrele aus dem Wasser zog. Der Mann grinste Jackson an, als er den Fisch vom Haken löste und in einen weißen Plastikeimer warf. Jackson brachte auch ein Lächeln zustande und blickte dann wieder aufs Meer hinaus.

Er mußte nach Hause zurückkehren. Er mußte sich stellen, um den Weg für seine Zukunft frei zu machen, wie sie auch aussehen mochte. Es spielte keine Rolle, ob er fünfundzwanzig Jahre in einer schmutzigen Gefängniszelle sitzen würde. Indem er sich seiner Schuld stellte, würde er einen Teil davon abarbeiten oder wenigstens mildern können. Wegzulaufen war der größte Fehler seines Lebens gewesen. Hier war er nun gelandet und hatte einer Frau Unglück gebracht, die ihm gezeigt hatte, daß es noch Wärme in der Welt gab und daß er noch imstande war, sie zu spüren.

Er mußte sich mit etwas anderem beschäftigen als seiner Trauer. Es blieb ihm nichts anderes übrig, als Livvy zurückzulassen.

Nach all den Monaten verstand Jackson plötzlich, daß diese Reise nur ein Anfang war. Er mußte noch einen endlosen Weg zurücklegen, noch jahrelang unterwegs sein.

Und Livvy, die arme Livvy, war auch noch lange nicht am Ende ihrer Reise. Sie hatte diese endlose Strecke hinter sich zu bringen. Von Howard, dem Mann, den sie liebte, war nur eine äußere Hülle geblieben, doch Jackson war nun klargeworden, wie tief sie ihm verbunden war. Howard hatte dieselben Augen und dieselben Hände wie zuvor. Und auch wenn er sich nicht mehr daran erinnern konnte, daß er für Livvy sorgen wollte, so vergaß sie doch nicht, was er verdient hatte. Sie liebte ihren Mann noch immer, wie Jackson auch seine Frau noch immer liebte. Doch Livvy hatte mehr am Leben zu erhalten als nur eine Erinnerung.

Der Angler war mit seinem Fang zufrieden und schleppte seinen Eimer mit Makrelen zu seinem Wagen. Jackson beobachtete ein rotgestreiftes Rennboot, das vor dem Strand schwindelerregende Kurven drehte. Der Motor heulte ohrenbetäubend.

»Ich habe dich überall gesucht.« Livvy stand hinter ihm. Auch sie sah zu dem Boot hinüber.

»Ich war hier.«

Sie setzte sich neben ihn auf die kühlen Steine. Eine Möwe stürzte sich auf einen schleimigen Haufen Köderwürmer, die der Angler zurückgelassen hatte.

»Es tut mir leid, Jackson. Aufrichtig leid.«

»Nicht«, sagte er. »Es braucht dir nicht leid zu tun.«

Sie hakte sich bei ihm ein, und sie blickten aufs Meer. Der Wind wehte ihr Haar an seine Wange.

Sie beide wußten, daß Kummer so glatt in den Körper eindrang wie ein Hohlspitzgeschoß und im Inneren alles aufriß. Sie wußten, daß die Haut zusammenhält, was nur noch eine zittrige Masse ist. Er dachte daran, was es für ihn bedeutet hatte, an den Gräbern zu stehen, die man für seine Frau und seine Kinder geschaufelt hatte. Das Gefühl zu überwinden, daß er zu ihnen gehörte, war am schlimmsten gewesen. Und es spielte keine Rolle, ob er sich neben ihnen in die Erde legte oder nicht; er lebte, als hätte er es getan. Doch Livvy schien klüger zu sein, sie würde nicht den gleichen Fehler machen wie er. Sie mußte ihren Mann betreuen, das war alles. Sie steckte mitten in ihrer Trauer, die sich von Jahr zu Jahr hinzog, Träne für Träne durchlebt wurde. Es erschien ihm maßlos grausam.

Doch er konnte nicht verleugnen, daß ihr Kuß seinem Körper wieder Leben eingehaucht und seine Trauer, die ihm die Luft abzuschnüren schien, in etwas Überschaubares verwandelt hatte. Ihre tragische Geschichte hatte sie beide zusammengebracht. Doch sie würde sie auch voneinander fernhalten.

»Du gehst?« fragte sie schließlich.
»Ja«, antwortete er. »Ich muß zurück, und wenn auch nur, um zu begreifen, warum ich weggegangen bin. Mein Leben wird nicht mehr ins Lot kommen, wenn ich nicht zurückgehe.«
»Manchmal muß man zurückgehen, um sich vorwärts zu bewegen.« Sie seufzte.
»Kommst du zurecht?« fragte er.
Sie sah ihn wehmütig an, aber sie nickte. »Ich muß mir nur bewußtmachen, daß Howard krank ist, nicht ich. Ich werde durchhalten. Für ihn.«
»Gib auf dich acht. Versprich es mir.«
Sie lächelte. »Mach ich. Durch dich ist mir klargeworden, daß es einen Grund gibt, diese Qualen durchzustehen.«
Sie drückte seinen Arm. »Weißt du noch, du hast mich doch gefragt, ob es einen bestimmten Ort gibt, an den ich gerne reisen würde?«
»Ja.«
»Griechenland«, sagte sie. »Ich war noch nie dort, und ich habe es mir immer gewünscht, aber das hatte ich ganz vergessen. Ich hatte keine genaue Vorstellung davon, doch gestern nacht habe ich Blau geträumt. Es war dieses Blau, das man immer auf Zigarettenwerbungen mit Griechenland im Hintergrund sieht. Ich habe von der blauen Ägäis geträumt. Und nun kann ich mir gut vorstellen, auf einer dieser Inseln zu sein, umgeben von alten Tempeln und diesem blauen Meer.«
»Ich werde dich so in Erinnerung behalten. Wenn ich mich an dich erinnere, bestärke ich dich zugleich in deinen Wünschen.«
»Glaubst du jetzt auch an Gebete?«
»Allmählich ja.« Er nahm ihre Hand und küßte die zarte helle Haut.

»Vielleicht können wir uns in einem anderen Leben dort treffen?« sagte Livvy, als die ersten Regentropfen fielen.
»Dafür werde ich beten.«

Jackson fuhr an der Küste entlang. Es war ein guter Tag zum Autofahren, auch wenn wohl keiner außer ihm das so empfunden hätte. Der Regen schlug an die Fenster, die Scheibenwischer waren unermüdlich im Einsatz. Der Wind rüttelte am Wagen. Doch bei diesem Wetter zu fahren erforderte volle Konzentration, und das Innere des Pick-up schien ihm der sicherste, behaglichste Ort der Welt. Jackson war dem neuen Wagen, der die anderen überragte, schon sehr zugetan. Die Armaturen waren weich und angenehm geformt, die Meßinstrumente übersichtlich. Als er an den Muschelbänken und den Marschen im Norden von Massachusetts vorbeikam, beschloß er, das Auto Cygnus zu nennen, nach dem Stern.
Er kam sich vor wie Cygnus X-I, ein riesiger Stern, der gefangen war in der Umlaufbahn eines unsichtbaren Begleiters, den Astronomen für die Überreste eines schon lange verglühten Zwillingssterns hielten – ein schwarzes Loch. Jackson kreiste um den leeren Raum, der seine Familie gewesen war. Er hatte sich so weit entfernt, doch er befand sich noch immer in ihrem Orbit.
Er mied die Interstate und dachte an seine Fahrt in den Norden, als er es noch nicht eilig hatte. Am Straßenrand bemerkte er einen Imbißstand, der gerade öffnete. Er parkte Cygnus auf dem Kiesparkplatz der Clam Box, gelegen an einer stillen Küstenstraße unweit von Ipswich. Es war ein schlichter, althergebrachter Muschelimbiß, und die Bude sah aus wie ein großer Karton, der mit golden leuchtenden gebratenen Muscheln bemalt war. Die tiefgefrorenen Muscheln bei Howard Johnson konnte man nicht vergleichen mit diesen.

Sie waren zart und süß und von Hand paniert. Jackson aß eine große Portion, und mit dem Geschmack der scharfen Soße verflog der letzte Rest seiner Bedrücktheit. Was er seinen Arterien auch antat – es war jedenfalls Labsal für seine Seele, und nur so, Schritt für Schritt, lernte man, gut zu sich zu sein. Er spürte eine Unruhe im Bauch, die nichts mit den Muscheln zu tun hatte. Von einem Fernsprecher an einer Tankstelle aus rief er Livvy an. Der Anrufbeantworter meldete sich.

»Ich liebe dich, Livvy«, erklärte er. »Das wollte ich dir nur noch sagen.«

Er hängte ein. Er hatte Livvy das Polaroidfoto auf den Nachttisch gestellt, das der Versicherungsgutachter von ihm und den Überresten des Quark gemacht hatte. Jackson dachte, daß sie ihn vielleicht gerne so in Erinnerung behielt.

KAPITEL ACHTZEHN

Mir selber komme ich vor wie ein Knabe,
der am Meeresufer spielt und sich damit belustigt,
daß er dann und wann einen glatteren Kiesel
oder eine schönere Muschel als gewöhnlich findet,
während der große Ozean der Wahrheit
unerforscht vor ihm liegt.

SIR ISAAC NEWTON (1643–1727)

Am Abend des übernächsten Tages hielt Jackson auf der Zufahrt vor seinem Haus. Er hatte mehrere kurze Pausen eingelegt, aber nirgendwo übernachtet. Nun, da er wußte, was er tun wollte, konnte er es nicht erwarten, damit anzufangen. Das Licht der Scheinwerfer fiel auf den ordentlich gemähten Rasen und das Haus. Jackson blieb bei laufendem Motor im Wagen sitzen. Es sah so trügerisch aus, daß er beinahe erwartete, im Schlafzimmer im ersten Stock Licht zu sehen, wo Nancy oft auf ihn gewartet hatte.

Das Haus roch unverändert. Als er die Tür aufgeschlossen hatte, drang ihm der Geruch geölter Hartholzböden und der weiche, milchige Duft von Kindern in die Nase. Er blieb lange auf der Schwelle stehen. Fast hätte er gerufen, daß er wieder da sei, aber er wußte, daß niemand antworten würde. Doch in seiner Abwesenheit hatte sich jemand des Hauses angenommen. Der Rasen war gemäht, die Hecken geschnitten und die Blätter aus der Dachrinne entfernt. Von den Decken hingen keine staubigen Spinnweben, wie er erwartet hatte. Es gab Strom, obwohl er nicht eine Rechnung bezahlt hatte. Er ging von Raum zu Raum und schaltete überall das Licht ein. Sogar die alte Lampe im Wohnzimmer, die er nicht repariert hatte, funktionierte wieder. Und jemand hatte den Kühlschrank ausgeräumt, aber das Gefrierfach war gefüllt, mit Gerichten von Nancy – selbstgemachte Ravioli mit Rote-Bete-Zwiebel-Füllung, Hühnerbrühe von frei laufenden Hühnern und sämige Tomatensoße. Jackson nahm sich aus einer Tüte im hinteren Teil zwei süße Brötchen, wickelte sie in Alufolie und tat sie in den Ofen.

Er wusch sich in der Küche die Hände und das Gesicht und holte zum Abtrocknen ein Küchenhandtuch aus der Schublade, in der Nancy sie immer aufbewahrte. Als die Brötchen fertig waren, stellte er fest, daß sie Gefrierbrand hatten, aber er aß sie dennoch, und sie zergingen ihm auf der Zunge wie Hostien.

Die Zimmer oben waren aufgeräumt, Spielsachen und Kleider ordentlich verstaut. Er war versucht, nach Nancy, Franny und Nathan zu rufen, doch wozu? Er würde nur Schweigen zur Antwort bekommen. Er ging ins Schlafzimmer. Nancys Lieblingswolldecke lag am Fuße des Bettes. Die Zimmer strahlten eine künstliche Ordnung aus, wie in einem Museum, in dem man den Eindruck vermitteln wollte, daß die Menschen dort vor einem Jahrhundert nur kurz hinausgegangen waren und jederzeit wiederkommen konnten.

Jackson sank aufs Bett. Er war zu erschöpft, um darüber nachzusinnen, wer sich wohl um das Haus gekümmert hatte. Doch in seinem Zustand hätte es ihm auch wenig ausgemacht, wenn Mäuse unterdessen die Kabel zerfressen hätten. Jemand hatte das Haus betreut, das ihm und seiner Familie soviel Geborgenheit gegeben hatte. Doch die Erinnerungen, die nun wieder über Jackson hereinbrachen, gaben ihm das Gefühl, selbst ein Fall für einen Kurzschluß zu sein, ähnlich der alten Lampe im Wohnzimmer.

Er hätte in Kleidern auf der Überdecke schlafen können, doch er sehnte sich nach dem Gefühl, zu Hause zu sein. Als er zwischen die kühlen Laken kroch, merkte er, wie sehr ihm das weiche, gemütliche Bett gefehlt hatte, in dem Nancy und er geschlafen hatten. Er zog die flauschige Decke bis ans Kinn hoch. So viele Stunden hatten sie in diesem Bett mit dem Kopfteil aus speziell behandeltem Ahornholz zugebracht, hatten samstags abends lange gelesen, sonntags ausgeschlafen, Nathan und Franny gezeugt.

Als die Kinder noch klein waren, hatten sie zwischen ihnen gelegen, ihren Atem- und Schlafrhythmus übernommen. Nancy konnte sie stillen, wenn sie weinten, und Jackson konnte sie in den Schlaf wiegen. In diesem Bett hatten sie es gelernt, eine Familie zu sein, sich gegenseitig zu beschützen. Doch vor dem Schlimmsten hatte Jackson seine Familie nicht bewahren können.

Langsam kam er zur Ruhe. Er atmete gleichmäßig und sank bald in einen tiefen traumlosen Schlaf.

Als Jackson am nächsten Morgen aus der Dusche trat, stand Pfarrer Michael Fitzhume in seinem Badezimmer und warf ihm ein Handtuch zu. Jackson wand es sich um die Taille. Fitzhume schüttelte den Kopf. Er trug Arbeitskleidung und eine Baseballkappe.

»Ich dachte mir, daß der Wagen Ihrer ist«, sagte er. »Sie kommen gerade rechtzeitig, um mir beim Rasenmähen zu helfen.«

»Also Sie haben sich hier um alles gekümmert?«

»Nicht ganz. Millie, meine Haushälterin, kommt einmal die Woche zum Staubwischen und Blumengießen.«

»Ich kann mich nicht erinnern, daß ich Ihnen einen Schlüssel gegeben habe.« Jackson griff nach einem zweiten Handtuch und trocknete sich die Haare.

»Das war nicht nötig«, erwiderte Fitzhume. »Ich habe einiges von den Jungs in meiner Chicagoer Gemeinde gelernt.«

»Oh.« Jackson war sich unschlüssig, ob er dankbar oder ärgerlich sein sollte. Er holte die Kleider aus seiner Reisetasche, die er noch nicht ausgepackt hatte, und während er sich anzog, kam er zu dem Schluß, daß es ihm lediglich zustand, sich dankbar zu zeigen. »Ich danke Ihnen.«

»Dazu hat man Freunde«, sagte Fitzhume knapp. Er beobachtete Jackson. »Sie wissen sicher, daß Polk tot ist.«

Jackson zuckte innerlich zusammen. Er nickte.

»Es ist an dem Abend passiert, als Sie verschwunden sind.« Fitzhume zog die Augenbrauen hoch und sah Jackson an. Seine Augen waren leuchtend blau, und es kam Jackson vor, als blickten ihn zwei Himmelsstücke an – die Augen Gottes. Fitzhumes Bauch war runder geworden, auf seiner Nase zeigten sich mehr geplatzte Äderchen als früher, und seine Gesichtshaut schien sich noch leichter zu röten als zuvor, doch er wußte wie immer genau, wie er mit Jackson umzugehen hatte. Er schnaubte, um die Spannung zu lösen, und schlug Jackson auf die Schulter. »Ich wußte, daß Sie zurückkommen, wenn Sie bereit dazu sind. Trinken wir eine Tasse Kaffee zusammen, und dann erzählen Sie mir, wo um Himmels willen Sie sich herumgetrieben haben.«

Fitzhume sagte, er habe Doughnuts im Wagen. Er ging hinaus, um sie zu holen, und Jackson kochte Kaffee. In seiner Hemdtasche knisterte etwas, und als er hineingriff, fand er die Mitteilung, die Livvy ihm am ersten Morgen am Frühstückstisch hinterlassen hatte. Er betrachtete ihre feine Handschrift. Das Papier fühlte sich zart an. Er stellte sich vor, wie sorgfältig sie es ausgesucht hatte, vielleicht in einem schönen Geschenkladen in einem der alten Küstenstädtchen in Maine. Er wünschte sich, sie wieder in den Armen halten zu können, stumm und zärtlich. Er sehnte sich nach den Visionen von Hoffnung und Trost, die sie ihm ermöglicht hatte.

»Ist der Kaffee fertig?« fragte Fitzhume, als er in die Küche kam.

Jackson faltete das Papier zusammen und steckte es in die Hemdtasche zurück. »Gleich.«

»Also, was ist los?« erkundigte sich Fitzhume, mehr fordernd als fragend. Er war immer sehr direkt, wenn er ungeduldig wurde.

»Das Kluft-Prinzip«, sagte Jackson.

»Das was?«

»Das ist eine These von mir, mit der ich mir die Kluft zu erklären versuche, die uns von den Dingen im Leben trennt, die wir gerne hätten.«

Fitzhume fuhr sich durch sein dichtes weißes Haar und schüttelte zutiefst enttäuscht den Kopf. »Meine Geduld ist schon seit Monaten zu Ende, Jackson«, sagte er. Seine Stimme klang getragen, als stünde er auf der Kanzel. »Sie wissen, daß ich mich nicht auf Spielchen einlasse. Sie sind einfach spurlos verschwunden, und so etwas bringt mich auf die Palme. Ich höre mir täglich Dutzende von Beichten an. Warum haben Sie sich nicht an mich gewandt?«

»Ich konnte nicht«, antwortete Jackson. »Ich mußte weglaufen und versuchen, diese Kluft zu überbrücken. Aber ich bin nur wieder hier gelandet.« Jackson berührte seine Stirn. Fitzhume wußte längst, was an jenem Abend geschehen war. »Ich mußte wissenschaftlich denken.«

»Wissenschaftlich!« zischte Fitzhume. »Mit Wissenschaft läßt sich nicht erklären, was hier drin geschieht!« Er schlug sich auf die Brust. Seine Wangen waren rot angelaufen. »Ich habe in die leblosen Augen von Männern geblickt, die keinerlei Reue für ihre Taten empfanden. Ich habe Beichten in der Todeszelle abgenommen. Sie hätten zu mir kommen können, Jackson.«

»Ich weiß«, sagte Jackson leise. »Aber manchmal braucht ein Mann keinen Beichtvater, sondern einfach nur Zeit, um wieder mit sich ins reine zu kommen.«
Fitzhume stieß einen verzweifelten Seufzer aus, schlug sich mit seiner massigen rauhen Hand auf den Schenkel und schüttelte erneut den Kopf. Er wandte sich ab, drehte sich dann wieder zu Jackson um und versuchte aufgebracht die richtigen Worte zu finden. Schließlich sprang er auf, schüttete Kaffee in zwei Becher und schob einen davon Jackson hin. »Ich möchte nicht sagen, daß Sie es mir schuldig waren, aber wir haben hier beide viel verloren. Und dann war ich auch noch in dem Glauben, Sie verloren zu haben ... Ich habe natürlich gebetet, aber Gott ist nicht zuständig für Antworten oder Adressen.«
»Es tut mir leid«, entgegnete Jackson.
Fitzhume schnaubte, griff nach einem Doughnut, brach die Hälfte ab und biß hinein. »Ich glaube, ich weiß, was an diesem Abend passiert ist, Jackson.« Er zog die Augenbrauen hoch. »Es steht dem Menschen nicht zu, Rache zu nehmen.«
»Bitte predigen Sie nicht. Nicht jetzt.«
»Da können Sie mir genausogut sagen, ich solle nicht atmen.«
»Ich war nicht auf Rache aus«, brachte Jackson mühsam hervor. »Ich war am Boden zerstört.«
»Es war Vorsatz, Jackson«, sagte er. »Nur das interessiert mich.«
»Aber nach dem, was er ihnen angetan hatte ...«
»Sie bekommen Ihre Familie nicht zurück, indem Sie sich der Öffentlichkeit preisgeben«, entgegnete Fitzhume und legte seine Hand auf Jacksons. »Sie müssen Ihren Frieden machen und weiterleben.«
»Nichts anderes will ich«, sagte Jackson mit brüchiger Stimme. »Und ich muß es auf meine Art tun.« Erst durch Livvy

hatte er es wieder gelernt, über seine eigenen Grenzen hinauszusehen. Sie hatte ihm gezeigt, daß man seinen Schmerz kanalisieren und lenken kann. Durch sie hatte er verstanden, daß er sich zu seinen Handlungen stellen und sein Leid annehmen mußte, wenn er wieder ein lebendiger Mensch sein wollte. Er würde vielleicht nie mehr vollständig sein, aber nun wußte er wenigstens, wo seine Einzelteile waren.

»Sind Sie wegen Ihrer Familie gekommen? Oder wegen Polk?« Fitzhume stützte sich auf seine massigen Unterarme und beugte sich vor.

»Wegen mir selbst«, sagte Jackson.

Am nächsten Morgen suchte Jackson Levi Bloom in seinem Büro auf. Da es noch früh am Tag war, fand er ihn alleine vor, nicht in Gesellschaft von Mandanten oder seiner Sekretärin. Levi war damit beschäftigt, mit einem Bleistift Rosinen aus einem Kleiebrötchen zu puhlen und sie auf die alternative Unizeitung zu schieben, die er vor sich ausgebreitet hatte.

»Levi!« rief Jackson.

Levi zuckte zusammen und verschüttete fast seinen Kräutertee.

»O Gott! Jackson Tate, der Mann, der spurlos verschwand.«

Levi wischte sich mit einer Serviette die Hände ab und kam um den Tisch herum, um seinen Freund zu begrüßen. Er umarmte ihn kurz und ungelenk.

»Wie geht's dir?«

»Geht so.« Jackson ließ sich in einem der alten abgeschabten Ledersessel vor Levis Schreibtisch nieder.

»Geht so? Mehr hast du nicht zu sagen? Wie lange ist es her? Ein Jahr?«

»Fast.« Jackson seufzte. Er mußte es loswerden. »Ich bin hergekommen, weil ich dir sagen wollte, daß ich ihn umgebracht habe, Levi.«

»Hoppla, hier halten wir mal kurz inne.« Levi stand auf und schloß die Bürotür. »Was zum Teufel soll das heißen?«

»Ich habe Richard Polk sterben lassen und bin abgehauen.«

Levi beugte sich über seinen Schreibtisch und starrte Jackson an. »Moment mal«, sagte er. »Richard Polk war betrunken an dem Abend, an dem er von der Straße abkam. Die Bluttests haben ergeben, daß er sechs Bier mehr getrunken hatte, als zulässig ist. Bei dem Unfall ist er aus dem Auto geschleudert worden und hat sich den Hals gebrochen. Das ist die offizielle, die inoffizielle und auch jede andere Version der Geschichte.«

»Ich will nicht, daß etwas vertuscht wird«, sagte Jackson knapp. »Ich habe es getan. Ich sollte eine Haftstrafe bekommen oder zum Tode verurteilt werden oder was dieser Staat mit Mördern so tut. Ich kann nicht mehr weglaufen.«

Levi trank einen Schluck Tee, »Nun mach mal halblang, okay? Möchtest du irgendwas? Tee? Saft? Eine Todesspritze?«

»Mach dich nicht über mich lustig. Begreifst du, was ich dir sagen will?«

»Natürlich«, antwortete Levi. »Ich habe versucht, mit dir Kontakt aufzunehmen, um dich zu beruhigen und dir mitzuteilen, daß alles klargeht. Ich habe damit gerechnet, daß du irgendwann Probleme mit Schuldgefühlen bekommst. Ich kenne dich, und ich wollte vermeiden, daß du dich dem FBI stellst. Wem hast du etwas davon gesagt?«

Jackson dachte an Fitzhume, aber ihr Gespräch hatte unter dem Siegel der Verschwiegenheit stattgefunden wie eine Beichte. Und er dachte an Livvy, doch er hatte ihr von der schrecklichen Geschichte im Hintergrund nichts erzählt. Sie wußte nur, daß er nach Hause fahren mußte, um dort Ordnung in sein Leben zu bringen. »Niemandem.«

»Gut, denn wenn du wüßtest, wie vielen Leute ich etwas

schulde, weil sie dafür gesorgt haben, daß dein Name nicht mehr mit Polk in einem Atemzug erwähnt wird, würdest du die ganze Sache nicht auffliegen lassen.«

»Levi, ich bin bereit, die Konsequenzen zu tragen. Ich kann dir genau schildern, wie Polk und ich uns geprügelt haben, wie er ausholte und stürzte, und wie ich weglief und ihn sterben ließ.«

»Dieser Schilderung nach könnte ich fünfzigerlei Formen von Notwehr durchkriegen«, entgegnete Levi. »Was ist wirklich los?«

»Ich habe sein Leben beendet, genauso wie er ...« Jackson lehnte sich zurück und schlug die Hände vors Gesicht. »Er hat sie umgebracht, und ich wollte nur ...«

»Du hast ihn verfolgt und hast darauf gewartet, daß er wieder betrunken ins Auto steigt«, sagte Levi. »Ein Mann, der vor der Bar stand, hat gesehen, daß ihm jemand gefolgt ist. Das warst du, nehme ich an.«

»Was soll ich tun, Levi? Wenn ich auch vor dem Gesetz nicht schuldig bin, bin ich es doch vor mir.«

»Wenn du dich einsperren läßt, änderst du daran nichts«, antwortete Levi. »Ich habe dich gesucht, weil ich hundertprozentig sicher bin, daß ich einen Freispruch herausschlagen würde.« Er beugte sich vor. »Ich kenne niemanden, der es mehr verdient hätte, glücklich zu sein, als du. Und so empfindet das jeder hier in der Stadt.«

Jackson war verstört. Er hatte erwartet, in Handschellen aus Levis Büro abgeführt zu werden. Er hatte eine Tat gestanden, die ihm keine Ruhe ließ, die ihn dazu veranlaßt hatte, einsam durchs Land zu fahren, und niemand wollte ihn anhören. Das war keine Lösung, die ihm weiterhalf. Sollte sein Herz ewig gefesselt bleiben?

»Ist es denn nicht schlimm genug, daß du deine Familie

verloren hast?« sagte Levi. »Warum willst du dir das antun? Dich selbst zerfleischen? Hör auf damit. Richard Polk war ein Säufer, immer schon, und daran hätte sich nichts geändert. Er hat es herausgefordert. Betrachte dich als Wohltäter.«

»Wohltäter? Levi, der Mann hatte einen Sohn.«

»Jackson, du verrennst dich da in etwas.«

»Meinst du wirklich?«

Levi blätterte in seinem Terminkalender. »Laß uns irgendwo hinfahren und das in Ruhe durchsprechen. Ich rufe Kate an, sie soll einen Babysitter für die Kinder besorgen, und dann gehen wir drei heute abend zusammen essen.«

»Ich kann nicht«, sagte Jackson. Er stand schwerfällig auf und ging zur Tür.

»Wie wär's morgen?«

»Ich sage dir Bescheid«, antwortete Jackson und zog die Tür hinter sich zu. Er mußte seinen Frieden machen.

Der Bezirksstaatsanwalt beraumte sofort eine Vorverhandlung an, als Jackson sich gestellt hatte. Der Gerichtssaal war überfüllt. Levi und Jackson saßen an einem langen Tisch gegenüber der Geschworenenbank. Das sonore Surren der Klimaanlage übertönte das Raunen der Zuschauer, und das Wasser in dem Krug auf Jacksons Tisch schwappte sachte hin und her.

»Hör zu, Jackson, wir müssen alles nutzen, was wir haben«, flüsterte Levi. »Denk daran, das ist kein Prozeß. Der Staatsanwalt will nur von den Geschworenen hören, ob er dich offiziell wegen eines Verbrechens anklagen kann. Aber es ist ein Fall, bei dem Emotionen eine große Rolle spielen. Wenn du also deinen Gefühlen Ausdruck geben möchtest, während du deine Aussage machst, dann tu es. Es kann hilfreich sein, um deine Verfassung an diesem Abend begreiflich zu machen.«

»Ich werde nicht auf ein Stichwort hin in Tränen ausbrechen, Levi«, sagte er. »Ich will ihnen nur schildern, was geschehen ist.«

Levi blickte von den Papieren auf, die er vor seinem Aktenkoffer ausgebreitet hatte. »Deshalb sind wir ja hier, nicht?«

Marty Reynolds, der Bezirksstaatsanwalt, war ein schwergewichtiger Mann, der sich ächzend von seinem Stuhl erhob, um Jackson zu befragen. Er war derjenige, der Polk lediglich wegen fahrlässiger Tötung angeklagt und dann die Kaution so niedrig angesetzt hatte, daß Polk auf Anhieb freikam. Seine Haare waren grau und sorgfältig gekämmt, und seine Schuhe knarrten, als er vor Jackson auf und ab ging.

»Mr. Tate«, sagte Reynolds und stützte sich mit einer Hand auf den dunklen schimmernden Holztisch. »Sie haben Richard Polk aufgelauert, ihn von der Straße abgedrängt und in eine tätliche Auseinandersetzung verwickelt, die tödlich für ihn endete. Das hat wenig mit einer Rauferei zu tun. Sind Sie Richard Polk an diesem Abend mit dem Vorsatz gefolgt, ihn umzubringen?«

»Ich war wütend auf ihn«, antwortete Jackson. »Und mir stand der Sinn nach Rache. Wie sollte es auch anders sein? Er hat meine Familie getötet, und Sie haben es zugelassen, daß er frei herumlief.« Aus dem Augenwinkel sah er, wie Levi zusammenzuckte.

»Bitte beantworten Sie die Frage, Mr. Tate«, sagte Reynolds.

»Nein, ich hatte nicht die Absicht, ihn umzubringen. Vielleicht wollte ich ihn davon abhalten, noch andere Menschen zu töten.«

»Weil er betrunken war?« fragte Reynolds. »Und Sie so ein vorbildlicher Bürger sind?«

»Ja, im Grunde schon. Ich glaube, daß ... Ich weiß, daß ich ihn aufgehalten habe, weil er zu betrunken war, um zu fahren. Und als er mich beschimpfte und auf mich losging, konnte ich mich nicht mehr beherrschen.« Jackson wandte sich an die Männer und Frauen auf der Geschworenenbank. »In der Newtonschen Physik gibt es zu jeder Kraft eine Gegenkraft, actio und reactio. Und nichts anderes habe ich an diesem Abend getan: Ich habe reagiert.«

»Das klingt ja fast biblisch, wie die Goldene Regel«, sagte Reynolds beißend.

»So ist es in gewisser Weise auch«, entgegnete Jackson, der sich nicht provozieren lassen wollte. »Für mich jedenfalls. Und nach dem, was er meiner Familie angetan hat, wüßte ich nicht, wie ich mich anders hätte verhalten sollen.«

Nach der Mittagspause sagten der Gerichtsmediziner und mehrere Polizisten aus. Danach zogen sich die Geschworenen zur Beratung zurück. Nach der Verhandlung ging Jackson mit Levi in eine düstere Kneipe gegenüber des Gerichtsgebäudes, wo sie sich mit Fitzhume treffen wollten.

Er wartete schon in einer Nische auf sie, ein Glas Bier vor sich. Sie setzten sich zu ihm und gaben ihre Bestellung auf.

»Ich finde, es ist gut gelaufen«, sagte Levi mit sarkastischem Unterton zu Fitzhume. »Jackson wird möglicherweise wegen Mordes angeklagt.«

»Du weißt, daß ich es nicht darauf anlege«, sagte Jackson.

»Du läßt ihnen keine Wahl.« Levi zerrte an seiner Krawatte.

»Ich werde das Urteil annehmen, wie es auch ausfällt.«

»Haben Sie schon mal einen überzeugenderen Märtyrer gesehen?« knurrte Levi, zu Fitzhume gewandt.

»Nun, ich muß sagen, da fällt mir schon einer ein ...«

»Ich will kein Märtyrer sein«, unterbrach ihn Jackson.

»Herr im Himmel!« stöhnte Levi. »Reynolds setzt dir so zu,

der kann es kaum erwarten, dich vor Gericht auseinanderzunehmen. Ich kenne das. Du kannst dich darauf einrichten, daß sie dich wegsperren, Jackson.«
»Ich kann meine Handlungsweise nicht rückgängig machen.«
»Natürlich nicht«, sagte Levi. »Aber du mußt dich nicht freiwillig hinlegen und prügeln lassen. Du hast heute ein paar Sachen gesagt, die unsere Position ziemlich untergraben haben.«
»Genug!« ging Fitzhume dazwischen. »Sie sind sein Anwalt. Sie können ihn nicht dafür verurteilen, daß er sich moralisch einwandfrei verhält. Sie sollten ganz und gar auf seiner Seite stehen.«
Levi trank einen großen Schluck Bier. »Ich weiß.«
Ein Reporter wagte sich mutig an ihren Tisch, den Block in der Hand. »Wie ist es heute gelaufen, was meinen Sie?«
Levi fuhr ihn an: »Kein Kommentar vor der Entscheidung der Geschworenen.«
»Stimmt es, daß Sie den Mord an Polk geplant haben, Mr. Tate?« fragte der Reporter.
Levi stand auf und beugte sich vor. »Es war kein Mord. Ich habe in meiner gesamten Laufbahn als Jurist noch keinen eindeutigeren Fall von Notwehr erlebt.«
»Nur die Ruhe, Levi«, sagte Fitzhume und zog Levi in die Nische zurück. Der Reporter machte sich davon.
Als die Geschworenen den Saal betraten, war Jackson plötzlich überzeugt davon, einen Fehler begangen zu haben. Hatte er wirklich Mut bewiesen, indem er nach Wendell zurückkehrte und seine Tat gestand, oder war er einfach des Weglaufens müde? Er wußte es nicht. Doch seit er sich von Livvy getrennt hatte, sehnte er sich nach ihr. Er vermißte ihre Klugheit, ihre Ansichten und ihre Güte. Mehr hatte er nie gebraucht.

Die Geschworenen hatten entschieden, daß Polk zufällig zu Tode gekommen war und Jackson lediglich wegen Verstößen gegen die Verkehrsordnung belangt werden konnte, was Reynolds mit einer Handbewegung abtat. Im Saal herrschte Stille, und Jackson sah benommen den Geschworenen nach, als sie hinausgingen.

»Das war's«, sagte Levi und legte Jackson die Hand auf den Rücken. »Wir haben's geschafft.«

»Aber ich habe doch gestanden.« Jackson hörte, wie Reynolds sich im Flur den Fragen der Presse stellte.

»Keiner hier war der Meinung, daß du irgend etwas Unrechtes getan hast«, entgegnete Levi. »Geh heim, und fang wieder an zu leben.«

Fitzhume kam herein, setzte sich zu Jackson und sah ihn lange an.

Jackson schüttelte den Kopf. »Sie haben mich laufenlassen.«

»Es gibt so etwas wie Gerechtigkeit, Jackson, und wenn sie einem zuteil wird, soll man sie annehmen«, sagte Fitzhume. Und dann brachte er Jackson nach Hause.

Die Entscheidung der Geschworenen war Jacksons Nachtruhe nicht förderlich. Aufgebracht wälzte er sich im Bett. Sie hatten den Beweisen keine Bedeutung beigemessen und sein Geständnis nicht weiter beachtet. Warum ließ man ihn davonkommen? Sie hätten ihn wenigstens für Totschlag belangen können. Doch sie hatten es nicht getan.

Er war kein Märtyrer. Er hatte nur geglaubt, daß er sein Gewissen erleichtern könne, indem er sich der Gerichtsbarkeit überantwortete. Er dachte, er könne sich heilen, indem er die Verantwortung übernahm. Er hatte versucht, die Einzelteile seines Lebens wieder zusammenzufügen. Doch auf diese Art gelang es ihm nicht. Es spielte letztlich keine Rolle, was

die Geschworenen entschieden. Jackson litt unter der Überzeugung, einen Menschen getötet zu haben. Er wußte, daß er nur wieder Ruhe finden würde, indem er für dieses Verbrechen bezahlte.
Jackson warf sich hin und her. Er war ruheloser als auf seiner Flucht. Seine Gedanken drehten sich im Kreise, rasten, bis sie erschöpft waren.
Und dann spürte er sie, eine kleine warme Hand an seinem Gesicht. Der Duft von Puder und Kindershampoo. Ein Wassertropfen. Nathans Haare waren noch feucht vom Bad. Der Kleine kicherte, und Jackson dachte daran, wie er nach dem Baden immer auf seinem Bett herumgetobt war. Seine rosige, erhitzte Haut glänzte, und er roch nach Seife. Jackson fühlte diese kleine warme feuchte Hand ganz deutlich im Dunkeln, und sie war so beruhigend. Wärme durchströmte und beruhigte ihn. Dann war sie verschwunden.
»Nathan«, flüsterte er.
Schweigen. Nur ein leises Surren aus der Küche, als der Kühlschrank sich einschaltete.

Kaffeegeruch weckte ihn. Fitzhume war wieder eingebrochen und hatte Bagels mitgebracht. Schweigend frühstückten sie zusammen und lauschten dem Summen der Käfer auf dem taufeuchten Rasen. Der Sommer war fast zu Ende. Seit dem Unfall war ein Jahr vergangen.
»Ich weiß keine Antworten«, sagte Jackson. »Ich kann meine Gefühle nicht erklären.«
»Das kann keiner«, erwiderte Fitzhume.
»Sie lassen mich nicht los. Seit sie fort sind, ereignen sich Dinge, die in den Gesetzen der Physik nicht vorkommen.«
Jackson blickte zu der Schaukel an dem Ahornbaum im Garten hinüber. Sie schien wie erstarrt in der reglosen Luft.

»Letzte Nacht habe ich gespürt, wie Nathan mein Gesicht berührte. Das ist unmöglich, oder?«

»Ich weiß nicht. Sie sind der Naturwissenschaftler«, sagte Fitzhume lächelnd.

»Das ist keine Antwort.«

Fitzhume zuckte mit den Schultern. »Die Vergebung kann in vielerlei Gestalt zu uns kommen, mein Freund.«

Und nun entschloß sich Jackson, ihm Glauben zu schenken.

EPILOG

Nach und nach fand Jackson wieder einen eigenen Lebensrhythmus. Er war häufig alleine und wartete darauf, daß die aufgerissenen Wunden ganz allmählich verheilten. Gelegentlich unternahm er etwas mit Fitzhume, und Levi lud ihn regelmäßig zu sich nach Hause zum Essen ein. Aber einfach war auch das nicht. Fitzhume hatte seine Gemeinde zu betreuen, und Levi Bloom mußte sich um seine Frau Kate und seine entzückenden Töchter kümmern. Jackson war auf sich gestellt.

Nun, da er sein Verbrechen hinter sich lassen konnte, war er manchmal sogar gerne alleine. Er vermißte seine Familie ständig, doch die Trauer hatte sich in einen dumpfen Schmerz verwandelt, den er mit sinnvollen Beschäftigungen überdecken konnte. Heute war ein Tag, an dem er einen solchen Ruhepunkt für sich gefunden hatte. Am Nachmittag hatte er ein neues Bild gemalt, und er genoß das Gefühl, etwas geschaffen und vollendet zu haben. Auf das Essen in seinem Lieblingsrestaurant hatte er sich auch gefreut, besonders auf den gegrillten Lachs mit Rosmarin und die Kroketten. Und dann, unversehens und ohne jegliche Vorankündigung, hatte er die Postkarte in seinem Briefkasten gefunden.

Im Plant 609 konnten die Gäste in die Küche schauen, und er beobachtete das geschäftige Treiben. Der Küchenchef rief die Kellnerinnen mit Namen, wenn das jeweilige Gericht fertig war. Es kam Jackson vor wie eine Theateraufführung, in deren Zentrum ein Holzofengrill stand. Er wußte, daß Livvy auch Freude daran gehabt hätte, und es erstaunte – und begeisterte – ihn, daß er so entspannt an sie denken konnte. Jetzt war es ihm möglich. Er besaß die Erlaubnis dafür – diese Postkarte mit Büttenrand, die wirklich und wahrhaftig vorhanden war, er hielt sie in der Hand. So lange hatte er es sich untersagt, an Livvy zu denken. Sie war lediglich zum Prüfstein geworden. Wenn er sich sehr schlecht fühlte, gönnte er sich ab und zu eine kurze Erinnerung – wie sie an den Blumenkästen arbeitete, wie ihr Gesicht aussah, wenn sich das Meer in ihren Augen spiegelte, ihre Finger auf seiner Haut. Doch dann zwang er sich wieder zur Beschäftigung mit praktischen Dingen.

Levi Blooms letzte Aufgabe als Jacksons Anwalt hatte darin bestanden, Richard Polks Sohn Steven ausfindig zu machen. Der Junge lebte mit seiner Mutter in Pittsburgh, und die beiden hatten nichts geerbt außer den Kosten für Polks Bestattung. Jackson bat Levi, die Papiere für einen Treuhandfonds vorzubereiten. Steven Polk sollte es niemals an Schulbüchern, warmem Essen oder neuen Kleidern fehlen. Levi würde dem Jungen erklären, daß einer der Geschäftspartner seines Vaters den Fonds eingerichtet hatte. Ein Sohn sollte nicht für die Sünden des Vaters bezahlen müssen.

Als er wieder in Wendell lebte, stellte Jackson fest, daß sich etwas in ihm grundsätzlich verändert hatte. Es war nicht mehr rückgängig zu machen, und solange er nicht wußte, was es war oder wie er vernünftig damit umgehen konnte, mußte er experimentieren. So würde er vielleicht aus seinen Fehlern lernen. Es stand für ihn fest, daß er sich eines Tages wieder

der Physik zuwenden würde. Sie war unauslöschlich in sein Gedächtnis gegraben wie einmal gelernte Gedichte. Und er hatte neue Ansätze entwickelt, wie man den Studenten die unveränderlichen Gesetze, die den Kosmos beherrschten, verständlicher machen konnte. Vielleicht hatte er sie auch selbst umfassender begriffen. Doch vorerst mußte er das große Ganze betrachten, nicht die Einzelteile, die Atome.

Er wandte sich der Kunst zu, die er früher immer in den Schatten der Wissenschaft gestellt hatte. Bald nachdem er wieder zu Hause eingezogen war, besuchte er das Chicago Museum of Art und studierte den Umgang mit Licht und Schatten der großen Maler. Er verstand etwas von den Teilchen und Wellen, aus denen sich Licht zusammensetzte, doch kaum etwas von ihrer Wirkung auf die Welt. Er nahm Malstunden und lernte die Techniken, mit denen er sein eigenes inneres Licht und Dunkel auf die Leinwand übertragen konnte.

Nach einer Weile hatte er eine Reihe von Bildern fertiggestellt, die ihm Einblicke in sein Inneres gewährten, von denen er selbst überrascht war. Auf einigen Gemälden waren ruhige Familienszenen zu sehen, die von irgend etwas bedroht schienen. Auf einem Bild ragte ein in bunten Zirkusfarben gehaltenes Farmhaus über einer verödeten Landschaft auf. Und er hatte viele Zeichnungen von einem kleinen Strandhotel im Nebel und von einer Frau gemacht, die alleine am Meer spazierenging.

Die Malerei verschaffte ihm zwar tiefe Befriedigung, doch er verdiente nichts damit. Seine Bilder wurden bei Gruppenausstellungen gezeigt, aber wenn jemand eines davon kaufen wollte, lehnte er ab. Er konnte sich noch nicht von den Bildern trennen. Sie hatte sie noch nicht gesehen.

Jackson hatte Livvy nicht vergessen. Er hatte nur darauf gewartet, daß die Zeit verging. Als er nun ihre Postkarte bekam, hoffte er, daß Zeit und Schicksal ihnen diesmal gewogener sein würden. Während er im Plant 609 sein Essen zu sich nahm, dachte er an Livvy. Er mußte nur auf die Postkarte schauen, auf die Insel in der blauen Ägäis, und er wußte, daß sich neue Möglichkeiten eröffneten. Sie hatte das Blau aus ihren Träumen gefunden, hatte sich selbst gefunden, inmitten dieser blauen Weite. Was sie auch mitgemacht hatte, sie hatte einen Zugang zu ihren Träumen entdeckt. Er zog mit den Fingern die schwungvollen Linien ihrer Handschrift nach und spürte, wie die Erde unter seinen Füßen zu beben aufhörte und wieder zur Ruhe kam. Er sah dieselben Farben wie sie, dieselben Chancen, noch einmal von vorne anzufangen.

Lieber Jackson,
kann man ein Leben neu beginnen? Ich habe dich vermißt.
Livvy

Und am unteren Rand der Karte hatte sie vermerkt, daß sie sich auf einer griechischen Insel mit einem magischen Namen aufhielt: Mykonos.
Er dachte daran, wie er sie zum erstenmal gesehen hatte, in ihre Fleece-Jacke gehüllt, leuchtend rot vor dem Hintergrund der grauen Küste; dachte daran, wie sie sich gefunden hatten, beide einsam in ihrem heimlichen Schmerz. Sie hatte auf ihn so bezaubernd, zart und entschieden zugleich gewirkt. Seit er von ihr getrennt war, hatte er häufig ihrer Zärtlichkeit gedacht. Er bewegte ihre Worte hin und her, betastete sie im Geiste, so wie seine Augen die Schnörkel und Schwünge ihrer Handschrift in sich aufnahmen. Er überlegte sich sorgfältig, was er tun wollte. Er würde behutsam sein. Und an einem würde er nicht mehr zweifeln, daran konnte er nun glauben: Er mußte nicht mehr weglaufen.

DANKSAGUNG

Meine Dankbarkeit gilt Andrea Simon, Laurie Liss und Leslie Gelbman für ihren Enthusiasmus, ihre Beharrlichkeit und ihr kompetentes Lektorat. Besten Dank an Scott Brenner für die Feinabstimmung meiner Physik-Kenntnisse. Und Garry Bliss, JRP und DRP möchte ich herzlich dafür danken, daß sie mich immer ermutigt haben.